春陽文庫

うすゆき抄

< 久生十蘭時代小説傑作選 1 >

久生十蘭

目次

無月物語

後白河法皇の院政中、京の賀茂磧でめずらしい死罪が行なわれた。

大宝律には、笞、杖、徒、流、死と五刑が規定されているが、聖武天皇以来、代々の天皇はみな熱心な仏教の帰依者で、仏法尊信のあまり刑をすこしでも軽くしてやることをこのうえもない功徳だとし、とりわけ死んだものは二度と生かされぬというご趣意から、大赦とか、常赦とか、さまざまな恩典をつくって特赦を行なうのが例であった。死罪は別勅によって一等を減じ、例外なくみな流罪に落着く。したがってそのほかの罪も、流罪は徒罪、徒罪は杖刑というふうになってしまう。

一例をあげると、布十五反以上を盗んだものは、律では絞首、格では十五年の使役という擬文律があるが、それでは叡慮にそわないから、死罪はないことにし、盗んだ布も十五反以内に適宜に格下げして、徒役が軽くすむように骨を折ってやる。また強盗が人を殺して物を奪うと、偸盗の事実だけを対象にして刑を科し、殺したほうの罪は主罪に包摂させてしまう。法文は法文として、この時代には実際において死刑というものは存在しなかったのである。

文治二年に北条時政が京の名物ともいうべき群盗を追捕し、使庁へわたさずに勝手に斬ってしまった。これは時政の英断なので、緩怠に堕した格律に目ざましをくれたつもりだったが、朝廷ではいたく激怒して、時政を鎌倉へ追いかえすのどうのというさわぎになった。そういう時世だから、死刑そのものがめずらしいばかりでなく、死刑される当の人は中納言藤原泰文の妻の公子と泰文の末娘の花世姫、公子のほうは三十五、花世のほうは十六、どちらも後後の語草になるような美しい女性だったので、人の心に忘れられぬ思い出を残したのである。

公子と花世姫の真影は光長の弟子の光実が写している。光実には性信親王や藤原宗子などのあまりうまくもない肖像画があるが、この二人の真影こそは生涯における傑作の一つだといっていい。刑台に据えられた花世の着ている浮線綾赤色唐衣は、最後の日のためにわざわざ織らせたのだというが、舞いたつような色目のなかにも、十六歳の少女の心の乱れが、迫るような実感でまざまざと描きこめられている。

長い垂れ髪は匂うばかりの若々しさで、顔の輪郭もまだ子供らしい固い線を見せているが、眼差はやさしく、眼はパッチリと大きく、熱い涙を流して泣いているうちに、ふいになにか驚かされたというような霊性をおびた単純ないい表情をしている。公子のほうは、平安季世の自信と自尊心を身につけた藤原一門の才女の典型で、膚の色は深く沈んで黛が黒々と際立ち、眼は淀まぬ色をたたえて従容と見ひらかれている。肥り肉の豊満な肉体で、花世の仏画的な感じと一種の対照をなしている。

いまの言葉でいえば、二人の罪は尊族殺の共同正犯というところで、直接に手に手こそ下さなかったが、野盗あがりの雑武士を使嗾して、花世にとっては親殺し、公子にとっては夫殺しの大業をなしとげたのである。当時の律でも尊族殺は死罪ときめられていたが、比類のない無残な境遇におかれていたこの不幸な娘が死刑にされるなどと、誰一人思ってもいなかった。

寛典に甘やかされた考えからではなく、妻と娘に殺された父にして夫なる当の泰文は、かねて放埒無頼の行ないが多く、極悪人といわざるも、不信心と不徳によって定評のある奇矯な人物で、名を聞くだけでも眉を顰めるものが少なくなかった。のみならず、その妻と娘に、現在の父、そうして夫である男を殺させるようにしたのには、徹頭徹尾、泰文のほうに非があるのであって、二人の女性は無理矢理におしつけられ、やむにやまれず非常の手段をとったものである。公平な立場に立てば公子と花世に罪があるかどうかたやすく判定しかねる性質のものだったから、当然、寺預けか贖銅（罰金刑）ぐらいですむはずだと安心していたのである。

泰文は悪霊民部卿という通名で知られた忠文の孫で、弁官、内蔵頭を経て大蔵卿に任ぜられ、安元二年、従三位に進んで中納言になった。比叡の権僧正である弟を除くと、兄弟親族はほとんどみな兵部関係の官位についていたが、泰文だけは例外で、若いころから数理にすぐれ、追々、大学寮の算博士も及ばぬ算道の才をあらわすようになり、大蔵卿に就任するやいなや、見捨てられていた荘園の恢復にかかり、瞬く間に宮廷の収入を倍にするという目ざましい手腕を見せた。もっともその間に抜目なく私財も積み、深草の長者太秦王の次女の朝霞子を豊饒な山城十二ヵ荘の持参金つきで内室に入れるなど、三十になったばかりで藤原一門でも指折りの物持になり、白川のほとりなる方一町の地幅に、その頃まだ京になかった二階屋の大邸をかまえ、及ぶものなき威勢をしめした。

そのかみ忠文は将門追討の命を受けて武蔵国へ馳せ下ったが、途中で道草を食っているうちに将門が討ちしずめられ、なんのこともなく漫然と京へ帰還した。忠文としては、それはそれなりに一応の働きをしたつもりだったので、大納言実頼の差出口で恩賞が沙汰やみになったことを遺恨に思い、臨終の床で、

「おのれ、実頼」

などと言わでもの怨みをいう、あきらめの悪い死にかたをしたが、忠文が死ぬとすぐ、実頼の息子や娘がつぎつぎに変死するという怪事がおこった。

平安時代は、竜や、狐狸の妖異や、鳥の面をした異形の鬼魅、外法頭とか、青女とか、怪物が横行濶歩する天狗魔道界の全盛時代で、極端に冥罰や恠異を恐れたので、それゃこそ、忠文の死霊の祟りだということになった。以来、忠文を悪霊とか悪霊民部卿とかと呼び、忠文の血族を天狗魔道の一味のように気味悪がり、泰文の異常な数理の才を天狗の助けかのように評判した。

泰文はこれも面白いと思ったのか、どこかの家で慶事があると、かならず出掛けて行って中門口に立ちはだかり、

「悪霊民部卿、参上」

と無類の大音声で見参する。稚気をおびた嫌がらせにすぎないが、輿入れや息子の袴

着祝などにやられると災難で、大祓ぐらいでは追いつかないことになる。

泰文は中古の藤原氏の勇武をいまに示すかのような豪宕な風貌をもち、声の大きいので音声大蔵といわれていたが、全体の印象は薄気味悪いもので、逢魔ヶ時のさびしい辻などでは逢いたくないなにともつかぬ鬼気を身につけていた。たそがれどき、大入道で手足が草の茎のように痩せた、外法頭という化物が、通りすがりに血走った大眼玉でグイと睨みつけて行く。それがしの中将などはそれで驚死したということだが、つまりはそういった感じである。いつも眠そうに眼を伏せているが、時折、瞼をひきあげて、ぞっとするような冷たい眼附で相手を見る。武芸のある手練者も、泰文の冷笑的な眼附でジロリとやられると、勝手がちがうような気がして手も足も出なくなってしまう。当代、泰文ほど人に憎まれた男もすくないが、思うさま放埓な振舞いをしながら、ただの一度も刀杖の厄を受けずにすんだのは、ひとえに異風の庇護によることであった。

一般の庶民は別にして、公家堂上家の生活は、風流韻事に耽るか、仏教の信仰にうちこむか、いずれはスタイルが万事を支配する形式主義の時代にいながら、泰文は、詩にも和歌にも、文学じみたことは一切嫌い、琵琶や笛の管絃の楽しみも馬鹿にして相手にせぬばかりか、かつて自分の手で拍手を打ったことも、自分の足を、寺内へ踏みこませたこともないという、徹底した無信心でおしとおしていたが、そのくせ侮辱にたいしてはおそろしく敏感で、馬鹿にされたと感じると、その日のうちに刺客をやってかならず相手を殺すか傷つけるかした。

そのほかにも人の意表に出るような行動が多かった。泰文の身体のなかには、陳腐な習俗に耐えられないムズムズする生物(いきもの)のようなものがいて、新奇で不安な感覚を与えてくれるような事柄にたえず直面していないと、生きた気がしないといったように、野性のままの熱情をむきだしにして、奔放自在にあばれまわった。

衒勇(げんゆう)をふるうことも趣味の一つであった。当時、粟田口(あわたぐち)や逢坂越(おうさかごえ)に兇悪無慙な剽盗が屯(たむろ)していて、昼でも一人旅はなりかねる時世だったが、泰文は蝦夷拵(えぞごしら)え柄曲(えまげ)の一尺ばかりの腰刀を差し、伴も連れずに馬で膳所(ぜぜ)の遊女宿へ通った。遠江(とおとうみ)の橋本宿は吾妻鏡(あづまかがみ)にも見える遊女の本場だが、気がむけばそのまま遠江まで足をのばすという寛濶さで、馬が疲れると、行きあう馬をひったくり、群盗の野館(のだち)のあるところは、

「中納言大蔵卿藤原ノ泰文」

と名乗りをあげて通って行く。声の大きなことは非常なもので、賊どもは気を呑まれて茫然と見送ってしまうというふうだった。

　また泰文は破廉恥な愛欲に特別な嗜好をもっていた。醍醐の花見や加茂の葵祭、勧学院の曲水の宴、仙院の五節舞、そういうありきたりな風流にはなじめない。すまし顔の女院や上臈は面白くない。すべて遊興は下司張った刺戟の強いほうが好ましい。宿場の遊女を単騎で征伐に行くのはもっとも好むところだが、そのほか毎夜のように邸を抜けだして安衆坊の散所へ出かけ、乞食どもと滓湯酒を飲みわけたり、八条猪熊で辻君を漁ったり、あげくのはて、鉢叩きや歩き白拍子を邸へ連れこんで乱痴気騒ぎをやらかす。恋の相手もまともな女どもでは気勢があがらない。大臣参議の思いものや夫婦仲のいい判官府生の北ノ方、得度したばかりの尼君など、むずかしければむずかしいほどいいので、いちど見こまれたら、尼寺の築泥も女院の安主も食いとめることができない。奇怪な手段でかならず成功した。

　朝霞が泰文のところへ輿入れしたのは十六歳の春で、十年のあいだに六人の子供を生んだ。泰文には文雄、国吉、泰博、光麻呂の四人の息子と、葛木、花世という二人の娘があるわけだったが、頸居（七夜）の祝儀に立合っただけで、どの子もみな朝霞のいる別棟の寮へ追いやってしまった。泰文にとっては、子供というものはわけのわからない、手のかかる、人に迷惑をかけることを特権と心得ているようなうるさいやつめらで、男の子は、学資をかけて大学寮を卒業させなければ七位ノ允にもなれず、女の子は女の子で、莫大の嫁資をつけなければ呉れてやることもできぬ不経済きわまる代物だくらいにしか思っていず、それに自分のことが忙しすぎるので、子供のことなどは考えるひまがなかった。

朝霞はどういう顔だちの婦人だったかわかっていないが、朝鮮から移ってきた秦氏の血をうけ、外来民特有のねばり強い気質をもっていたようである。泰文が朝霞を妻に迎えたのは、もともと功利的な打算から出たことで、女体そのものにはなんの興味もなかった。朝霞のほうもそれを当然の事と諒承し、毎夜のように母屋のどこかで演じられる猥がわしい馬鹿さわぎを怨みもせず、内坪の北の隅にある別棟の曹司で六人の子供を育てながら、庭の花のうつりかわりを見て、時がすぎていくという感覚をおぼろげに感じる、植物さながらの閑寂な日々を送っていたのである。

吝嗇というのではないが泰文は徹底した自己主義者で、金銭に関しては、前例のないほどキッパリした割り切りかたをし、子供の一代に金をかけることなどに、なんの意義も感じていなかった。あるだけの金は自分ひとりのもので、子供らに使われるのはこのうえもない損だというふうに、そのほうの費えには青銭一枚出さなかった。朝霞は父や兄から泰文の評判をきき、おおよそそんなことだろうと見こみ、嫁資のほかに自分の身につくものをこっそり持ってきたので、子供たちの養育費はみなその土地のあがりから出していた。そのほうはよかったが、おいおい子供たちが大きくなり、上の三人を大学寮へ送らなければならぬ齢(よわい)がすぎているのに泰文はなにも言いださない。今年は今年はと待っているが辛抱しかね、ある日おそるおそる切りだしてみた。

泰文は羅(ひとえ)の直衣(なおし)を素肌に着、冠もなしで広床の円座にあぐらをかいていたが、

「お前のいう子供とは、いったい誰の子供のことか」

と欠伸まじりに聞きかえし、それが自分の子供のことだと聞かされると、雷にでもうたれたような顔をした。そういえばこの家にも子供が何人かいたようだと、ようやく思いだしたらしかったが、その折、またなにか忙しい思いつきがあったのだとみえ、いいようにしたらよかろうであっさりと話をうちきってしまった。

翌年、長男の文雄が省試の試験に及第し、秀才の位をとったという話を泰文はよそで聞いたが、ふとその学資はどこから出ているのかと疑問をおこした。朝霞が家計のなかからひねりだしているのならそれこそゆるしがたいことなので、帰るなり北ノ坪へ行って問いつめると、朝霞はやむなく身附きの自領の上りから払っていたことを白状した。

泰文は無気味な冷笑をうかべ、それはもともと嫁資の一部をなしているはずのものだから、そうと聞いたからには、さっそくこちらの領分へとりこむ、金のかかる三人のやつめらは、今日かぎり勘当するが、なお、あるだけの隠し田をさらけださなければ、二人の女童のほうも家から追いだしてしまうと脅しつけた。

そのころ泰文は東山の八坂の中腹に三昧堂のようなものを建てた。招かれたある男が、あなたほどの無信心者がどういう気で持仏堂など建てたのかとおかしがると、泰文はその男を縁端まで連れて行って眼の下の墓地を指さし、

「あれはうちの墓地だが、童めらが一人残らずあそこへ入ったら、おれはここに坐ってゆっくり見物してやるのだ、そのための堂よ」

と笑いもせずにいった。

泰文は自分の子供らの墓を縁から見おろしてやるというだけの奇怪な欲望から、そういう堂を建てたことをその男は了解し、呆気にとられてひき退ったが、あわれをとどめたのは勘当された三人の息子であった。長男の文雄は方略の論文を書いてかすかす試験に及第し、河内の国府の允になって任地へ発つ運びになったが、二男の国吉は燈心売りになり、三男の泰博は二条院の雑色になって乞食のような暮しをしていた。泰文のやり

かたがあまりひどいので、親戚のものも見るに見かね、関白基房を通じて法皇のご沙汰をねがった。法皇も呆れて、子供らを家に入れるように注意したので、泰文は渋々勘当をゆるしたが、基房の差出口が癇にさわったとみえ、間もなくひどいしっぺいがえしをした。

三条高倉宮の東南に後白河法皇の寵姫が隠れていた。江口の遊女で亀遊といい、南殿で桜花の宴があったとき、喜春楽を舞って御感にあずかったという悧口者で、世間では高倉女御と呼んでいたが、毎月、月始めの三日、清水寺の籠堂でお籠りをすることを聞きつけると、走水の黒鉄という鉢叩きに烏面をかぶせ、天狗の現形で籠堂の闇に忍ばせて通じさせたうえ、基房の伽羅の珠数を落してこさせた。亀遊は基房の珠数を知っていたので、むずかしいことになりかけたが、走水の黒鉄が捕まったので、泰文の仕業だったことがわかった。黒鉄は磔木に掛けられて打たれたが、泰文の後楯があると思うのか、

「ほとほとに（女洞に掛けた言葉）舟は渚に揺るるなり、あしの下ねの夢ぞよしあし」

などと空うそぶいてみだらな和歌を詠み、面憎いようすだった。

後白河法皇の院政中は、口を拭っておとなしくさえしていれば、なにをしてもゆるさ

れた寛大な時代だったが、泰文の放埓は度をこえているので、法皇も弱りきり、しばらく都離れのしたところで潮風に吹かれてくるがよかろうと、思いついて敦賀（つるが）ノ荘へ流すことにした。

あばれだすかと案じられた泰文は、意外にも素直に勅を受け、二十騎ばかりの伴を連れて加茂川でひとしきり水馬（すいば）をやってから、一糸纏わぬすッ裸で裸馬に乗り、京の大路小路を練りまわしたうえ、悠然と敦賀へ下って行った。

泰文が京にいなくなると、魔党畜類が姿を消したような晴々しさになった。長男の文雄も仮寧（けにょう）し、一家団欒して夢のように楽しい日を送っていたが、ある日、長女の葛木姫が、

「父君がいなかったら、なんとまあ毎日が楽しいことでしょう」

と思いつめたように、つぶやいた。

それはみなの心にあって、口に出さずにいたことだったが、こういう日日が永久につづけばいいというのは、誰しもが願うところだったので、文雄が、

「父帝（ちちみかど）（後白河法皇）へお願いしてみよう」

といい、泰文が家名に傷をつけぬよう、京に帰さず、このうえとも長く敦賀へとめお

かれるようにという願文をつくり、兄弟三人の連名で上書した。

　泰文のほうは、いちどは素直に勅を受けたものの、もともとこんな潮くさいところに居着く気はない。関白基房は基道の伯父で、基実が死んだとき基道が小さかったので摂政になったが、基道の義母は清盛の女の盛子で、平氏と親戚関係になっていることから、基道にたいする清盛のひいきが強く、基房はあるかなしかの扱いを受けていた。泰文はその辺の機微をのみこんでいるので、五位ノ侍従だった基道の筋に途方もない金を撒き、公然と流罪赦免の運動をした。清盛は些細な罪で有能な官吏を流罪にするのは当をえた政治ではないなどと妙な理窟をこね、基道を突っついてしつっこく法皇にせっつかせた。気の弱い法皇はうるさいのでまいってしまい、いいなりに赦免状を出したので、泰文はろくろく敦賀の景色も見ないうちに京に呼びかえされることになった。

　泰文は外法頭そっくりの異形な真額に冠をのせ、逢坂あたりまで出迎えた鉢叩き、傀儡師、素麺売などという連中に直衣を着せ、形容のしようもない異様な行列をしたがえて入洛するなり、早乗りをして白川の邸に馳せ戻った。伜どもが連名し、法皇に不屈な上書したことを聞いていたので、すごい形相で中門から走りこむと、長い渡廊ノ間、対ノ屋、母屋の塗籠のなかまで、邸じゅうを馳けまわって伜どもを探したが、国吉と泰博は下司の知らせで逸早く邸から逃げだし、きわどい瀬戸で助かった。

二人はまた食うあてがなくなり、以前よりいっそうみじめな境涯に堕落し、安衆房の散所で人にいえぬようななりわいをして命をつないでいたが、その冬、国吉は馬宿と喧嘩して殺され、泰博は翌年の春、応天門の外でこれも何者かに斬られて死に、二男と三男は泰文の望みどおりにはやばやと持仏堂下の墓に入った。

泰博が殺されたとき、さる府生が役所で悼みをいうと泰文は、

「やっと二人だけだ、祝辞を述べてもらうにはまだ早い」

と毒々しい口をきいたということである。

泰文ほど上手に刺客を使う男も少ないので、国吉と泰博は泰文が人をやって殺させたのだという風説が立った。「京草子」の作者もそれらしいことをにおわせているが、これは信じにくい。泰文は時流に適さない異相のせいで、ことさら残酷なことを好む変質者のように言伝えられているが、人をやって自分の子供を殺させるようなことまではしなかったろう。粗暴な振舞いや、思いきった悖徳異端の言動が多く、妻や子供らに酷薄な所業をしたが、それは考えるような悪質なものではなく、実のところは、なにか変ったことをしでかして、同時代の人間をあっといわせたいという要求から出ていると見る

向きもある。残忍も無慈悲も、おのれを見せびらかし、自分というものを世間にしっかり印象づけたいという欲求によることなのであるから、風説どおりに人をやって子供たちを殺させたのなら、泰文がそれを吹聴もせずにおくわけはないからである。

国吉と泰博が陋巷で変死したとき、葛木は十八、花世は十一、四男の光麻呂はまだ六歳でしかなかったが、上書の件以来、泰文は猜疑心が強くなり、子供らをいっしょにおくと、ろくなことをしないというので、葛木と光麻呂を朝霞からひき離し、南ノ坪の曹司で寝起きさせるようにした。それほどの無慈悲なあしらいを受けても、朝霞は世をはかなむこともせず、出世間の欲もださず、いつかまた葛木や光麻呂に逢える日のあることを信じ、泰文の遠縁にあたる白女という側女を相手に一日中、蔀もあげずに写経ばかりして暮していた。

そういうわびしい明け暮れに、泰文の従弟の保平が、保嗣という十八になる息子を連れて安房の北条から出てきた。

保平はもと山城の大掾をつとめ、太秦王などとも親しく、朝霞との間にもなにがしかの想いがあったもののようである。保平が自分から安房へ引込んだのは、朝霞が泰文のところへ輿入れした直後だったことなどを思い合わせても、保平の側に相当な遺憾があったのではないかといわれ、泰文も聞いて知っていたが、安房から出た砂金や鹿毛やら、少なからぬ土産があったので、保平の親子を泉殿に居らせ、下にもおかぬような歓待をした。白女も母屋へ出てとりもちをしていたが、そのうちに、どこか野趣をおびた、保嗣のたくましい公達ぶりに思いをかけるようになった。これでもれっきとした藤原一門の女だから、朝霞さえ後楯になってくれれば、この恋はものにならないでもない。それにはまず朝霞の心を摑んでおくにかぎる。それで、側見するところ、口にこそ出さないが、保平はいまだに朝霞のことを忘れかねて悩んでいるらしい、というようなことをいって朝霞の気持をそそりたてた。

白女に言われるまでもなく、保平は朝霞にとって幼な馴染みのなつかしい人間で、心のやさしいことも、身に沁みて知っており、ひょっとしたら、泰文にでなく保平に嫁いでいたかもしれないという微妙な思いもあるので、釣りこまれたわけでもあるまいが、つい白女に本心をもらしてしまった。白女はこれで朝霞の退引きならぬ弱身を摑んだと思い、正面切って保嗣に働きかけたが、保嗣は冷静な賢い青年だったので、ここでなにかしでかしたら、泰文の腰刀の一と突きを食うだけだと、浪花の国府に任官したのをさいわい、事のおきぬうちにと、だしぬけに淀から舟に乗って浪花へ発(た)って行ってしまった。

白女の落胆はたいへんなもので、朝霞をつかまえては嘆きに嘆いた。朝霞もはじめのうちはなぐさめるくらいにしていたが、いつまでもおなじ繰言(くりごと)をまきかえすのにうんざりし、ついつい素ッ気ないことをいうと、白女は朝霞の態度から急に曲ったほうへ解釈した。保嗣が急に浪花へ下ったのは、朝霞が細工して追いだしたのだと一図に思いつめ、うらめしさのあまり、月のない夜、保平が朝霞の曹司へ忍んでくるとか、朝霞が夜の明けるまで保平を離さないとか、あることないことをしつっこく泰文に告げ口した。

泰文のほうはそのころ新たな恋の悦楽にはまりこんでいた。相手は敦賀の国府にいた貧乏儒家、藤原経成(つねなり)の娘の公子という女歌人で、父について敦賀に下っていたが、急に京へ帰ることになり、敦賀ノ庄を出た日から泰文の道連れになった。

公子は天平時代の直流のような肉(しし)置きのいい豊満な肉体をもった、情操のゆたかな聡明な女で、当代のえせ才女のように些細な知識を鼻にかけて男をへこます軽薄な風もなく、面白ければ笑い、腹をたてれば怒るといった淀みのない性質だった。泰文は一人の女だけに深くかかりあうような無意味な所為をしない男だが、公子にはすっかりうちこんでしまい、参殿の行き帰りに、なにかと口実をつくって公子の家の前で車をとめた。そういう事情から泰文の気持が浮きあがっているので、薹(とう)のたった古女房などはどうでもよく、白女のいうことなどは、身にしみて聞いてもいなかった。しかし白女としては、朝霞に復讐することだけが生甲斐になっていたので、泰文の冷淡なあしらいにあうと今度は外へ出てあれこれと触れまわった。閨房のみだれは上流一般の風で、めずらしいことはなにもなかったが、それが泰文の身辺にはじまったところに面白味があった。泰文にしてやられた女房連や、泰文に怨を含んでいた亭主どもは、いずれもみな痛快がり、このときとばかりにはやしたてたので、洛中洛外にこの話を知らないものはないほどになった。

ここに奇怪なのは泰文の態度だった。湧きたつような醜聞を平然と聞流しにしてるばかりか、自分からほうぼうへ出かけて行って、毎日どんな情けない目にあっているかというようなことを披露してあるき、おのれの話のあわれさにつまされて泣きだしたりした。この間、泰文という男はなにを考えていたのか、他人にはうかがい知られぬことである。奇妙なのはそれだけではない。保平をそのまま邸に置きながら、保平の家従や僕を車舎の梁に吊し、保平と朝霞の間にどんなことがあったのか白状しろと迫った。このへんの心理はまったく不可解である。

最初にやられたのは天羽透司(あまばとうじ)という家従で、保平の打明け話の相手だと思われている男であった。泰文は手なづけていたあぶれ者をやって、天羽を車舎にひきこむと、いつの間にそんなものを作ったのか、十字にぶっちがえた磔木(はたもの)に縛りつけ、まず鞭で精一杯に撲りつけた。

「本当のことをいってもらいたい。保平が朝霞のところでなにをしていたか、あなたは知っているはずだ」

「この二十日ばかり、保平殿は私を疎外し、打明けたことをいってくれないからなにも知らない」

泰文は天羽の手首を括って縄の端を梁の環に通し、あぶれ者にその綱を引かせた。天羽は床から指四本のところまで吊りあげられ、十五分ばかりは頑張っていたが、腕が抜けそうになったところで呻きだした。

「おろしてください、知っているだけのことを言います」

天羽をおろすと、あぶれ者どもを車舎から追いだし、二人だけになったところで、いかめしく促した。

「さあ言え」

「保平殿の供をして、北ノ坪へ三度ばかり行ったが、それ以上のことはなにも知らない。と申すのは、明け方まで泉のそばで待っているのが例だからです」

あぶれ者が呼びこまれ、天羽はまた梁に吊りあげられた。こんどはすぐ降参した。

「本当のことをいいます。保平殿が北ノ方とねんごろにしていることは、夙くから気がついていた。北ノ方は毎日のように白女に文を持たしておよこしになり、また見事な手箱を保平殿へおつかわしになりました」

「もうたくさんだ」

泰文は天羽を括って下屋の奥へ放りこむと、こんどは保平の僕を吊しあげた。

「保平と朝霞のことは、お前が見てよく知っているはずだと天羽がいった。お前はいったいなにをしてくれた、夜の明けるまで二人の傍にいて」

僕は知らぬ存ぜぬといっていたが、腕の関節が脱臼しかけたので、しどろもどろに叫びだした。

「なるほど、そういう不都合な時刻に北ノ坪へ入りました。けれども、お二人の傍にいたわけではありません。じつはとなりの曹司で、白女と遊んでおりました」

「言わぬなら、もう一度吊しあげるだけのことだ」

　僕は震えだした。

「もうお吊しになるには及びません、なにもかも申します」

　それで白女が呼びこまれた。

「お前がねんごろにした女房がここにいる。この女の前で、あったことをみな言ってみろ」

「申します。私はお二人の前で、さる実景を演じる役をひきうけました。ここにいるこのひとが、そうするように強請したからです。最初に保平さまが下着をとられ、それから奥方が下紐を解かれました」

「よくわかった。お前の言ったことをこの紙に書くがいい」

「かしこまりました」

　僕は助かりたいばかりにすぐ筆をとったが、肩を痛めているので、はかばかしくいかなかった。しかしともかく書きあげた。泰文は誓紙をひったくると、腰刀を抜いて三度僕の胸に突きとおし、立ったままで、死にゆくさまを冷淡に見おろしていたが、僕が布直衣の胸を血に染めてこときれると、白女のほうへ向いていた。

「こんどは、お前の番だろうな」

白女が狂乱して叫んだ。

「どうぞ、命だけは」

「いやいや、そういうわけにはいくまいよ。とんだところを見せものにして、主人の淫欲をそそるとは出来すぎたやつだ。この俺だって、そこまでのことはしない」

そういうと、白女の垂れ髪を手首に巻きつけ、腰刀で咽喉を抉った。白女はむやみに血を出して死んだ。

泰文は二つの死骸を芥捨場（ごみすてば）へ投げだし、裏門から野犬を呼びこんで残りなく食わしてしまった。そうしておいて、保平のところへ行って陽気に酒盛をはじめた。

すさまじい絶叫や叱咤の声で、保平は事の成行を察していたので、どうされることかと生きた空もなかったが、泰文は徹底的な上機嫌で、なにがあったかというような顔をしている。保平はいよいよ薄気味悪くなり、翌日、なにやかやと言いまわして、泰文の邸から逃げだした。京にいる間、刺客を恐れてたえずビクビクしていたが、格別なんのこともなく、その秋、命恙（つつが）なく安房に帰り着いた。

朝霞のほうにも、恐れるようなことはなにも起きなかった。それどころか、泰文はかつてないようなうちとけかたで、北ノ坪へやってきては世間話をするようになった。朝霞は泰文の気持をはかりかねて悩んでいたが、そういうことも度重なるとつい心をゆるし、どんなに責められても言わなかった隠し田のありかを白状してしまった。

「これは光麻呂と娘たちの分なのですから、そこのところは、どうぞ」

「わかっている。悪いようにはしない」

泰文は素ッ気なくうなずいてみせたが、つまりはそれが目的だったのだとみえ、それからはぷっつりと来なくなった。

朝霞と保平のいきさつはこれで無事に落着するはずだったが、事件は意外なところからあらたに掻きおこされることになった。

朝霞の兄弟も泰文の弟の権僧正光覚も、いずれも融通のきかない凡骨ぞろいで、事件のおさまりをあきたらなく思っていた。朝霞は亭主を裏切ったばかりでなく、一族兄弟の顔に泥を塗ったものであるから、こんないい加減なことですまされては、自分らの立つ瀬がないというのである。

光覚は壇下に尊崇をあつめている教壇師だったが、「はやく処置をつけてくれないと、講莚にも説教にも出ることができない。朝霞の始末はどうしてくれるのだろうか」

と手紙や使いでうるさくいって来る。朝霞の兄弟は兄弟で、「こう延び延びにされては、拷問にかけられるより辛い。一家の名誉が要求することに応じてくれなければ、われわれは衛門を辞するほかはない」などときびしく詰め寄る。

その頃の北ノ方というものは、奥深いところで垂れこめているうちに、いつ死んだかわからないような死にかたをすることが多く、葬いも深夜こっそりとすましてしまうというふうで、世間的にはとるにも足らぬ存在だった。殊に泰文などときたら、いまあってもう無い自然現象のようなものだとしか思っていないのだから、朝霞と保平の一件などは、事実だろうと否だろうと、なんの痛痒も感じない。保平の僕と白女を殺したのは、そういったもののはずみでそうなったまでのことで、立腹したのでもどうしたのでもなかった。弟や義兄たちの抗議も、ただうるさいと思うばかりだったが、際限なくせっついてくるので癇をたて、そんな邪魔なら、尼寺へやるなり、殺すなり、いいようにしたらよかろうといってやると、では勝手ながらこちらで埒を明けるから、悪しからずという返し文が届いた。

それから三日ばかり後の夜、泰文の留守の間に、朝霞の兄の清成と清経が五人ばかりの青侍を連れてやってきて、すぐ朝霞のいる北ノ坪へ行った。朝霞は褥に入っていたが、縁を踏んでくる足音におどろいて起きあがると、長兄の清成が六尺ばかりの綱を、次兄の清経が三尺ほどの棒を持って入って来るのを見た。

「この夜更けに、なにをしにいらしたんです」

「気の毒だが、お前を始末しにきた。なにしろ、こんな因縁になってしまって」

「それは泰文の言いつけですか」

「そうだ」

清経がうなずきながらいった。

「したいことがあるならしなさい、待っているから」

「なにといって、べつに……どうせ、こんなことになるのだろうと思っていました」

「いい覚悟だ。花世はとなりに寝ているだろう。むこうへやっておくほうがよくはないか」

「そうですね、どうかそうしてください」

清成が几帳（きちょう）の蔭から花世を抱きあげて出て行ったが、すぐ戻ってきた。

「では、やるから」

「いまさらのようですが、保平とはなにもなかったのです」

「そうだろう。しかしこういう評判が立ったのだから、あきらめてもらうほかはない」

「わかっています」

「怖くないように帛で眼隠しをしてやる。どのみち、すぐすんでしまう」

「どうなりと、よろしいように」

清成が几帳の平絹をとって朝霞の顔にかけると、清経が綱を持って朝霞のうしろにまわった。綱の塩梅をし、棒を枷にして締めだしだが、うまくいかないので、べつな綱をとりに行こうとした。その足音を聞いて朝霞が顔から帛をとった。

「いったいまあ、なにをしているんです」

清経がふりかえりながらいった。

「この綱はよく滑らないから、べつなのを探してくる」

そういって出て行った。間もなく車舎から簾の吊紐をとって帰ってきて、眼隠しをするところからやりなおしたが、その紐もぐあいが悪いかしてやめてしまった。

「どうしたんです」

「これもぐあいがわるい」

また綱を探しに行き、こんどは棕櫚の縄をもってきて、それに切燈台の燈油をとって塗った。

「こんどこそ、うまくいきそうだ」

綱は棒にうまく絡んだ。兄弟が力をあわせて一とひねり二たひねりするうちに、事はわけなく終った。

朝霞の亡骸は用意してきた柩におさめ、青侍どもに担がせてその夜のうちに深草へ持って行き、七日おいて、泰文のところへ、朝霞が時疫で急に死んだと、あらためて挨拶があった。

「時疫とは、いったいどのような」

「脚気が腹中に入って、みまかられました」

泰文は薄眼になって聞いていたが、

「かわいそうな、さぞ痛い脚気だったろう」

と人の悪いことをいった。

朝霞が死んだのは承安三年の十月のことだったが、それから二年ほどはなにごともなくすぎた。

泰文は相変らず公子のところに通い、子供らは母のいない北ノ坪でしょんぼりと暮らしていた。すさまじい扼殺が行なわれた夜、葛木と光麻呂は遠く離れた曹司におり、花世はまだ十一で、眠っていたところを清成に抱きだされたのだったから、三人の子供らは、母がそんな死にかたをしたことは露ほども知らなかった。召使どものいうとおり、深草の実家で病死したと信じていたので、心の奥底にある母の影像は、さほど無残なようすはしていず、母に死なれた悲しみも、月日の経つにつれてすこしずつ薄れ、誰もあまりそのことをいいださぬようになった。

二年後のおなじ月に新しい母がきた。前母（まえのはは）は口数をきかない冷たい感じのひとだったが、こんどの母は明るい顔だちのよく笑うひとで、前母よりとしをとっているくせに、子供らといっしょになって扇引（おうぎひき）や貝掩（かいあわせ）をやり、先にたって蛍を追ったり、草合せのしかたをおしえたり、一日中、にぎやかにしている。母がちがえばこんなに面白く暮らせるのかと、子供心にも不審をおこしたくなるくらいだったが、とりわけ敏感な花世は、急に新しい世界がひらけたような思いで、公子こそは自分を生んだ実の母ではなかったかと、うつらうつらするようなこともあった。

泰文は公子が子供らに馴れすぎるのを面白くなく思っていたが、さすがにそうはいいかね、子供らにあたりちらしてわけもなく鞭で打ったりした。泰文の不機嫌の真の原因は、上の娘がそろそろ嫁資をつけて嫁にやらなければならない年頃になっていることで、そのことが頭にひっかかると、むしゃくしゃしてつい苛立ってしまうのである。泰文としては、どう考えてもそういう無意味な風習と折合をつける気にならないので、いっそのこと邸を尼寺にしてしまえとでも思ったのか、北ノ坪の入口に築泥(ついじ)の高塀(たかべい)をつくり、善世(よしよ)という頑(かたくな)な召次(めしつぎ)のほか、男と名のつくものは一切奥へ入れぬようにしたが、間もなく姉娘の葛木姫が泰文の眼をぬすんで法皇に嘆願の文を上げたので、泰文のたくみは尻ぬけになってしまった。父は娘を家から出すことを嫌い、北ノ坪におしこめて手紙の往来さえとめ、事ごとに鞭や杖で打つので辛くてたまらない、嫁入るなり尼寺へつかわされるなり、この苦界からぬけださせるようにしていただきたいと書き、

さく花は千種(ちぐさ)ながらに梢(うれ)を重み、本腐(もとくだ)ちゆくわが盛(さかり)かな

という和歌を添えてつくづくにねがいあげた。法皇はあわれに思い、東宮博士大学頭範雄(はんゆう)の三男の範兼(のりかね)を葛木の婿にえらび、一千貫の嫁資をつけ嫁入らすようにとつよいご沙汰をくだした。

一説には、葛木の上書は公子が文案し、和歌も公子が詠んだものだといわれているが、たぶんそれは事実だったろう。おのれを持することの高い公子のような悧口な女

が、どういうつもりで泰文のところへ後添いに来る気になったかと、いろいろに取沙汰されたものだが、国吉や泰博のはかない終りや、常ならぬ虐待を受けている三人の子供たちをあわれに思い、朝霞にかわって、泰文のでたらめな暴虐から護ってやろうと思ったのではなかろうか。葛木を泰文の邸から出したのはすべて公子の才覚だったとすれば、進んで後添いにきた公子の意外な行動も、それでいくぶん説明がつくのである。

そういう状況のうちに、この物語の本筋の事件の起きた治承元年になり、花世は十五、光麻呂は十一の春を迎えた。

花世と光麻呂はよく似た姉弟で、光麻呂が下げ髪にしているときなどは姉とそっくりだった。花世の美容については、「かたちたぐひなく美しう御座まして、後(のち)のために似(に)せ絵などとどめおかましう思ひける」とか「カカル美容(ミメ)ナシ」とかいったような記述が残っている。不幸だった花世の身のすえに同情するあまり、いくぶん誇張した向きもあるのだろうが、光実の肖像画で見るくらいの美しさはたしかにあったのだろう。泰文は天下りに捥(も)ぎとられた一千貫の怨みが忘れられず、毎日、大酒を飲んで激発していたが、日に日に女らしくなってくる花世のなりかたちを見ると、後から追いかけられるような気がして、またしても落着かなくなった。いろいろと思いあわせるところ、葛木を家から出したのは公子の仕業だったような気がするが、それはともかく、花世の美しさはなんとしても物騒である。放っておくと、姉とおなじようなことをやり出すかもしれない。このうえまた一千貫では精がきれる。そばからつまらぬ知慧をつけられぬようにと、花世を殿舎(でんしゃ)の二階に追いあげ、食事も自分で運んで行くくらいに用心していたが、思春の情はなにものの力でもさえぎることのできない人性の必然であって、そのほうを始末するのでなければ、完全におさえつけたという満足はえられないわけだと、放蕩者だけあっていみじくもそこに気がついた。足りないものをみたし、性の満足さえ与えておけば、嫁に行きたいなどという出過ぎた考えを起こさず、いつまでも手元に落着いているのだろうが、ほしいものを宛てがえばいいといっても、そこらあたりの青侍や下司をおしつけて孕まれでもしては事面倒である。どうしようかと首をひねったすえ、そんならば、父親の自分が娘の恋人の役を勤めたらよろしかろう、これ以上安上りなことはなく、手軽でもあり安心でもあると考えきわめ、花世を呼んで、こんな罰あたりなことをいって丸ろめこみにかかった。

「お前も、いずれは子をひりだす洞穴(ほらあな)を持っているわけだが、おなじ生むなら、聖人になるような立派な子を生むがいい。父が自分の娘を知ると、生れて来る子供はかならず阿闍梨になる。聖人はみなそのようにして生れでたもので、母方の祖父こそ、じつは聖人の父親なのだ」

泰文の卑しい眼差にあうなり、花世は父がいまどんな浅間しいことを考えているか、すぐ感じとってしまった。

「なにをなさろうというのです」

「だから、おれがその骨の折れる仕事をしてやるというのだ」

「そんなことは嫌でございます」

「欲のないやつだ。父のおれがこういうのだから、否応はいわせない」

途方もない話だが、信じられないような奇怪な交渉が、夏のはじめまでつづけられた。抵抗すれば息の根がとまるほど折檻されるので、気の毒な娘は、そういう情けない生活を泣く泣くつづけていくほかはなかったのである。

泰文はでたらめな箴言に勿体をつけるつもりか、拍手をうって花世の女陰を拝んだり、御幣で腹を撫でたり、たわけのかぎりをつくしていたが、おいおい夏がかってくると、素ッ裸で邸じゅうを横行し、泉水で水を浴びてはすぐ二階へ上って行ったりした。

泰文はよほどの善根をほどこしている気でいるらしく、いつもニコニコと上機嫌だったが、だんだん図に乗って、たぶん邪悪な興味から、裸の花世を北ノ坪へ連れて行き、菊燈台の灯をかきたてて、自分と娘のすることを現在の継母にちくいち見物させるようなことまでした。

花世と公子は地獄にいるような思いがしたことだったろう。こんな畜生道の穢にまみれるくらいなら、いっそ死んだほうがましだと思い、露見した場合の泰文の仕置も覚悟で、白川の邸で行なわれている浅間しい行態を日記にして上訴したが、そういうこともあろうかと泰文は抜け目なく手をうっておいたので、上書は三度とも念入りに泰文の手元へ送りかえされた。泰文が花世と公子をどんなむごい目にあわせたか想像するに難くないが、不幸な二人の女は、このうえ一日もこういう生活をつづけてゆくことに耐えられなくなり、泰文が死にでもするほか、この地獄からぬけだす方法がないと承知すると、二人で話しあって、ついに非常手段に及ぶ決心をしたのである。

北ノ坪で召次をしている犬養ノ善世という下部は、卯ノ花の汗衫を着てとぼけているが、首筋は深く斬れこんだ太刀傷があり、手足も並々ならず筋張っていて、素姓を洗いだせば、思いがけない経歴がとびだしそうな曰くありげな漢だった。暴れだせばむやみに狂暴になる泰文が相手では、どのみち女だけの腕で仕終わせるのぞみはないから、公子は善世を手なずけてみようと思いついた。

善世は眼の色を沈ませていつもむっつりと黙りこみ、なにを考えているのかわからないような陰気な男で、うちつけにそういう大事を洩らすのはいかがかと思われたが、ほかに助けとてもないのであるから、ある日、ままよと切りだしてみると、意外なことに、すぐ同腹してくれた。

犬養ノ善世はもとは鬼冠者といい、伊吹山にいた群盗の一味で、首の傷こそは、五年ほど前、山曲（やまたわ）の暗闇で泰文とやりあい、腰刀をうちこまれたものだということだった。こうして沓石（くついし）同然の下司の役に甘んじているのは、いつかは怨みをはらしてやろうという鬱懐によることである。あなたさまがたにたいする大蔵卿の仕打ちは、かねがね私めも腹にすえかねていた。そういう存念があられるなら、どのようにもお手助けすると、キッパリとした返事であった。

近々、泰文は八坂の持仏堂へ行くはずだから、仲間を集めてその途中で事をしたらと善世はいったが、公子は考えて、べつの意見を述べた。これまでの例では、泰文は危難にそなえて大勢の伴を連れて行くから、かならず仕終わせると思えない。油断のない泰文のことだから、こんどの八坂行には、われわれ二人も伴って目のとどくところへおくつもりにちがいない。奔放自在な泰文に立ちむかうには、緻密に考えた計画はむしろ邪魔なので、その場の情況に応じて、咄嗟に断行するといった、伸縮性のある方法のほうが、成功の公算が多いのではあるまいか。われわれはいつも泰文のそばにいるのだから、抜目なくかまえていれば、かならずいい折を発見することが出来るかと思う。お前はいつなんどき合図があっても、すぐに行動ができるよう、近いところで気をつけていてもらいたい。善世は、ご尤もなお考えであるといい、それで相談がまとまった。

七夕と虫払いがすむと、泰文は急に八坂へ行くといいだした。十四日の盆供に伜どもの墓を賑やかに飾りたて、谷の上の細殿からゆっくり見おろしてやろうという目的らしかったが、予期されたように公子と花世もいっしょに行くことになり、檳榔庇の車に乗って、まだ露のあるうちに邸の門を出た。犬養ノ善世は狩衣すがたで車のわきにつき、ときどき汗を拭きながらむっつりと歩いているのが、窓格子の隙間から見えた。

八坂の第に着くと、泰文は谷と谷との間に架けた長い橋廊をわたって細殿に行き、はるか下の墓を見おろしながら酒盛をはじめた。いいぐあいに酔いが発しないらしく、折敷の下物を手づかみで食い、夜の更けるまで調子をはずした妙な飲みかたをしていたが、夜半近く、杯を投げだすと、そこへ酔い倒れてすさまじい鼾をかきだした。

公子と花世は蒼くなって眼を見あわせ、今こそと、たがいの思いを通じあった。いずれこういう折があるものと期待していたが、それにしてもあまりに早すぎた。着いたばかりでは、善世も手が出まい。どうしたらよかろうという苛立ちと当惑の色が、たがいの眼差のなかにあった。公子が心をきめかねているうちに、花世はつと立って細殿から出て行ったが、間もなく戻ってきて、橋廊のきわから公子を手招きした。公子が足音を忍ばせながら花世のそばに行くと、花世は公子の耳に口をあてて、

「だいじょうぶ。いま善世が来ます」とささやいた。

しばらくすると、善世が夏草をかきわけながら谷のなぞえを這いあがってきた。ながいあいだ階隠（はしがくし）の下にうずくまっていたが、そのうちにすらすらと細殿に上りこむと、ふところから大きな犬釘をだし、あおのけに倒れている泰文の眉間にまっすぐにおっ立て、頃合をはかって、

「鯰め」と一気に金槌で打ちこんだ。

泰文はものすごい呻き声をあげ、それこそ、化けそこねた大鯰のように手足を尾鰭にしてバタバタとのたうちまわっていたが、つづいてもう一本、咽喉もとにうちこまれた犬釘で、すっかりおとなしくなってしまった。

星屑ひとつない暗い夜で、どこを見ても深い闇だった。八坂の山中に、光といえばこの燈台の灯だけであろうが、その灯は風にあおられながら、泰文の異形な外法頭をしみじみと照していた。

うすゆき抄

寛文本、仮名草紙の「薄雪物語」では、園部左衛門が清水寺で薄雪姫という美女に逢い、恋文を送って本意をとげたが、愛人に死なれて無情を感じ、高野山に入って蓮生法師になる。操浄瑠璃の「新薄雪」は文耕堂が時代世話にこしらえ、道行の枕に「旅立に日の吉凶をえらばぬは、落人の常なれや」というのが小出雲の名文句として知られている。

どちらも慶長三年の「うすゆきものがたり」を粉本にしていることはいうまでもないが、原作にあるのは、凡庸な恋愛風俗と室町時代の仏教思想をなえまぜたようなたわけた話ではない。仮名草紙で園部左衛門となっている大炊介は、男の中の男とでもいうような誠実な魂をもった大丈夫で、薄雪姫なる行子のほうは、自分の生きる道を愛の方則から学びとるほか、なにひとつ知らぬような純情無垢の女性である。この一対の男女の上に、両親の反対や、政治的な策謀や、行きすぎた友情や、偽りの恋や、ありとあらゆる妨害が山と積みかさなる。男は底知れぬ勇気と果敢な行動で、女はおどろくべき辛抱強さと機略をもって抵抗し、二十年に及ぶ愛の戦争を継続するが、その癖、どちらも最後まで純潔なのである。二人は物狂わしいほどの熱情であくまでも一念を貫こうと心を砕くが、悲劇的な宿縁の翳に禍いされ、あわれにも身を亡ぼしてしまう。この話には見せかけの僥倖といったようなものは片鱗もない。あるものは不幸と苦だけである。なにひとつ慰藉のない荒涼たる一篇の情史は、読むものの胸をうたずにはおかない。

筆者は松月尼というだけで、どういう人物か知られていないが、説話の文様からおすと、この事件に関係のあった一人だということがわかる。この事件の表裏に通じている人物といえば、大炊介の名親にあたる青山新七か、行子の母の資子か、行子の侍女の高根の三人のうちにちがいないが、「くやみてもかひなきことなれど、せめてもの心やりに書きもしるしつ」などと言っているところを見ると、あまり悧口すぎて、娘のあたら花の命を散らした母の懺悔ともとれるのである。

松月尼の述懐は、風摩大炊介と賀茂行子がはじめて小田原の城下で出逢った天正九年の夏からはじまり、大炊介が蜂須賀小六家政（二世小六、阿波守）の手について朝鮮征伐に行き、唐島を経て京都へ帰った文禄二年の秋の末で終っている。

天正九年といえば、信長が高野の僧都、二十余人を斬り、家康が遠州高天神の城で武田勝頼の郎党の首、七百余級を獲ちとり、秀吉が鳥取城攻めにかかった年である。応仁の乱にはじまった大暗黒時代がおおよそ百年あまりもつづいているが、まだ終らない。上は大小名、各地に割拠して戦乱をおこし、下万民、家も畠も顧みるいとまがなく、流賊の態になりさがって諸所を放浪し、ただもう人のものを掠め盗って当座の渇命を医そうとするばかり。かしこの乱暴、ここの一揆と、世をあげて動乱している中で、そうした纏綿たる愛の事業がくりひろげられたというのは異様に思われるけれども、当時の小田原という町のありようを考えると、うなずかれることもあるのである。

天文二十年、兵乱に追われ、近畿から小田原へ逃げてきた某という男が相模府中へ入ると、町の数多い小路には塵さえも見られず、ちまたには高館が立並び、城には喬木が森々と繁り、三方の池には白鳥がのどかに泳いでいる。一色というところから板橋というところまで、一里ほどの道の両側に隙間もなく棚を張り、唐の器物やら葡萄牙の珍品やら、山と積みあげて売買いしている。戦場の浅間しい地獄の沙汰を思いかえすと、とても現実のこととは思われず、あまりの勿体なさに涙を流したということであった。

大炊介と行子の最初の出会いはなに気ないことからはじまった。行子は預けられていた京都の黒谷の尼院から、大炊介は儒学の勉強をしていた下野の足利学校から、どちらも五年ぶりに故里へ帰り着いたその第一日目に、偶然、渡し舟に乗りあわすという運命的なめぐりあいをしている。

大炊介は二十二歳、行子は十七歳であった。大炊介は郷士の伜だが、いまは儒生のはしくれにすぎないから、もちろん供などは連れず、小狩衣に侍烏帽子をかぶったくらいのところ。行子のほうは小田原一の分限者といわれる蘆屋道益の一ノ姫だから、荷担ぎのほかに、倔強な供と女房ぐらいは連れ、縫箔のある小袖に精巧な地の薄衣をかぶった優美な旅姿をしていたことだったろう。そうして磧から舟に移ったが、広くもない渡し舟のことだから、肩をすりあわせ、ひょっとすると膝を触れあって、おなじ胴ノ間に坐ることになる。

行子の眼にうつった大炊介という男性は、蔓巻の打刀を指した士の風体なのに、どこにも髯がないことであった。鎌倉時代にはじまった貯髯の風は、天文の終りごろからいよいよ盛んになって、自持ちの髯のほかに置き髯や懸けひげをつけ、法体になっても豊かな髯をたくわえるという凝りかたなので、まずそのことが心をひいた。そういう威毛のついた顔ばかり見馴れてきた眼には、汚れのない玉のようなツルリとした顔は、あまり突飛で異なものだったが、だんだん見ているうちに、なるほどこういう美しさもあるものだと納得した。このごろ、近畿の大名や寺院の長老が稚児を集めて珍重しているが、そこにいる男性の顔は、鬢を二つ折にし、歯を黒く染めたありふれた美童の面ではない。威儀正しい気品のある凛々しさがあふれ、古画に見る上代の旧上達部が、なにかの都合でこの世にたちかえってきたかと思われるほどであった。

大炊介の見た行子は、稚気離れのしない、咲きたての花のような面差しをした愛々しい女性で、生まれてからまだただの一度もこの世の不幸に逢ったことがなく、この世で思いのままにならぬものはないという、驕るかにも見える寛濶な表情をしていた。

女性は顔をまわしてゆったりと川面や遠い河岸を眺めているが、どんなことにも興味と満足を感じる豊かな気質らしく、表情のなかにたえず微笑の波をたちあげるので、顔自体が生きているかと思われるほどである。なかでも溌剌と動いてやまぬのは、底知れぬ愛嬌をたたえた二つの眼で、こちらへ眼差をかえすごとに、しきりに大炊介に語りかけるのだが、なにを言おうというのか、大炊介にはついぞわからずにしまった。二人は舟のなかでは語りあわず、なにごともなく別れたのである。

「そこでさえ逢わなかったら、生涯、相引かず、思い臥ることもない二人だったのに」と松月尼が書いている。これは、一つは二人がそうした出逢いをした運命のことを、一つはとうていこの世では溶けあえぬ敵同士の身分のことをいっているのである。

　この物語では、大炊介の父、関東一の乱破の大将、風摩小太郎が紀州貝塚の一揆に信長の手につき、里カマリ（大掠奪）で蘆屋道益の血族を焼き殺し、その風摩小太郎が、道益の子の道長に箱根の木賀の湯で討たれるあたりが、因果のはじまりのように見えるけれども、両家の過去の因縁はそんな底の浅いものではなかった。どちらも清和源氏の分流でありながら、四代、満仲のときから敵同士になり、五百年の間、それとも知らずに殺し殺される、因果な争いをくりかえしてきた業の深い間柄だったのである。

　松月尼が説くのもそのことなので、そこは女だからあきらめが悪く、同族抗争の目もあてられぬ惨事を、七代まで遡って縷々懇切に述べている。そういう深い宿怨をたがいの血のなかにもった大炊介と行子の結びつきは、その後どんな風に運んでいたかというと、夏ごろ、ゆくりなく渡し舟に乗合わしただけの二人が、わずか一と月ほどののち、蟋蟀の声もおさない秋のはじめに、毎夜のように屋形の裏庭で忍び逢う退引ならぬ関係になっていたのである。

良縁結ばず、悪縁は至極疏通すという言葉があるが、このときの作用はだいたいそれに近いものであった。大炊介にしても、行子にしても、予定どおりに行動し、即興的な試みをしなかったら、おなじ渡し舟に乗りあわすようなことは絶対になかったはずだからである。足利学校の学頭をつとめた七世九華は六十一歳になったので、暇をもらって郷里の伊豆山へ帰ることになった。大炊介が、廃学する気になったのもそのせいだったが、老師を松原の渡しまで送ったところで、別れるに耐えられなくなり、その舟に乗って向岸まで渡り越してしまった。行子のほうの因縁のカセは、沼津あたりからはじまっている。父の道益は行子に箱根路を越させるのをいとしがり、沼津の浜まで迎いの船をやったが、真鶴岬をかわしたところで、行子は片浜から岸づたいに歩いて行くといいだし、急に船から降りてしまったのである。偶然と言捨ててしまえばそれだけのことだが、二人の上に眼に見えぬ操りの糸のようなものがからみついていて、どうでもそうなるようにひき寄せたのだと思えなくもない。

これで物語の筋を運ぶ段になるのだが、その前に、あわれな終末をつくりだした二人の境界を説明しておかなくてはならない。乱破とか出抜とかと呼ばれていた山武士野武士の類は、百姓のような見せかけをしているが、保元以来、つぎつぎに滅亡した源平藤橘の血脈をひく武辺のまがいで、夢想家が多く、独力で家門挽回の大事をなすには、武芸の技くれなどは役にたたない、智能と機略によるが便利とあり、代々、山野に沈潜して六韜三略の勉強ばかりしていたため、そういう一類の中から異常な才能をもった軍師が大勢出た。美濃の蜂須賀、稲田、近江の日比野、長江、下総の勾坂、信濃の滝川などはその尤なるもので、各地の大小名に招聘され、ふしぎな働きをしてみせた。

大炊介の父の小太郎も清和から出た源氏の末流で、五代前から相州の聖山に住みついて風摩という姓を名乗った。天文のはじめ四百人の野武士を統率する関東一の乱破の大将になり、あらゆる合戦に参加して五畿内の戦場を馳せめぐっていた。

天正七年、武田勝頼が浮島ケ原へ押しだしてきたとき、大炊介の父は北条の手について大いに武田の軍勢を馳け悩ました。北条三代記に「風摩小太郎、乱破四百人を扶持す」とあるが、領主だから合力したのではなく、勝頼のやりかたが不服だったというだけのことにすぎない。戦争の目的が気に入り、この大将ならと思うと、どちらの側へでも加担する。もちろん扶持は受けるが、その合戦かぎりのことで、どういう場合でも主従の関係は結ばない。これは乱破の一般の気風でもあるのだが、主従の関係ができて妙な重味がつき、恩愛の絆に縛られて自由を失うのを極度に嫌うのである。

大炊介の父は大体そういった人物だった。大炊介が五歳になると、手許から離して小田原の青山新七という儒家へ預け、成年に達すると、小田原、入谷津（いりやつ）の山曲（やまたわ）で年五十石の上りのある田地を買って小さな家を建て、大炊介を一人でそこに住まわせ、「生涯、俺の子であることを口外してはならぬ、青山大炊介と名乗っておけ」と申しわたした。なんのために、そうまでして親子の関係を厳秘しようとしたのかわからないが、しかし、想像できないことはない。戦場における乱破の主な任務は、敵の後方を攪乱することにあって、村を焼いたり、敵産を掠奪したりするが、それを必要の程度にとめておくことはむずかしい。それどころか、大抵の場合、目をおどろかすような大掠奪になり、意外な血を流してしまうのが常なのであって、そのため思わぬところで深い怨みを受けている。そんなことは戦争には避けられぬ茶番（ちゃばん）のようなものだ、と小太郎は口ではいっていたが、心の底では、いつどこで仕返しをされるかわからぬという不安にたえず脅かされているふうで、小田原の町へ現われるときは、いつも何人か手下を連れ、たまさか一人で入谷津へやってくるときは、月のない夜中にかぎっていた。

大炊介は見かけの割に豪胆で、一廉の役には立つはずであったが、小太郎はただの一度もカマリに誘ったことがなかった。そういう稼業に嫌悪を感じている証拠なので、大炊介に父姓を名乗ることを禁じたのも、その辺に人知れぬいわくがあったのだと思うほかはない。

その父も死んでもう居ない。昨年の秋、どこかの戦争で重傷を受けて帰り、貝津藤吉という手下を連れて木賀の湯へ湯治に行ったが、それっきり帰って来なかった。藤吉にたずねると、「大将はいけませんでした」とそれだけ答えた。墓はと聞いたが口を噤んで返事をしない。乱破の墓のあるところが知れると、怨みのある土着人が死体をひきずり出しにくるので、乱破の仲間以外にはけっして明かさないものだということであった。別な話だが、風摩小太郎の墓のありかがわかったら、第一番に死体をひきだしに来るのはたぶん蘆屋道益だったろう。というのは、紀州貝塚の一揆のとき、道益の老父と二人の弟が風摩の一党に焼き殺され、忘られぬ怨みを抱いていたからである。

蘆屋道益もふしぎな運命を負った男だった。道益がまだ泉州の堺にいるとき、遠い縁つづきにあたる陰陽博士の賀茂円明がやってきて、「俺は間もなくこの世においとまをつげるが、その前に言っておくことがある。お前は二人の子供をもつが、気の毒ながら二人とも非業の死をとげる」と占示した。

円明は易にかけては神に近い存在で、その人の占考は絶対に外れのないものであった。道益としても観念するほかはなかったが、自分の行途にそういう暗い運命が待ちかまえているのはかなわないから、血の近い山城の賀茂の一族の中からここ一番という石女を探しだし、叶わぬまでも運命に抵抗してみることにした。

山城の賀茂は社家でいながら、賀茂村から比叡山の水呑に達する広大な領地をもって居り、一族の女たちは国学と古文に凝りかたまって、みな独身で終ってしまう。賀茂は神の子の転化語で、神武天皇の直系だとされ、古くから賀茂の女は孕まずという言伝えがあるくらいだが、それだけでは安心がならず、さんざん選り好みをしたすえ、賀茂資子をもらうことにきめた。御書講に出仕したこともある才媛で、理非の弁別のはっきりした、非情なまでに折目正しい、身のうちに温味があるのかと思うような冷々と冴えかえった感じで、この母胎なら、どんな向う見ずな生命でも、とうてい宿りようがなかろうと思ったからである。

道益は円明の占示に鼻を明かしてやったつもりで居たが、所詮は無益なわざであって、三年とたたぬうちにつぎつぎに男と女の子が生まれ、宿命というものの執念の深さを、はっきりと思い知らされた。

長男のときは、賀茂宮で一万遍の大祓をした選名が道長と告示されて気をよくしたが、女の子のときは薄雪と出た。薄雪ははかないものにたとえ、薄命の掛言葉にさえなっているのだから、道益は腹をたて、訓だけとって行子ともじり変えてしまった。

「これこそ因果というものの姿なのだろうか。あわれなことに、二人の子供はそうまでとは望みもしないほど日ごとに美しくなりまさった」と松月尼が歎いている。道益と資子は二人の子供が白痴か片輪か、眼もあてられないほど醜くあってくれたらと思ったにちがいない。いずれはただならぬ死にかたをする子供らが、日に日に愛らしくなって行くのを見るのはやりきれたものではなかったろう。禁厭や物忌の手段にかけては、なにひとつ不足のない時代のことだから、道益はこれというほどのことはみなやったが、なお、二人の子供の将来にそなえるために、出来るかぎり資産を積んでおいてやろうと思った。この世は金が物言う便利な世界で、金で落せぬ判官もなく、金でほころばぬ渋面もない。非業とだけでは、どういう死にかたをするのか予想もつかないが、山ほど金を積んでおいてやれば、運数の呵責をいくぶん軽くすませることもあろうかというところから、一念発起して、猛然と金つくりにとりかかった。

道益は、能登屋、臙脂屋などと肩をならべ堺十人衆の中座にすわり、朝鮮や明に手船を出して、異国の物貨を取仕切っていたが、こんなことでは捗がいかぬと急に鉄砲買いを思いつき、商用の便宜のために心にもない切支丹のお水を授かり、葡萄牙人の間を駆けまわって、鉄砲、鉄砲薬、鉄砲玉、火砲、海戦道具と、戦争の諸道具を大段に買いつけ、織田にもその敵の毛利にも、そのまた敵の細川にも、一切無差別に売り沽し、相模府中の小田原に南蛮座をつくって、堺では見向きもされぬ南蛮端物の納屋払いをしたりし、わずかの間におどろくような蓄財をなしとげたのである。

かんじんの二人の子供のほうは、毎年、年のはじめに歳徳神の居どころを探し、今年の恵方は北だといえば、人を附けて北へ預け、南だといえば南へ送り、疲れを知らぬ奮闘をつづけていた。京都の尼寺へ預けておいた行子を急に小田原へ呼びかえすことにしたのは、その夏から金神の遊行が西方へまわるのを忌んだためだが、なおそのほか、かねて築造にかかっていた山邸が、この夏ようやく落成したからでもあった。

道益はやがて来る行子の十九の厄年を、どうして事なく越させようかと悩んでいた。災いはかならず起るときまっている。どんな恰好でやってくるかわからないが、内から起るより外から来る可能性のほうが多いから、まずそのほうの道を切るにかぎると、小田原の裏山、谷津のなぞえに砦のような三層の邸第を造営し、風にもあてずに楼閣のてっぺんに囲っておくことにした。前は谷津の谷にのぞむ急斜面、上は山に囲まれた深い谷戸、山曲にわずかばかりの瘠せ田があるが、五年ほど前から人が住まなくなり、荒れたままになっているという、いかにも取詰めた場所である。山邸のあるところは、府中の町端まで見晴す絶好の高台で、どんな人間が上ってくるか、十町先からはっきりと見分けられる。道は石高の一本道だから、途中に木戸を置いて守らせれば、そちらからの防ぎも十分につくはず、と細かく詮じつけ、邸のうしろに行き来もならぬ檜の森をとりこみ、櫓門のついた築泥塀を長々とひきまわし、邸のつくりは本願寺の飛雲閣のをとり、いちばん上を四方窓のついた物見のような閣室にこしらえ、十畳つづきの二間に絵襖をひき、資子もいっしょにそこへ臥させることにした。

これで残りなく手をつくした、と道益はほっとしたが、かんじんのところが一本抜けていた。今こそ荒れ田になっているけれども、いつかは持主が帰ってくるかもしれないというところまで考えておかなかったのは、なんといっても手抜かりであった。のみならず、山邸の地取り自体がすこぶる間のぬけたものであった。大炊介の田地と住居のある上の入谷津まではここも石高の一本道で、小田原の町へ降りるには、どうしても山邸の横を通るしかないのだが、そのうえ石高の坂道は西側の築泥塀の際で急に高くなっているので降りがけには、否応なしに塀の内側をのぞきこむようになり、防備という点からいうと、これはいかにも不束(ふつつか)なものであった。塀際をうねりあがる石高道は、一歩ごとにそこを通る人間をおしあげ、塀の上端(うわば)越しに頭から爪先まで露骨に見せてしまう。閣室の窓に倚(よ)る人間と坂を上る人間は、その辺のところで水平の位置をとることになり、たがいに顔を見合って笑うこともできれば、うなずくこともできるというわけなのである。人間の眼がある種の危険な作用をしないのだったら、山寨の守りは完全に近いものだったろうが、そうでなかったので、この防備は意味のないものになってしまった。

道益が選りにえらんでこんなところに地幅をとったのは、人間の智慧の及ばぬ宿命のなせる業なのであろうが、道益が三層の楼閣を作ろうなどと思わなかったら、いやまたそこへ行子を置こうなどと思わなかったら、悪因縁に支配された男女が結びつけられることもなく、従って以後の悲劇もなかった。こうしてみると、道益の切羽詰った頭のなかで考えだしたことは、意図したところと反対に、なにもかも危険を生みだすことだけに役立ったともいえるのである。

長男の道長のほうは寺へやって得度させ、これはというほどの寺領を後援し、大僧都にしあげてやろうと最初は思っていたが、天文六年の秋、雄略寺の光顕上人が名もない土民に刺殺された一条を聞きこむと、坊主にしても安心はならぬ、おのれでおのれの身を守るには、武芸の鍛錬に越すものはないという考えになり、北条氏の家中の某という武芸者について、思うさま刀槍弓馬の技を学ばせた。

道長は父に似た骨太の巌乗づくりで、血の気が多く、なにかといえばいきりたち、うぬ、とか、おのれめらは、とか荒げた声をだす癇の強い子供だったが、打刀を持つようになってからは、いよいよ思いあがった容態になり、生毛のはえた頬に懸髯をかけ、市のたつ賑やかなところへ出かけては、わけもなく棚の八百物をとって投げ、道端の魚籠を蹴返し、憑きものでもしたように暴れくるい、結局は袋叩きにされ、傷をつけて帰ってくる。気狂いに刃物を持たしたような埒のなさで、これでも困ると眉をひそめていたが、二年ほど前の夏、祭礼の雑踏の中で力んでまた叩かれ、逃げだしたところをうしろから斬りかけられ、大きな傷を背負って帰ってきた。

道益はふるえのでるほど仰天し、箱根の木賀の湯は金創にも逆上にも利くというので、供をつけて湯治にやったところ、五日ばかりして、夜遅く一人で帰ってきた。どうしたのかとたずねると、道長は四角に坐って、内密に申しあげたいことがあるという。

奥の間へ行くと、道長は昂然たる態で宣言(なのり)をあげた。

「木賀の湯ではからずも、敵(かたき)にめぐりあいましたので、討果(うちはた)して帰りました」

「恐ろしいことをいうの。お前に敵なぞあったのか」

「父上にはご老耄と見えます。先年、紀州貝塚で風摩の里(さと)カマリに逢い、叔父御やら甥やら、生きながら焼き殺されたことをお忘れですか。敵といっても、これ以上のものはないはず」

「それはそうだが、よもや貴様が風摩小太郎を」

「討ち果したと申しました」

朝夕、湯壺で全身に刀傷のある老人と出逢う。なにしろすさまじいばかりの手傷なので、どれほどの武功のあった士かと、宿のものにたずねてみると、あれこそは風摩小太郎と、そっとおしえてくれた。

貝塚の一条は、子供心にも口惜しく思っていたが、逢うはずもない仇敵にこんなところでめぐりあったのは、討てという天慮にちがいない。風摩小太郎というのはどんな鬼かと思っていたら、六十ばかりのよぼけ爺で、右足の筋を切られて杖にすがって歩いている。子供と思って眼端(めはし)にもかけないふうだから、隙を見て討ちとってやろうとつけねらっていると、毎晩、夜中すぎに一人で湯壺に行くことがわかったから、岩阻道で待伏せ、行きすぎたところを後からぶッ通し、そのまま谷底へ蹴込んでしまったということなのであった。

道益はおどろくより心細くなり、道長のしたり顔を眺めながら歎息をもらした。乱破のうちでも風摩ノ衆はとりわけ義理が固く、受けただけのものは無理をしても返すという風である。仲間の一人が江州、塩津の土着人に打ち殺されたというので、百戸からある村を八方から焼きたて、人も馬も逃さばこそ、一夜のうちに灰にしてしまったことがあった。諏訪、上原の合戦では、糧道の先達に道を教えなかったら、村端へ煙硝を仕掛け、一郡七ヵ村を跡方もなく噴き飛ばしてしまった。

先達をまごつかせたくらいでそうだから、大将を殺したとなっては、災害のほども思い知られる。道長などは、引裂かれるか、串刺しにされるか、焙られるか、煮られるか、いずれは乱離骨灰、それも道長だけですむことか、おのれ、資子、行子、一門一族、血につながるものは、堺から、山城から、紀州から、一人残らず根こそぎに探しだされ、目もあてられぬ始末になってしまう。円明の占兆にあらわれたのは、つまりはこのことだったのだろう。どんなお先ッ走りの心霊が、こんな細かいところまで見抜いてしまうのか知らないが、非業の死とはよく言いあてたと、いっそ感心するくらいのものだった。

当の道長は落着いたもので、そんなにご心配なさるな、たいしたことはないものです。風摩の大将を害（あや）めれば、どう祟るくらいのことは心得ているから、その辺のところは念入りに首尾をしておいた。夜更けなり闇夜なり、誰かに見られたかというような浅墓なお気遣いはご無用である。谷底から死骸が上っても、そういう態たらくのおいぼれだから、岩端（いわはな）につまずいてよろけこんだと思うだろう。背中の突傷にしても、何百とある傷の中から、これが新傷（あらきず）と見わけのつこうわけはない。だいいち、私のような若年者が風摩小太郎を手にかけたなどといったら、聞いたほうが笑いだすだろうなどと、子供のくせにませたことをいい、それで話の皃をつけてしまった。

道益は気の利いた男を二人ばかり木賀へやってようすをうかがわせると、なるほど道長のいうとおり、供は一人いたが気の鈍（うと）い間抜けらしく、風摩の死体を駕に乗せ、なにもいわずに三島のほうへ下って行ったということで、やれやれと胸を撫でおろしたが、いちど痞（つか）えたおびえは去らず、府中で名の通った無法者を十人ばかり兵隊に雇いいれ、弓矢を持たせて見張りの櫓門へ追いあげた。しかしその後二年なんのこともなく、兵隊は毎日欠伸ばかりしていたのである。

さて、渡し舟は松原の磧に着き、行子は迎いのものといっしょに、府中の一色のほうへ歩いて行ったが、伊達なまでに悠揚とした床しげな青年が、糸にでもひかれるように後からついてくるのに気がつくと、急に心が波立ってきた。

行子は感じたことや考えたことをすぐ口に出してしまう屈託のない気質で、いつもなら、あんなひとが後をついてくる、ぐらいのことをいうところだが、今日はそうは得しなかった。それどころか、目の早い供の中の誰かが気がついて、無礼なことを言い掛けたりしなければいいがと心配しだした。できるなら、どこまでもついてきてもらいたいので、供の仕打ちに腹をたて、どこかへ行ってしまったらどうしようと、それを恐れたのである。

邸第を見あげる山下まで行き、そこから坂道をのぼりだした。振返って見なかったけれども、依然としてその人が後にいることは勘でわかった。行子はこれが最初の恋愛の経験に酔い痴れて、頭のなかに霞がかかったようになり、まわりの景色がなにも眼に入らなくなった。それにしてもすこし大胆すぎる、お心はよくわかったから、これくらいにしておいてと心の中で呟いているとき、うしろで下司どものがさつな声がきこえた。

そんなことがなければいいがと案じていたが、果して荷担ぎがここからやらぬの態でそのひとの前にたちふさがり、ここなる屋形は相模の一の分限者、蘆屋道益どののの別業(なりどころ)、またこれなるは道益どのの一ノ姫にあられる。この上には猪のいる山隈(やまくま)があるばかり。せっかくこの道を来られたには、屋形に御用の方とぞんずるが、お名を仰せあればお取次ぎいたす、などと弁口めかした詮議だてをしている。その人は意外な咎めを受けるものかなといった面持で、黙然と道なかに立ちつくしていたが、やがて慇懃に膝へ手をおろして、

「私はこの上の猪の出る山隈に、ささやかな領地を持っている青山大炊介という郷士ですが、四、五年、下野(しもつけ)の足利に居り、この谷津にかような邸第の出来たことも、今日はじめて知った次第。隣保(りんぽ)の仁義にも及ばなかったが、以後、よろしくお見知りおきねがいたい」

軽やかに受流(うけなが)して、悠然と上のほうへあがって行ってしまった。

あとを慕ってくると思っていたが、それは見当ちがいで、上の谷戸(やと)へ帰るひとだった。行子はむやみに興奮していたので、当外(あてはず)れの失望から神経の発作をおこし、三層閣の部屋へ入るなりひどい熱をだしてしまった。

熱といってもいろいろだが、それは摩擦抵抗から生じる熱作用、といったたぐいのものだったのだろう。その夜、行子は頭の下でたえず熱い枕を廻しながら、朝までまんじりともしないという辛い夜を、生れてはじめて経験した。

これまでにまだ一度もそういう感情に遭遇したことがなかったので、たったこれだけのことがなぜ眠りをさまたげるのか、なぜこうまで心の平安を乱すのか、なにひとつ領会(りょうかい)できなかったが、詮じつめたところは、当外れは当外れとして、なにがなんでも、もう一度あの青年に逢いたいということなのらしい。ともかくこんな気持になってしまった以上、いまひとたびの、などと几帳の蔭の歌枕(うたまくら)のようなことを呟いていてもどうもなるものではない。そうならばそうのように、力一杯にやってみるだけのことだと、きっぱりとしたところへ思慮を落着けた。この日から行子は三層閣の部屋にいて、大炊介をひき寄せるための機略を練ることになるのだが、その前に戦国季世の女性とはどういうものだったか考えてみたい。

その頃、戦場を馳駆(ちく)する兵隊は、兜だけかぶって下は素ッ裸なのや、鎧はあるが太刀も兜もないようなのがすべてで、それがまた風俗でもあり生活の様式でもあった。人間の行動を規律するうるさい加減の約束はなにひとつない。弱い奴なら打ち倒せ、欲しいものはひったくれ、邪魔な相手はうち殺すという簡単明瞭な時代で、好運は、すべて冒険と僥倖だけにかかっている。四万の軍勢を擁する今川義元を、わずか三百の手兵で一夜のうちに討ち滅したのも博奕(ばくち)なら、滝川一益(かずます)が骰子(さいころ)一つで長島の城を獲(か)ちとったのも博奕。戦国時代百年の間は、上は大将から下は荷担ぎの軍夫にいたるまで、運は天にあり、何物も進んで取るべしとばかりに、あらゆる冒険に身を挺するのである。

　戦場での乱暴狼藉はいうまでもないが、陣中の博奕もまた濶達なもので、一度に銭を五貫十貫、沙金五両十両と賭ける。敗けると、着ている鎧や太刀まで投げだすので、満足な武具をつけているものは一人もないということになる。それでいけなければ、京の誰それの土蔵を何棟、どこそこの郡を一つというぐあいに賭ける。勝てば土蔵一棟いくら、一郡いくらと計量して受取る。負ければ夜討(ほそり)をかけ、約束した土蔵の中のものを取ってわたす。勝てば勝ったで、一躍、有徳人(うとくじん)（分限者）になりあがるし、負ければ負けたで、なんとかしなければという一念から、必死の戦争をして高名手柄のチャンスを摑むのである。大将のほうもよく心得ていて、過分な金穀(きんこく)で忠誠の精神を買付ける。わずかの軍功に目をむくほどの褒美を投げだしてみせる。「将軍記」第十五に、秀吉が加藤清正や福島正則に度はずれの賞を出し、「わづか二百石の禄をうけしに、今、おのおの五千石を給はる。俄かに富貴に至る事、諸士、皆羨みつつ、いよいよ忠を励まん事を思へり」と、全軍が感奮する模様をしるしている。

「ケルメス・エロイーク（女だけの都）」では、城囲みに逢ってうろたえまわる亭主どもを奥へおしこめ、女房たちだけの機略で敵の大将を思うように料理してしまう。それは西班牙（スペイン）のナヴァールにあったことだが、日本にもそれに優るとも劣らぬ、機才に富んだ、人を人とも思わぬどっしりと肚のすわった女どもが大勢出て、それがまたこの時代の女流の特質でもあった。

　武将の夫人や正室は、夫が三年も五年も戦場を駆けまわっている間、家司（けし）どもを統御して一城一家を守って行かねばならず、娘たちはいつ人質にやられるか、気に染まぬ政略結婚をさせられるかわからない。いずれは自分の才覚と智慧で処理していくしかないのだから、生きる道はただこの道と、あらゆる困難を予想して、ひたすら智略を磨く。従って一乗谷（いちじょうだに）の落城に、持てるだけのものを持ちだしていいと約束させ、亭主や愛人を大手門から背負いだす朝倉の女房や、新婚匆々（そうそう）の夫を朝鮮征伐にとられ、それが不服で秀吉に手紙を書き、文辞のたくみだけで、事なく夫を返してもらう滝川采女（うねめ）の妻のような女性が出来あがるのである。

もう一つのタイプは、京都と堺、とりわけ堺自由市の富有の商人の女室(にょしつ)で、このほうは機才にこそは乏しいが直情純真で冒険を好み、あっというような大事(だいじ)をやってのける。耶蘇(やそ)会士のルイス・フロイスは、堺三十二人衆の家族人の豪奢な生活を「日本書翰」で葡萄牙へ書き送っている。日比屋了珪(ひびやりょうけい)は大富豪というほどのものでもなかったが、それでさえ、内儀と娘の部屋の調度は、見るものの眼を驚かさずにはおかなかったといっている。二十畳ほどの大座敷に南蛮屏風をひきまわし、壁にはゴブランの壁掛をかけ、マホガニーの卓にギヤマンの大鏡と砂時計を置き、ルソンの猿とジャマイカの鸚鵡を飼い、夜は天蓋のついた純ヨーロッパ風の寝台で寝る。内儀が外出するときはベンガラの上着に琥珀か天鵞絨(びろうど)の裏のついた腰小袖をゆったりとまとい、娘たちは緋羅紗(ひらしゃ)の小袖にカバヤという広袖を被衣(かつぎ)にし、刺繍のあるハンカチとグランの財布を袂に忍ばせる。家にいるときはジャワの長い煙管で煙草をくゆらし、一瓶、沙金十両もする珍駄(ちんだ)やモリチゥなどという南蛮酒を飲みちらす。娘たちは娘たちで、カステラや壺入りのコンヘイをそばに置き、ウンスン歌留多をしたり、リュートを弾いたり、長い春の日をのどかに遊び暮らしているが、内実はいずれも生活の饒多と単調さに倦(う)みはて、なにか身震いのでるような強い刺戟を求めているので、わずかな難儀ですむなら、手荒な山武士に拐かされてみたいとか、すぐ生返れるのなら、大太刀で思うさま斬られてみたいなどと思っている。

「多聞院日記」には、天文十年の秀吉の島津攻めに、堺商人の女房や娘が主人や父といっしょに面白ずくに従軍し、戦場の惨虐な光景に恍惚となるくだりが見えている。戦争とか、美とか、はげしい恋愛とか、そういう苛烈なものがなければ生甲斐を感じられない。いったん恋愛したとなると、あらゆる障害を乗越えて、ひたすら愛人のそばに身を置こうとする。相手が島流しにでもなれば、そこまで出掛けるし、牢に入れられれば、牢格子だけでも見に行かずにはおかない。一身の成行も肉親の悲嘆もおかまいなく、愛本来の論理にしたがって脇目もふらずに突進し、不朽の魂をつくりあげるといったぐあいなのである。

行子もまた冒険好きな女流一般の例に洩れず、豊富すぎる生活の滓と淀みにうんざりし、全身全霊でぶつかって行けるような境遇を求めていたのだったから、うってつけの排け口が見つかったというところだろうが、たった一度、渡し舟に乗りあわしたというだけの男に、後に見る行子ほどの骨の硬い女性が、いきなり夢中になってしまうというようなことはありそうにもない。

大炊介の人柄は、血の荒れの見え透く獣物じみた武辺流のなかでは、たしかに一風変った存在だったろうが、それはそれだけのもので、冷静な少女の心を魅するほどの力があったとは思えない。大炊介が持ちあわしているいろいろな特質は、そのころはまだ人知れぬ深いところで熟成しながらぐっすりと眠りこけている時期だったので、外見にはなにひとつ嘱目に価するようなものはなかったはずだからである。

事実のところ、行子が大炊介を愛していたのかどうか、それさえ疑問なので、その当時は、妙にとりすました、いやなやつだと思っていたのかも知れない。行子の唐突な熱発は、摩擦抵抗から生じる熱作用のようなものだといったが、これはほぼ真相に近いので、行子という娘は、他人から無視されたり、自由を拘束されたりすると、いちど弾きかえしてやらなければ気がすまない、強い発条のようなものを持っていて、力いっぱいに反抗しているときくらい生の充実を感じることはない。事がむずかしければむずかしいほど、いっそう奮いたつという風になる。

あんな当外れがなく、無下に失望を味わわされることもなく、父が三重閣のてっぺんに追いあげたり、十七にもなる娘のそばで、毎夜母が添臥せするような鬱陶しい所為をしてみせなかったら、それほどの熱をだすこともなく、上の谷戸にいる男を、無理から身近へひきよせようなどと、奇怪な大望をおこすこともなかったろう。

行子は三階の閤室で、おなじ年ごろの高根という侍女を相手に、のどかな顔で双六の骰子を振りながらいろいろと画策していた。こうまで取固めた囲のなかへひきこむにはどうすればいいのか。むずかしいようでも、そのほうはやり方次第でやれるが、難物は、毎夜つづきの部屋に寝る母の資子である。二六時中、頭のなかが冴えかえり、およそ寝くたれるの寝呆けるのということのない眼の慧いひとだから、気づかれずにぬけだすなどは、出来ない相談である。しかし、このほうも間もなく解決した。

行子が黒谷の尼院の局がいで、似たような境遇の預姫と長い一日をもてあましていたころ、雑仕の比丘尼たちの乏しい食餌に悩み、古柯という葉を灰で揉んで嚙んだり、護摩壇の罌粟加持につかう罌粟の精を飲んだりして空腹をまぎらしていた。過度に厳格な律の生活を緩和する一種の逃げ道として、むかしから行われている方法だというが、そんなものを飲んでいる間、比丘尼たちの表情に黄昏のようなものしずかな情緒がつき、人間の塵垢を離れた天人のような玲瓏たる顔つきになる。比丘尼たちに聞いてみると、眼はあいていても心は深く眠りこんでしまい、この世の苦もわずらいもみな忘れているということであった。古柯も罌粟の精もわけなく手に入るから、夜庭へまぎれだすときは、前もって母に飲ませておく。不眠で困っているのだから、いささか孝養の足しにもなるわけである。

行子はそういう心境になっていたが、相手のほうはどうだったかというと、大炊介は大炊介で、種類こそちがうが得態の知れぬ思いに憑かれて悩んでいたのである。

足利学校は上杉憲実が再興したものだという。天正のはじめ、九世九華和尚が学頭になると、兵乱の間をぬけて学徒が四方から集まり、戦殃の最盛時でさえ、三千人の学徒が在学していたというが、国中が斬りつ斬られつ、血みどろな奔走をしているとき、上州の片隅に勉学に沈潜する静謐な世界が存在したとは、信じられないようなことである。

大炊介が禅坊主まがいの儒学の勉強をしていたのは、自意だったのか父が勧めたのか書いていないが、思うに、それは小太郎の才覚なので、大炊介に小田原にいられると都合の悪いことができ、その間、当座の方便にそんなところへやったのだと思われるふしがある。青山新七という老人は訓戒を与えることしか知らぬ、腐れ儒者にありがちな朴念仁だったから、大炊介は春秋二度、聖山からこっそり逢いに来る母の香具の気ぜわしい愛撫のほか、人間の愛情というものを知らずに育ったが、五年前、足利学校へ追いやられる頃から、母がぷっつりと来ないようになった。足利へ父の手紙を持ってくる使者（つかいのもの）にきくと、時疫（じやみ）にかかって急死したというようなことだったが、小太郎も副大将の貝津ノ藤吉も、母のことを言いだすと妙に話をそらしてしまう。とうとうくわしいことは聞けずにしまったが、その辺の事情をおすと、いずれ母に関係のあることだとも思われるのである。

大炊介はそうして五年ぶりに入谷津の山曲（やまたわ）へ帰着したが、もとより人などの来ることもない谷戸の奥なので、ここの谷窪、むこうの段地と、とびとびにある陸田（おかだ）も狭田（せばだ）もみな猪に踏み荒され、茅葺（かやぶき）の山家（やまが）は壁がぬけて蜻蛉や飛蝗（ばった）の棲家になり、いくらかは花を植えてあった前庭も葛（かずら）や葎（むぐら）にとじられて、おどろおどろしいようすになっていた。大炊介という男は戦争三昧の荒々しい時流に関心がなく、といって士道実践の規範たる儒学にもさほど執心しているわけでもない。なにを志望し、なにを楽しみに生きているのか自分にもよくわからないような漠然たる年月を送ってきたが、きょう蘆屋道益の一ノ姫と松原の渡し舟に乗合（のりあ）わしたとき、ふと春風が吹きすぎるような、悩ましい暖気にあてられたのが患いになり、ほとほとと飛びあるく飛蝗（ばった）の足音を聞きながら、これもまた帰るなり出居（でい）の敷莚（しきむしろ）に寝ころがってしまった。

あの笑顔が忘れられない。思わせぶりな眼配せをしていたが、なにをいうつもりだったのだろうというようなことをくよくよと思い返していたわけだったろうが、先方は相模一の有徳人の一ノ姫で、こちらは自ら耕すほか食うあてのない貧郷士というのでは、問題にもなるものではない。夜討師の血脈のほうは隠しおおせることが出来ても、貧富に架ける橋はない。とうてい結ばれるはずもない縁なのだから、あてどのない恋にあくがれてこの世の憂きを増そうより、思いきりよく忘れてしまうにかぎると、翌朝早く起きだし、金鍬を担いで谷窪へ降りて行くと、誰がやったのか田も畑も一夜のうちに綺麗に除草され、南下りの段畑には、秋蒔の麦までおろしてあるという恠異に遭遇することになった。

こういう異変は一と月ほどのあいだ毎夜のようにつづき、追々、図に乗って、裏の納屋に米麦の袋を投げこんだり、眠っているうちに屋根の葺きかえをしたりするようになった。先年、父の小太郎が死んだのち、おおよそ千人ほど居る相模の乱破は、足柄下郡の聖山から箱根街道に沿った鷹巣山へ野館を移したということで、これできっぱりと風摩と縁切りになったものと、ひとりぎめして安心していたのだったが、先方は義理固くて大将の遺孤を見捨てる気は夢さらない。大炊介が入谷津の荒田のそばへ帰ってきたと知ると、さっそく気をそろえて組をつくり、そこは夜目遠目のきく闇の精のような氏族（うから）で、のみならず、早乗りにかけては及ぶものがないという名人ばかりだから、毎夜、鷹巣から城山の尾根づたいにやってきて、月明りをたよりに畑仕事をし、夜のひきあけと同時に風のように帰って行く。こちらの迷惑も察せずに、乱破好みのやり方で、律気な合力（ごうりき）に凝りだしたものなのであった。

　蘆屋道益は二十隻近くの手船を、毛剃（けぞり）九右衛門のような船頭と胆（きも）に毛の生えた上乗（うわのり）に差配をさせて、呂宋（ルソン）、媽港（マカオ）のあたりまで押し出させる一方、北条の運漕までも引受け、日に一度は川口の船屋敷へ出張して上荷（あげに）積荷の宰領をしていたが、夏も終って、川口に白々（しらしら）と秋波が立つ頃になると、船溜（ふなだめ）にいる船頭や水子（かこ）が、このごろ谷津の斜面にあるお邸の高楼に、一晩中、南蛮蠟燭の火がついているので、夜船（よぶね）の湊入（みなといり）の都合がよくなったと、道益の顔さえ見ればお世辞をいうようになった。

　入津の山の中段から上は、邪魔な灌木一本ない岩石まじりの斜面で、懸崖の端にどっしりと立ちあがっている三層閣の上層、四方窓の高居間から、さなきだに光力の強い南蛮蠟燭の灯がかがやきだしているところは、誰の目にも、夜船の湊入りをみちびく燈（とう）

明台といったおもむきに見える。道益は大得意で機嫌ようなずいていたが、いくらお世辞でもおなじことばかり巻きかえされると、諷刺をいわれているようで気がさし、なんとなく面白くなくなった。

そういうころ、会所の寄合で夜を更かし、供を一人連れて磧を通りかかると、落鰻を拾う下人が五人ばかり、磧の岸に筌を仕掛けながら、

「見てみろ、また高楼に灯が入った。道益の一ノ姫は、今夜も船澗をあけて、谷戸の業平に夜舟を漕がせる気とみえる。これでもう五つ夜つづけうちだが、ようまァ精の出ることだ」

と声をそろえてはやしている。道益は手真似で供をとまらせ、川曲の闇だまりにしゃがみこんでいると、下人どもはそうとも知らず、あたり憚らぬ高声で、

「蘆屋の大人は聡しいお人で、世渡りの道にかけては、諸事ぬかりなくやってのけるという評判だが、表の道に木戸をおき、唐門の櫓に見張りあげて守らせても、裏の水路はまるあきで、毎夜のように密貿易の船頭が入り込み、船澗へけしからぬ水馴竿を振込むのを知らずにいるようでは、たいした器量人と思えない」

というと、また一人が、

「その話では、小田原中がひっくりかえって笑っている。知らぬは道益殿ただ一人。川口の船頭衆がじれったがって、あれこれと遠廻しにほのめかすのだが、いっこうにお気がつかされぬ。わざわざあんなところに高楼をしつらえ、色めいた風すら嫌って、大切に囲ってござる一ノ姫が、布直衣に乞食烏帽子をかぶった貧相な青児をひりだしたら、さぞや仰天するであろうと思うと、あまり気の毒で顔が見られぬ」

とほざく。

たいていの鈍な親なら、これだけ聞かされてはおさまるはずがなく、「なにをぬかす、鰻掻きめら」と、ありあう笯を蹴散らしていきり立つところだが、さすがは老骨、そんな未熟な所為はしない。いずれ残らずひっ捕えて、噂の出どころを究明してくれるつもり。川篝の火の明りで一人一人の顔を見届け、足音を忍ばせてそっと磧から離れると、町の辻で供を帰し、一人で山邸へ上って行った。

楼門のわきから入って、池について庭裏の森端まで進み、樗の大樹の下闇の露もしとどなところにしゃがみこんでいると、月影も透かさぬほど密々と幹を迫りあった森の木の間から、夜目にもそれと知れる鈍色の小狩衣を薄手に着こなし、葡萄牙渡りの悪魔の面甲をつけた男があらわれたと見るうちに、潜戸から行子が走りだしてきて、こうすれば男というものは抵抗できなくなると承知している巧者な身振りで、相手の胸にどっと身を投げかけ、ただもう優しくありたいとねがっているように、身動きもせずに抱かれたままになっている。

その時、邸の横から月三匁で雇っている兵隊が二人、非時の見廻りに出てきたが、蒼白い月影を浴びながら行子を抱いて立っている小狩衣の姿を見ると、小腰をかがめて丁寧に礼をし、逃げるようにいま来たほうへ引返して行った。

いったい資子はなにをしているのかと、三層上の部屋へ踏みあがって行くと、寝た間も気を昂らしている瘤走った御料人が、蒼白んだ小鼻のわきに寝脂を浮かせ、前後不覚に御寝なっている。

一家の頭目たるものには、家族一人一人の責任がかかっているわけだが、道益ほどの男になると、しでかした誤ちをいちいち叱ったりしない。誤ちが大きければ大きいほど、無感動な態度を装う。叱ったりなじったりするより、おだてあげて、悪達者に仕あげ、つまらぬ誤ちを繰返さぬように上手に揉みほぐしてしまうのである。

道益としては、差当ってなにも言うことはない。下の座敷に褥を敷かせ、その夜は心ゆくまで熟睡し、さて翌朝になって考えたのは、頑是ないような行子が、どういう方法であんな離れ業をやり遂げたかということであった。そこはぬかりのない男だから、ときどき前触れもなく娘の部屋へ上ったりするが、いつ行ってみても、行子は贅沢な南蛮調度のなかにおっとりとおさまり、高根という侍女を相手に双六の骰子を振りながら、

「父上、四つ目の真中に丶(チヨン)のあるのばかり出て、ちっとも先へ進まれません。五ノ目(ぐ)を外した賽はないものでしょうか」

　などと甘えかかるところは、誰が見てもまったくの子供なのである。昨夜、裏庭の月明りの中で目睹(もくと)した一件は、狐狸(こり)の仕業か草木(そうもく)の精のあやかしだったのではなかろうか。あどけない行子の顔を頭においては、なかなか現実のこととは思えないけれども、しんじつ娘だけの才覚でやり終わしたのだったら、これはもうとてものことなので、行子の頭のできぐあいを知っておくためにも、その点をきっぱりと突きとめておかなくてはならぬと思い、とりあえず御料人と長男の道長が朝餉(あさげ)をしているところへ出かけて行った。

　道益は朝の餉(かい)にしている牛の乳(ちち)を金椀(かなまり)でやりつけながら、まず、は、は、はと思出し笑いをし、それから、昨夜、磧で聞いた鰻搔(うなぎか)きの下人どもの側言(そばごと)をおどけた口で話してきかせると、そのかみの才媛は、箸も置かぬしいんとした形で首から上だけをこちら

へまわし、つくづくと道益の顔をながめてから、

「ご冗談でしょう。この私がつづきの部屋に臥っていることをお忘れですか。昨夜は、庭の池にたくさん田鶴(たず)が降りましたようですね。もう霜が来るでしょうか。そうそう、眠られぬまま、一首ものしました。眠らるる時しなければ蘆田鶴(あしたず)の、見ずの羽音を聞き明かすかも」

「蘆田鶴の……うむ、結構だね。和歌というものは、いつ聞いても心持をのびやかにしてくれるものだ。するとなんだな、お前は昨夜も眠れなかったのだとみえる。気の毒な、そう眼が慧(さと)くとも困ったものだ。もちろん冗談さ。たかが魚拾いの下司どものたわごと。そんな側言(そばごと)をしていたという話だ。お前の臥床(ふしど)を踏み越えて庭に忍びだすなんて、どうしたって出来ることではないからな」

と去り気なく笑いおさめてしまったが、心の中では歯軋りをした。この社家(しゃけ)くずれの女には、これでもう二度も欺された。難産でもするどころか、守札(おまもり)にも及ばずやすやすと二人も子供を産んでのけ、しどろもどろにあわてさせた。そのほうは宿業のうちと諦めたが、大口あいて寝くたれ、毎夜、娘が裏庭の森端まで忍びだすのも知らずにいるくせに、蘆田鶴も候(そうろう)もあったものではない。才走って見えるのは上っ面だけ、中味はと

んだ愚図らしいと、連添ってから二十年目に、やっと女房の正体を見極めた。

油断とは、高慢な心のゆるみをいうのであろうが、資子にしろ月三匁ずつの傭兵にしろ、高楼も築泥塀も、これなら大丈夫と頼りきっていたのがぬかりだったと嘆じていると、長男の道長は朝餉のあとの一服で、生毛もとれぬ稚顔の頬に煙草の煙をまつわらせながら、

「いまのお話ですが、長者の心、下司知らずとは、なるほどよく言ったもの。妹のやつの気位の高いのには、この日頃、私も閉口しているのですが、じつは一と月ほど前、こんなことがあったのです」

と脂っこい口調で語りだした。

道長という小倅の向う見ずと智慧の足らなさ加減には、これまでにもたびたび手を焼いている。こんどはどんな風癲をやらかしたかとおどろき、

「や、また、なにをやった」

とたずねると、道長はこんな話をした。一と月ほど前、妹が沈んだ顔で、この頃嫌な夢ばかり見るので、日暮れになるのが恐ろしい。夢というのはこんな夢である。菊燈台に南蛮蠟燭を立てならべ、灯の下で本を読んでいると、邸裏の木の間から、鈍色の小狩

衣に、悪魔の面を鋳出した南蛮頬をつけた男が忍びだしてきて、夜霧のようにぼーっと池の汀に立つ。すると、このわたしが三階から走りだし、ひかれるようにそのそばへ寄って行く。なにか儚く、もの悲しく、そのまま陰府へでもひきこまれるような気持がする。どういうわけで、こんな夢を見るようになったのかと考えてみると、これは原因がある。上の谷戸に住んでいる貧郷士が、小田原の行き帰りに、塀外の石高道を通りながら、貧に憔れ疲れ、とげとげと悄ぎたった血の気のない頬にともしい笑いをうかべながら、じろりと閣室を見あげて行く。するとその晩かならず夢に魘される。高慢なことをいうようだが、蘆屋の一ノ姫に生まれついたからには、美しいものだけを見て暮したいと思い、それを理想にしているのに、こんな高雅な環境に身を置きながら、朝夕、浅ましい姿を眼にしなければならないというのは情けない、といって泣く。

では、どうすればいいのかとたずねると、あなたという人は、たいした武技も身につけていないくせに、すぐ腕をふりまわし、なにかといえば肩肱張っていきりだすという風だから、使者に立てても、満足な口上を言えるかどうか覚束ないが、頼むのはあなたしかないのだから、上の谷戸へ行って、夢のありようをくわしく話し、なることなら、石高道を通らぬように言ってもらいたい。南蛮頬の、面甲のというと、なんのことだと笑いだすかもしれない。父上の居間で、夢に見る面甲とおなじようなものを見つけたから、話の仕手に、持って行って見せてやってくださいという。

貧苦に憔れたざまをして、塀の外を通るさえ勘弁ならぬというのに、妹の部屋を見上げるなどは僭越至極。さっそく上の谷戸へ行き、出居の敷莚に、肱枕でひだるそうにうたた寝をしているのをひき起し、言われたとおりの口上を述べると、大炊介という貧郷士は、これは異なことをうけたまわるものかな。この一月、なにかけだるく、一度も府中へ下りたことがないから、邸のそばなどを通りようがない。なにかのおまちがいだろうと白を切る。私も腹をたて、ないどころの話か、妹は貴様の貧相が眼について思いをひきおこし、死ぬほどに悩んでいる。貴様が妹の夢の中へかぶって出てくる南蛮頰とは、これこのようなものだと叩きつけてやると、そやつはニヤリと薄笑って、なるほどよくわかりました。そういうことであれば、かならずお言葉に従いますから、その旨しかと道益殿のご息女にお伝えください。この面甲は、お土産だと思っていただいておきますと、むさんに小狩衣の袖のなかへたくしこんだが、そのざまの鄙しげなこと、眼もあてられぬほどだった。

道益は半眼になって聞いていたが、

「お前がその夢の話をすると、先方はニヤリと笑って、お言葉どおりにするといったのだな」

と聞き返した。

「お齢のせいか、父上も諄くなられた。さよう、いま申したとおりです」

道益は、思わずというふうに手で膝を打って、

「さてもさても、我が子ながら、なんという智慧長けたやつであろう」

痛し痒しの甘辛面で感嘆の声をあげると、道長は自分のことをほめられたのかと思い、いや、それほどでもない、と得意そうに笑った。

見たところでは、道益は大満足の態で、資子には、かねて欲しがっていた花十字架の螺鈿のついた葡萄牙の香筥をやると約束し、道長には、沙金で百両、革袋に入れたまま膝の前へ投げてやり、それで馬でも買えと言い置いて川口の船屋敷へ戻ると、気のきいた上乗を十人ほど奥の座敷へ呼びこみ、さっそく大炊介討取りの謀議にとりかかった。

この十人は、才取面してとぼけているが、もとは安房の海賊の流れで、陸にいるときは諸国の動静をさぐりまわる諜者の役をし、海外へ出れば、防備の薄い海村に焼討ちかけ、恣ままに乱暴掠奪を働くという健気なものどもであった。

潮焼けしたのや、小鬢に矢傷のあるのや、そういう逞しい顔々が並ぶと道益は、

「久しくやらなんだが、猪狩をしようと思っての」

と切りだした。

「みなも知っていよう。信濃の武田四郎勝頼が、穴山梅雪との契約をふいにして、娘を信豊にやった紛れから、武田と穴山が不和になり、来年の正月匆々、勝頼父子は諏訪の上原あたりへ押出す。相模、関東はいまや大乱に及ぶ形勢になっているが、北条の親子はもとより、織田方も徳川もいっこうにお気がつかされぬ。それで、この先月の船で届いたモスケッタ銃だが、火縄をあちこちさせる種ケ島流とちがい、燧石を使った引落しの式になっている。当座の百挺は、いずれ武田と北条に半々くらいにおさまることになろうが、売物のことだから、いちどよく射ちためしてみたい。ついでのことに、猪狩りでもやらかしたらと思いついた。狩場はほかの場所でもない。山邸の上の谷戸にきめたが」

すると、赤日爛れのすさまじいのが膝を進めて、

「その猪狩なら、われわれもねがうところ。目当ての猪というのは、貧乏烏帽子に、布直衣を着た痩猪でござろうが」

道益は首をひねって、
「はてな、そんな猪が入谷津にいるとは知らなんだ。大方、道六神の化けたのでもあろうか。べつに目当てというほどのものはない。猪えらびは、お前らに任せよう。さっそく今夜とりかかるか。そうときめよう」
と鷹揚にうなずいてみた。

上の谷戸に住む青山大炊介と名乗る貧郷士は、風摩小太郎の遺孤(いこ)だと知ったら、そうして、千人にもあまる乱破の結束が大炊介を陰(かげ)の大将にし、当人の好むと好まぬにかかわらず、日毎、実誼(じつぎ)な合力(ごうりき)をしていると知ったら、心の慢(おご)った蘆屋道益でも、災厄をみずから招きよせるような無謀な企てはしなかったろう。娘と貧郷士のただならぬ漆着(しっちゃく)を堰(せ)きわけるにしても、もっといい方法を考えだしたことだろうが、これも因縁のしからしむるところで、是非もない次第であった。

猪狩は夜にかぎるということはないが、しかしそのときは夜狩だった。外国の浜里で自在に劫略(ごうりゃく)もする、事を好む船手が十人ばかり、素ッ裸に茜染(あかねぞめ)の下帯をしめ、小玉打ちの上帯に三尺八寸もある朱鞘の刀。柄だけでも一尺八寸もあって、それに細鍔をつけ、鐺は銀で八寸ばかり削ぎ継をし、おなじ拵えの二尺一寸の打太刀。髪の毛はわざと摑み乱して荒縄で鉢巻をし、黒革の脚絆を穿いて燧石銃を担いでいる。これはその後、京、堺を荒しまわった茨組の風俗になった。そういう異形の一団が淡い月影を踏みながら、塀外の石高道を上の谷戸のほうへ踏み上って行くのを、道益は山邸の座敷の縁から見あげていたが、妻戸をたて切って褥にかえると、それなり、どうしたと思いもしなかった。

自然界では、鳥、獣、虫けらの果てにいたるまで、毎日、無量の殺し合いをしているが、かつて刑罰を受けたということを聞かない。それどころか、当今、戦国の雄といわれる侍大将が、畜生の百倍もひどいことをして、なんの悔もなく、後生安楽な月日をゆったりと送れるというのはなぜであろう。言うまでもなく、ちっぽけな内心の声に惧げず、人殺しだろうと、自分のすることはみな正しいという悟りの中から無限の力をひきだすからである。力の強い偉大な人間は、善とか悪とか、良心のけじめなどに邪魔されず、おもい立った目的のために、そんなものは平気で振り落してしまうのである。

ありふれた出生ででもあることか、非業に死すという、嫌な占兆に支配されている子供たちだから、くさめ一つにも胆を冷やし、この二十何年、仇な風にもあてぬように気をつかい、これだけがこの世の宝と、高塀の内に囲いこんでおいたのに、その大切な初花を、あるじに断りもなく手折りかかるような痴者は、その罰で猪弾でも食って命を落すのが当然の行きどころ。こうしているうちにも、上の谷戸のあたりで銃声一発ひびけば、それで事は終る。ひょっとすると、鉄砲沙汰にも及ばないかもしれない。心得た連中のことだから、貧士の一人や半分を仕留めるのに手間ひまはかけない。縊り殺すか叩き伏せるか、その場の思いつきで、手軽に片附けてしまうことだろう。

翌朝、道益は起きぬけに府中へ下り、船澗のそばで上荷の宰領をしていたが、谷戸へやった手の者が、午ごろになっても帰って来ないので気にしだした。といって何事があろうとも思えない。山曲につづく入谷津の谷戸は、山懐に囲まれた広くもない段地で、荒れはてた陸田や狭畑があるばかりの奇もない場所である。猪狩りは名目だったが、思いたてば、なにをやりだすかしれない放埒な連中のことだから、面白ずくに巻狩りでもはじめ、二子山のあたりで遊び呆けているのでもあろうか。夜になったら帰って来るだろうと多寡をくくっていたが、その後、三日経っても消息がないので、上の谷戸でなにかしら異変があったのだと思うほかはなかった。

四日目の夜、とりわけ夜目のきくやつを二人ばかり物見にやると、夜明けごろ意外な報告をもって帰って来た。入谷津の山端(やまばな)の木繁(こしげ)みの間から谷底を見おろすと、そこここの段丘に蔓巻の打刀(うちがたな)を差し、鍬鋤を担いだ山武士態の男がむらむらに群れ、なにを運ぶのか、谷戸の斜面の古道(こどう)から鷹巣山の峯づたいに、何百という松明の火が点々とつづいている。薄月の光では細かい所作(しょさ)を見届けることが出来なかったが、なににしても仔細ありげな様子だった。

「打刀を差した男めらが、段畑にむらむらと群れて……はて、それはまたどうしたことだ」

話の仕掛が大袈裟なので、道益は、ことによったら風摩の一味かと仰天したが、間もなく思いあたることがあったので、むむと渋(しぶ)り笑いをした。

「山武士態のが、小夜(さよ)更けの段畑で、鋤を振っていたというのだな。それでわかった」

風摩の一族が伊豆の聖(ひじり)山で晴耕雨読(せいこううどく)の簡素な生活をしていたのは、永禄のほんのはじめごろまでのことで、当今はそれぞれ大名小名の手について抱軍師(かかえぐんし)に成上り、一廉の大将面しておさまっているふうだから、夜更けの谷戸で狭畑(せばた)をほじくりかえすような謙虚な所業をするはずがない。

ひとの話では、永禄十年に信長に岐阜の井ノ口城から追い落され、京の山科(やましな)の地蔵堂で一塊の腐肉となって世を去った癩病やみ、斎藤竜興の業病の血を引くうからやからが美濃から相模へ流れてきて、こごしい山曲で人目を避けて農耕にいそしんでいるということだが、殊更、そんな夜更けに鍬鋤の業に精をだすというからには、どうやらその一味らしく思われてきた。竜興の娘の妙子というのは、これもまた癩病の筋で、一時は南蛮寺の救癩院にひそんでいたが、そこにも居着かれず、香具と名を変えて伊豆の近くに住んでいたとも聞いている。もともとこのあたりは武蔵の斎藤の出生地で、何代かの間、斎藤実好の子孫が伊豆守を名乗っていた縁故の地なのである。それで道益がたずねてみた。「そのなかに、面甲をつけたのが、いくたりかいたはずだが」

すると二人が、そういえばそれらしいのが七、八人いたようだとこたえた。

南蛮頬といっている葡萄牙渡来の鉄の面甲には、悪魔、鬼、獅子、狼、鷲など、いろいろの型があり、矢弾の掠傷から面部を保護するための武具だが、いつもその目的のためばかりに使われるとはかぎらない。越前の戦争のころには、竜興はもう身体の自由がきかなくなり、輿に乗って采配を振っていたが、顔の頽廃を頭巾で包みかね、昼も夜も獅子の面甲をあてていたということである。夜闇の庭先の忍逢いに、なんのための面甲かと理解に苦しんでいたが、癩者の族というなら話は至極疏通する。

　これは徹頭徹尾誤解なので、とんだ見当違いというところだったが、道益はこの考えにはまりこんでたやすく抜け出せなくなっていた。娘の行子が進んで面甲を周旋し、兄を欺まして先方へ届けている。面甲で顔を隠して逢いに来てくれというのだったろうが、そういうところから推すと、相手の業病を承知で、なお離れがたくなっているのらしい。それほどの強い恋が、いつどこでどうして萌えだしたのか。そういう事情が明白になった以上、このままには放っておけない。猪狩を口実にするような方法では手ぬるい。この後とも、厚顔（あつかま）しく娘を抱きにくるようだったら、人手を借りずに射殺（うちころ）してしまおうと決心した。

　後でわかったことだが、谷戸へ押しあがった道益の手の者は、いうまでもなく風摩ノ衆に殺されたのである。谷津の邸第（ていだい）の楼門で見張りをする輩、非時の見廻りをする兵隊、川口にいる船頭のなかにも風摩の一類がいた。あまり騒ぎが大きいので、夜狩のいきさつは、その日のうちに鷹巣山につたわっていた。道益の手の者は、谷戸の口で乱破の下廻りに誘導され、谷袋の奥へ追込（おいこ）まれたうえ、八方から矢を射かけられ、十挺あまりのモスケッタ銃を敵方に差上げたところで、あえなく大詰（おおづめ）をだした。箱根の外輪山に囲まれた入谷津の谷戸は、そういう仕事を仕終すのにこの上もない土地柄だったのである。その間、道益といえども茫然と手を束ねていたのではなかった。近くは日金山から長尾峠、遠くは丹沢、籠坂峠のあたりまで人をやって手掛りをたずねさせたが、とうとう消息知れずというところに落着した。

癩、天疱瘡、赤狼斑など天刑病者の聚落は、山間僻陬のところどころに散在したが、ほとんどすべてが人外境を形成し、他郷から入りこんだ者はかならず命を奪うことになっている。谷戸へ上った船手は、癩村の禁忌に触れたので上手に始末されたのだと観念したが、道益の心中はおだやかではなかった。道益ほどの老猾な男でも、腹をたてるときにはやはり腹をたてるので、伜や娘のあぶない加減の身の上も忘れ、おのれの手で谷戸の貧郷士を射ちとめてやりたいというひとつのねがいに凝り固まっているようにみえた。夕方、船屋敷からひきあげてくると、機嫌よく一家で団欒し、このごろ齢のせいで睡気づいて困るなどといい、匆々に自分の部屋へひきとるが、それは見せかけで、池泉に向いた寝間に入ると、日の暮れきらぬうちからモスケッタ銃を腰だめにし、庭端の森のほうを見込んでぎょろぎょろしていた。

秋も闌け、十月も半ばをすぎると、相模の山々の漆やぬるでに朱が刷し、月のない夜闇がひとしお色濃く感じられるようになった。

ものの半月あまり、道益は鉄砲を据(しつら)えて根気よく居坐っていたが、待ちに待った甲斐があって、夜更け近く、いつか見た貧郷士が、小狩衣に悪魔(でもん)の面甲をつけた装(なり)で佶屈(きっくつ)と森の中から出てきた。最初の一瞥では、この前とすこし身丈がちがうようであった。遠目にも猛々しい体軀で、不態(ぶざま)なほど肩幅が張りだし、猪首の坐りぐあいも妙である。他人の邸の庭で女と忍逢(しのびあ)うにしては、歩きっ振りがいかにも馬鹿げている。貧郷士が忍んでくるときには、上の燈台に、というのは娘の行子の部屋のことだが、花々しいほど南蛮蠟燭の灯がともり、十里先の海の上からでも見えるくらいに輝きだすのだが、なぜか今夜にかぎってそれがないのもおかしい。そういうきれぎれの疑問が道益の念頭を擦(さっ)過(か)したが、娘の幸福を脅かす毒蟲を取って捨てたい、射ち殺してやりたい、踏みにじってやりたい一途な悪念にとりつかれていた折だったので、照尺を睨むなり、

「かったいめ、よくも娘をたばかし居ッた」と曳鉄(ひきがね)をひいた。

むやみな銃声がおこり、筒口から雲のように硝煙が噴きだして庭面(にわも)いちめんにたちこめた。道益は鉄砲を杖にして縁端に立ち、池の汀のほうを透してみると、見ン事、射ち当てたとみえ、貧郷士は汀石(みぎいし)の露草の間にあおのけに倒れている。

時ならぬ銃声に驚いて、邸の内外から居るだけの家人や兵隊が集まって来、倒れてい

る人体と道益の顔を見くらべながら口々にざわめきたつうち、資子と行子が、これも寝入端を驚かされたひょんな顔で庭先に出て来た。

「人が倒れているようですが、何事だったのですか」

鼻稜を白ませて資子がたずねたが、道益は至極上機嫌で、

「人でなどであるか、あれは狸よ。このせつ、夜な夜な池のほとりに迷いだして来るので、一発のもとに仕止めてくれた。見ていろ、いまに尻尾を出す」

そういいながら、行子のほうへ振返った。

「小狩衣なぞを着こみ、南蛮頬までつけている。したたか劫を経た狸とみえる」

夏頃から夜な夜なここで抱かれていた当の恋人が、知死期の苦悶を型づけながら死んでいる姿を見たら、とても耐えられるものであるまい。泣きだすか、狂乱するか、わめくかと側目づかいで行子の顔を見ていたが、行子はなんの気振りも見せず、描いたような美しい口元をひきしめながらあどけなく露草のなかをながめている。

頭もまわるらしいが、健気でもある。それにしても、なんという気丈な娘だろうと道益は心のなかで舌を巻いていると、行子は道益のほうに顔をかえしながら、

「これは兄上ではありませんか。どうしてこんなことをなすったの」とたずねた。

道益は、おッといって庭先をみまわした。なるほど、こんなときには人先きにあらわれるはずの道長の顔がみえない。鉄砲を縁に投げだし、跣足で池の汀まで駆けて行ってみると、風態こそちがうが身体のつくりはまごうかたなき伜の道長であった。

「さては、このことだったのか」

道益は道長を抱くことも忘れ、空を仰いでつぶやいた。

二人の子供は、二人ながら非業の最期を遂げると円明が言い残したが、いかにもその一人はこんな体裁になった。非業の死とは、現在の父親が、命よりもいとしく思うその子をおのれの手にかけて殺すということなのであった。あのとき円明は、こういう成行を見ぬいていたのだが、さすがにそこまでのことは、うちあける気になれなかったのだろう。

道益は露草のなかに坐りこみ、にわかに十も年を取ったように落ちこんで、身も世もなく悲嘆にくれていたが、行子は道長は死んだようには見えないといいだした。

「鉄砲の音におどろいて倒れたくらいのところでしょう、どこにも血のあとがみえませんん」

改めてみなおすと、いかにも死んでいるのではなかった。下司どもに担がせて座敷へ

移すと、間もなく息をふきかえし、照れでもするどころか、

「父上、すんでのことに仕止められるところでしたな。いくら面甲をつけているからといって、現在、血を分けた自分の伜の身ざまが見抜けぬとは、情けない」と大口をきいた。

なんのつもりでこんな装束をし、小夜更けの庭先なぞへ出て来たのかとたずねると、

「あなたはご存じなかったでしょうが、妹めはとんだ猫かぶりで、評判どおり、谷戸の貧郷士を呼びこみ、抱きつくやら、しなだれるやら、さんざんな放埓をするのです。陽の照っている間は、あんなとりすました顔をしているが、乱破くずれの小伜に抱かれているときは、どんな甘ったれたことをぬかすか、聞いてやりたいと思って」などと愚にもつかぬことをいう。

見ればみるほど腹のたつようなたわけだが、地獄を覗いて戻って来たいま、こんな馬鹿な伜でも抱きよせたいほど可愛く、うなずきながら聞いていると、道長が図に乗ってこんなことをいった。

「そんな笑いかたをなさるところをみると、私を馬鹿だと思っていられるのでしょうが、あなたが考えているようなものでもないのです。妹のためにもならないし、言えば

びっくりなさるだろうから言わずにいましたが、上の谷戸で貧郷士に化けこんでいるあいつこそは、風摩小太郎の現在の忘れがたみなのです」

「お前はときどき途方もないことを言いだすが、そんなことを、いったい誰から聞いた」

「誰からというようなことではなかった。自然にわかりだしたとでもいいましょうか。だいいちが面相です。箱根の木賀ノ湯で、風摩小太郎とおなじ湯壺につかりましたが、あの郷士の顔がそれと瓜二つです。妹に頼まれて面甲を叩きつけに行ったときふとそう思い、気中がしてしようがなかったが、この間、いつぞやの嫌味を言いに行くと、出居の敷莚に胡坐をかいているやつがいる。誰だと思います。風摩小太郎の供をして木賀に来ていた貝津の藤吉……父上、これ以上のことがあり得ると思いますか。それで話はわかってしまった……ところで今夜のいきさつですが、妹と大炊介の交通は、なんといっても物騒でしょう。谷戸の郷士を小太郎の伜と知りつつ交情をつづけているのなら、これは放っておけますまい。こんな態で池の汀へ迷いだしたのは、その辺のところを探りだしてやろうと思ったから……まんざら馬鹿でもないでしょう」

とひょうげた顔で笑った。

「うすゆきものがたり」の筆者は、「筒先に音あって、むかうに声なきは、空鉄砲なりしにや」と婉曲に言いまわしているが、いったい誰が鉄砲から弾丸を抜いておいたか、それくらいのことが道益にわからないわけはないから、あまり機略に富んだ娘も困ったものだと、さぞや味気ない思いをしたことだったろう。

そのせいばかりでもあるまいが、そういう騒ぎがあった半月ほど後、筆記によれば十月の四日、蘆屋道益は小田原の事業を人知れず手仕舞いにして、金筐と財宝を荷駄につけて京都へ転住を決行している。

妻の資子と娘の行子は、一日前に目立たぬように手船で淀へ送った。荷駄を二隊に分け、一隊を道長に宰領させて鉄砲隊をつけ、風摩の野館から離れた安全な足柄路をやり、道益自身は半日ほど遅れて小田原を発ち、後の荷駄について箱根路を行ったが、測り知れぬ宿業の仕手にあやつられ、父子ともどもそこで絶滅することになるのである。

伊豆相模を通って、武蔵から京へ上る道は、古くは足柄路の一筋だけだった。延暦二十一年に富士山が噴火し、焼石が押しだして通れなくなったので、箱根の近くに新道を開いたが、翌年、足柄路が恢復し、以来、足柄、箱根の二道になった。足柄路は酒匂川のほとりを関本に上り、苅野、矢倉沢を通って足柄峠を越え、鮎沢（いまの竹下）へ出る。箱根路のほうは、小田原から湯本の湯坂を上り、城山、鷹巣山の峯伝いに二子山の西麓を通り、葦河宿（元箱根）を経て三島（伊豆国府）へぬけるが、この二つの路は車返しの近くで落合い、黄瀬川について沼津宿へ下りるようになっていた。

箱根路は険阻だが、足柄路のように大廻りをしないので普通の足で一日行程ほどの違いになり、十六夜日記の婦人達も急ぐ旅には箱根路を通ったらしくみえている。いまいったように道長のほうは半日早く、道益のほうは半日遅れて小田原を発った。道長の荷駄に追いつくつもりもなかったのだが、二道がいっしょになる車返しの丁字路で両方の隊が落ちあうことになった。

それは真っ暗がりの闇夜であった。月の出には間があり、星の光も及ばぬぬば玉の岩坂道。松明もつけず、闇の塊のようになってうごめいていたが、二又路の岩鼻をかわしたところで、両隊がだしぬけに行きあうことになったのである。道益のほうでは、道長の荷駄は沼津あたりまで降りたものと思っていたし、道長のほうは、途中で手間どったことを忘れていたので、道益の荷駄がこんなところまでやってくるとは考えてもいなかった。

両隊の距離は半町ほどもあったろうか。双方がなにより先に認めあったのは、星の光に映しだされた銃身のきらめきだった。道長も道益も、風摩が伊豆の聖山から箱根の鷹巣山に移り、近くに野館を構えていることを知っていたので、いつ襲われるかわからないという不安にたえず脅かされていた。双方の荷駄についていた鉄砲隊が、銃身のきらめきを見るなり、ほとんど同時に、

「来た」

と叫んだ。最初に射ちだしたのは道長のほうだった。箱根路は鷹巣山につづいている。風摩が襲うとすれば、そのほうから来るはずだったから、この措置は一応当然だったが、この一発は、その後につづく惨憺たる災厄をひきおこす運命的な発砲になった。

道益のほうは荷駄をつけた馬を岩阻道（いわそばみち）に伏せ、それを楯にして目ざましい応戦をはじめた。モスケッタ銃の一斉射撃は、恐るべき破壊力をしめし、一挙に道長の荷駄の半数を倒した。

「やっつけろ、皆殺しにしろ、やっつけないと、やられるぞ」

道長はそう叱咤するなり、鉄砲を持って狂気のように前へ飛びだして行った。

「射て、射て、射て」

道益は闇のなかで耳馴れた声を聞いたと思った、はッとしてなにか叫び出そうとした

とき、真向からきた一弾に胸板を射ぬかれた。道益は不屈の精神をふるい起し、苦痛に耐えながら銃をとって射ちかえした。その弾丸は道長の眉間を貫いた。円明の遺言はこうしてまぎれもなく成就したのである。

そういうちっぽけな悲劇に関係なく、絶望的な殲滅戦は、それからなお二十分ほどもつづいた。やがて銃声がおさまり、もとの静寂にたちかえった。月が出て山の端にあがったが、地上には、照すべき命のかけらは、はやただの一つも残っていなかった。

「うすゆきものがたり」の前編、因果物語にある部分は、ここで完結しているが、大炊介と行子の恋愛史ともいうべきものは、この物語が終ったところから新に書き起されている。

後編では、母の資子が才女の才を発揮し、あらゆる方法で二人を堰きわける。資子は縁故をたよって、御所の曹司（ぞうし）から摂津の芥川城へ、そこから伊勢の浅香城へというふうに転々と行子の身柄を移す。大炊介は資子の策略にかかり、蜂須賀家政の手について朝鮮征伐に追いやられる。その間、行子は二度も資子の手から逃げ、南蛮寺で全身がくずれ見るかげもなくなった大炊介の母の香具にめぐりあって看護することなどある。七年後、大炊介は朝鮮から帰って来、日本の隅々まで十年あまり行子の所在をたずねまわった末、浅香城に居るのをつきとめて逢いに行くが、そのとき行子の顔に癩の結節が出ていたので、忌わしい顔を見られるのを恥じ、大炊介の足音が下の階まで近づいて来たのを聞きつつ、天主閣から投身して死ぬところで終っている。

鈴木主水

　享保十八年、九月十三日の朝、四谷塩町のはずれに小さな道場をもって、義世流の剣道を指南している鈴木伝内が、奥の小座敷で茶を飲みながら、築庭の秋草を見ているところへ、伜の主水が入ってきて、さり気ないようすで庭をながめだした。

「これからお上りか」とたずねると、「はっ、上ります」と愛想よくうなずいてみせた。

　伝内は主水がかねてなにを考え、なにをしようとしているかおおよそのところは察していたが、いつにないとりつくろったような笑顔を見るなり、「いよいよ今日だな」と、そう感じた。今日、池の端の下邸で後の月見の宴があるが、主水は御前で思いきった乱暴をする決心でいる。心が通じあっているので、いまさら言置くこともなかったが、あまりみじめな終りにならぬよう、士道の吟味に関することだけは確かめておきたいと思った。たとえどのような無嗜無作法を働いても、主従の間でなすまじきことだけは、断じてせぬという戒懼のことである。

上杉征伐に功のあった三河の鈴木伝助の裔で、榊原に仕えて代々物頭列を勤めてきたが、伝内は神田お玉ヶ池の秋月刑部正直の高弟で義世流の達人であり、無辺無極流の槍もよく使うので、先代政祐のとき、番頭兼用人に進んで役料とも七百石を給わるようになった。

主水は伝内の独り子で、前髪があって小主水といっていたころから政祐の給仕を勤めていたが、生れつき器量がよく、評判のある葺屋町の色小姓でさえ、主水の前へ出ると袖で顔を蔽って恥らうというほどの美少年だったので、寵愛をうけて近習に選ばれ擬作高百石の思召料をもらった。主水の美貌は当時たぐいないほどのものだったらしい。膚がぬけるように白く、すらりとした身体つきで、女でさえ羨ましがるような長い睫毛の奥に、液体のなかで泳いでいるような世にも美しい眼がある。人形にもならず、といって絵にもならず、生れながらそなわった品のいい愛嬌があって、いちど見ると、久しく思いが残って忘れかねたということである。

近習時代のことだが、髪は白元結できりりと巻いた大髱で、白繻子の下着に褐色無地の定紋附羽二重小袖、献上博多白地独鈷の角帯に藍棒縞仙台平の裏附の袴、黒縮緬の紋附羽織に白紐を胸高に結び、大振りな大小に七分珊瑚玉の緒締の印伝革の下げものを腰につけ、白足袋に福草履、朱の房のついた寒竹の鞭を手綱に持ちそえ、朝々、馬丁を従えて三河台の馬場へ通う姿は、迫り視るべからざるほどの気高い美しさをそなえているので、毎度、見馴れている町筋の町人どもも、その都度、吐胸をつかれるような息苦しさを感じて、眼を伏せるのが常だったとつたえられている。

伝内は秋月刑部門下の三傑の一人といわれたほどの剣客だったが、麹町三番町で泰平真教流の道場を開いている兄の小笠原十左衛門に主水を預け、弓は竹林派の高須十郎兵衛に、柔術は吉岡扱心流の吉岡次郎右衛門に、馬術は大坪流の鶴岡丹下に学ばせた。

享保十年の春、主水は元服して鉄砲三十挺頭に任命され、本知行二百石取になり、その年、同藩の物奉行明良重三郎の次女安を娶った。翌年、太郎を生み、つづいてお徳が生れた。

享保十七年の八月廿九日に政祐が死に、分家の榊原勝直の四男が、式部大輔政岑と名をかえて姫路十五万石を相続することになった。大須賀頼母といって、本家の家中客人分として、三百石の合力米をもらっていた居候同然の身分だったが、先年、兄の勝興が早世したので、不意に千石の旗本におしあげられ、こんどは政祐の死で急養子にとられ、たちまち播州姫路の城主になりあがった。

十月、家督相続がすみ、能勢因幡守の二女竹姫を奥方に迎え、それぞれに新知、加増、役替があった。これまでは、御代替になってもこれというほどの異動はなかったが、こんどは思い切った御仕置で、先代の側仕えをしていた向きは、大目附役、大番頭、寄合以下、番頭、用人、給仕の果てにいたるまで、一人残らず君側から下げられ、若殿附と称する分家の番頭や、客分当時の用人小姓と入替になった。番頭、用人といえばいかめしいが、いずれも能太夫、狂言方、連歌俳諧師、狂言作者などの上りで、そのなかには島田十々六という品川本宿の遊女屋の次男坊までいた。遊興の取持を勤めと心得ている埒もないてあいばかりだが、新規に目附になった押原右内という男は、お家騒動で改易になった越後の浪人者で、御留守居与力をやめて豊後節の三味線弾きになり下った、原武太夫の推薦で大須賀の用人格になったものだが、こんどはまたお糸という娘をお側へ上げ、その功労で大目附の役にありついたという評判だった。

こういう思いきった役替は、そもそも誰の捌きによるのかと、寄り寄り詮議してみたところ、あにはからんや、押原右内一人の方寸から出ていることがわかった。宝永六年の二月、家宣が将軍宣下をすると同時に、綱吉の近臣を残らず罷免した故実をひき、尤もらしい献策をしたのを、政岑がそのまままとりあげたのである。聞いたものはみな無念に思い、三河以来、御懇意をねがった譜代の家来も、一朝にしてかような取扱いを受けるのかと、行末を儚んでお暇を願うものが出てきた。

口切りは大番頭千石取津田伴右衛門で、向後、他家へは一切奉公いたすまじき旨、誓を立てて御暇をねがい、つづいて物頭四百五十石、荻田甚五兵衛、寄合五百石、平左衛門、使番大番頭五百石多賀一学などが暇乞いをして匆々に退散した。主水の父の伝内は番頭兼用人から勘定役頭取に役替になったが、御納戸の役は勤めかねると辞退すると、それであらためて御暇になった。

播磨守政岑は、分家とはいえ門地の高い生れだけあって、顔に間の抜けたところがなく、容貌はむしろ立派なほうだが、ツルリとした粋好みの細面がいかにも芸人染みたふうにみえ、殿様らしい威容はどこにもなかった。甲高いよく透る声で早口にものをいい、かならず人先に発言し、真面目な話にも洒落や地口をまぜ、嘲弄するような言いかたをする。剣槍弓馬から仕方舞、豊後節、役者の真似事まで、なににによらず一と通りのところまでやるので、一廉の器量の持主のように買いかぶられるが、内実は我意の強い狭量な気質で、媚るものや諂うものは大好きだが、差図がましいことを言われるのは大嫌いで、時としては狂気したように激怒することがある。酔うととりとめなくなり、いつぞやなどは吉原の往来端で、人立ちをはばからずに矢の根五郎の振事（ふりごと）の真似をしてみせ、大方の物笑いになったようなこともあった。

播磨守政岑というのはこういう困った殿様だったが、伝内も主水も感じたことはみな心の底にとりおさめ、親子二人だけのときでも、とやかくとあげつらうようなことは一度もなかった。おのれの主人の欠点を数えたてるなどは、武士の嗜みとしてあるまじきことで、どういう場合でも断じてしないものなのである。

そういううちにその年も終り、十八年、癸丑の年になった。前年、西南諸道で米がとれず、大飢饉になって餓死するものが出た。正月匆々、江戸に米一揆が起き、奥州米を運漕してお救い米を出す騒ぎになったが、政岑は、これも家督して間もない尾州名古屋の城主、従三位権中納言宗春と連れだって吉原へ出かけ、驕奢のかぎりをつくして江戸中の取沙汰になった。

天和の頃、綱吉が武家法度十五ヶ条で大名旗本が遊里に入ることを禁じてから、吉原で大名の姿を見かけたのは、五十年以来のことだったばかりでなく、取巻きの原武太夫以下、はらやの小八、湯屋の五平、ねずの三武（さんぶ）という連中の扮装（いでたち）が観ものだったので、いっそう評判になった。その頃は一般に合せ鬟にして髪は引詰めて結う風だったのに、髻を大段に巻きたて、髷は針打にして元結をかけ、地にひきずるほどの長小袖の袖口から緋縮緬の襦袢の襟を二寸もだし、着流しに長脇差、ひとつ印籠という異様な風態だったので、人目をひかぬはずもなかったが、尾張の殿様も姫路の殿様も、編笠なしの素面で、茶屋と三浦屋の間を遊行するという至極の寛濶さだった。

またこんなこともあった。おなじ正月の十一日、池の端の下邸に尾張侯、酒井日向守、酒井大学頭、松平摂津守などを招いて恒例の具足祝いをしたが、酒狂乱舞のさなか、見あげるような蓬萊山のつくりものを据えた十六人持ちの大島台を担ぎだし、播磨守が手を拍つと、蓬萊山が二つに割れて、天冠に狩衣をつけ大口を穿いた踊子が十二、三人あらわれ、「人間五十年、下天の内をくらぶれば、夢幻のごとくなり」と幸若を舞った。

それですめばよかったが、取調べにきた横目に、政岑が今日はめずらしいものを聞かせると、書院の上段に簾を掛け、妾のお糸の方に三味線をひかせて豊後節を一段ばかり語り、平服に替えて出てきて、

「御気鬱のせつは、いつなりとござれ。このつぎには弾語りをご馳走しよう」

と嘲弄するようなことをいった。横目の山村十郎右衛門はさすがに気色を損じ、苦い顔で帰って行った。

放埒だけならまだしも助かるが、殊更、幕府の忌諱に触れるような所行ばかりする。政道に不平を抱いているかのように推測られ、幕府の諸侯取潰しの政策に口実を与えるような危険な状態になった。御家門の越後侯ですら、家中仕置不行届で領地を召しあげられ伊予の果てへ押籠めになった。いかに榊原氏が御譜代でも、いざとなれば参酌はないのである。

伝内が四谷のほとりに身を落着けたころ、主水がこんなことをいった。

「忠義な士が、忠義でもないことをして、忠義と思って死んで行く。善人と善人が命を削り合っていよいよ世の中をむずかしくする。情けないものですな」

「というのは」

「忠義ばかりでは、いやさ、善人ばかりでは国も家も立てかねるということです。榊原の家には悪人が不足しているが、それが不幸の源なのだと思って居ります」

といって帰って行った。

読みが深すぎて伝内にはなんのことか理解できなかったが、しばらくしてから思いあたった。

　黒田長政の後継、黒田右衛門佐忠之は放縦の行跡がつのって政道が乱れ、鳳凰丸の建造や足軽隊の新設など、幕府の忌諱に触れるような事件が続発するうえ、幕府に不満の駿河大納言忠長と懇談したということから、大いに睨まれた。栗山大膳は苦肉の一策を案じ、忠之に逆謀ありといって五十六ヶ条の罪案をかまえ、主侯を相手どって公儀に出訴し、対決の結果、かえって忠之に逆心のないことを幕府に確めさせ、辛くも黒田の家を救った。武士として不忠不義の汚名を着る以上の大きな犠牲はない。終生、拭いようのない悪名を忍んで士道の吟味を貫いた栗山大膳こそ、無類の忠誠の士なりと、大石内蔵之助が賞揚したと聞いたが、そのことを言ったのだと推量した。

　主水はなにかしらの存念を胸にひそめているらしい。それは起居振舞やものの言いかたが、この頃なんとなく変ってきたことでもわかる。主水はもう二人の子持ちで、大髻に結っていたころのような水の垂れるような美少年ではない。顔は薄皮立って色が美しく、いまでも目をそばだたせるが、肩幅が張って上背が増し、キッタリとして裃のつきがよくなった。髯のあとが青々とし、口元にゆるみがなく、太く静かな声が、堅く結ばれた唇から口重に洩れてくるところなどは、いかにも沈着な人のように見える。

もともとおとなしい性で、圭角のあるようすを見せたことはなかったが、最近は別して柔和になり、挙止動作に丸味が出来、春草が風に靡くようなやさしい立居をするようになった。

主水の存念はどのようなものか、伝内とても奥底まで洞察しているわけではないが、長年、御懇意をねがってきた老臣どもに、いっこうに勘弁がなく、みな身を退いて離散してしまったというのに、主水のような若輩に一分の志がうかがわれるのが、ふしぎなものを見るような気がしてならない。なにごとをしようと企んでいるのか知らないが、しかしながら主水の手にあうようには思えない。上邸にも下邸にも、昨日まで小唄や囃で世渡りをしていた、素姓も知れぬ輩が黒羽二重の小袖に着ぶくれ、駄物の大小を貫木差しにしてあらぬ権勢をふるい、奥はまた奥で、お糸というあやしげな欠込女が押原右内の娘と偽って寝所の裀褥へ入り込み、薄毛の鬢を片はずしに結い、大模様の裲襠を絆纏のように着崩す飛んだ御中﨟ぶりで、呼出し茶屋の女房やら、堺町の踊子、木戸茶屋の娘、吉原のかぶろ、女幇間、唄の小八などというむかしの朋輩をひきこみ、仲ノ町の茶屋か芝居の楽屋のような騒ぎをしているそうな。見たわけではないが、おおよその察しはつく。そのうえ新規御抱えの近習なるものは、まったくもって沙汰のかぎり。主侯にはどこまでひねくれたまうのか、人がましいまともな面つきを嫌い、目っかちゃら兎口、耳なし、鼻欠と、醜いものを穿鑿して十数人も抱えになり、多介子重次郎、清蔵五郎兵衛という浪人上りの喧嘩屋に赤鬼黒鬼と異名をつけ、二百石の知行を与えて近習の取締にしているという法外千万な仕方である。

代々、御懇意をねがった譜代のものどもが、咄嗟にお暇をねがって退散したのは、いわれないことではない。たびたびの前例によって、いちどお家が乱れだしたら、どう手をつくしても、一家離散にまで行きつくことを知っているからである。所詮は、愚痴と悪念が修羅の大猛火を燃やす魔界の現出なのであって、条理もなければ理非もない。いわんや人情などの通じる世界ではない。火中に栗を拾う譬で、なまじっかなことをすれば、怪我をするだけではすまない。主水にどのような目途があるとしても、まずまず成功は覚束ないように思われた。

萩の花むらを見ている静かな主水の横顔を、伝内はわきからながめていたが、主水の今日の身仕舞に軽薄なほど派手な気味合のあることに気がついた。

薄小袖の紋服に茶宇の袴は毎日の出仕の身装だが、袖口から薄紅梅色の下着の端がのぞきだしているのが異様である。見れば芝居者のように月代を広くあけ、髷は針打にして細身につくり、なにか馬鹿げたざまになっている。一度もなかったことなので、どういう心の傾きなのか、そのほうを先に聞いてみたくなった。

「今夜は、後（あと）のお月見があるそうだ」

「さようでございます」

「思いもかけない仕合せだったな」

「仕合せとは、なにが」

「野呂勘兵衛が小栗美作（みまさか）を討つため、日雲閣へ斬りこんだのも、やはり月見の宴の折だったそうな。総じて館（やかた）の討入りには、順法と逆法がある。いずれとも時宜（じぎ）に従うのはいうまでもないが、日ざす敵を一人だけに限っておくのが定法だ。その辺の心得がなかったので、野呂はやりそくなったのだとみえる。ときに、貴様が討果（うちはた）したいと思っているのは、男か女か」

「これはまた意外なことを。男にも女にも、討ちたいものなどありません」

「先日、明良（あきら）の邸へ参ったとき、十三日の後の月見こそ、一期（いちご）の折というようなことを申したそうな。なんのことだ」

「今夜の御宴会に連舞（つれまい）をいたすことになって居ります、そのことです」

「連舞を。誰が」

「手前が」

「貴様に舞など舞えるのか」

「この程から幸若秀平に舞を習って居ります。いちどお目にかけましょう」

「どのような所存で」

「郷に入っては郷にしたがう。こうなくては、勤めかねます」

「すりゃ、その面と装束は、舞を舞うためのものか」

「さようでございます」

伝内はまじまじと主水の顔を見ていたが、大きな声で、

「たわけ」

と一喝すると、荒々しく座から立って行った。

当夜の客には、尾張宗春卿、酒井日向守、松平和泉守、松平左衛門佐、御親類は能勢因幡守、榊原七郎右衛門、同大膳などがいた。

月が出ると、不忍池を見おろす二階の大広間に席を移してさかんな酒宴になった。

紅い萩の裾模様のある曙染めの小袖に白地錦の帯をしめた愛妾のお糸の方が、金扇に月影をうつしながら月魄を舞っていると、御相伴の家中が控えた次ノ間の下座から、

「女め、誰も知らぬと思って、晴がましく舞いおるわ」

という声がかかった。

最初の一と声は、三味線や琴の音に消され、近くの者しか気がつかなかったが、野太い声でつづいて三度ばかり叫んだので、こんどは誰の耳にもはっきりと聞えた。

唄と囃が一時にやみ、風が落ちて海が凪いだような広間の上座から、播磨守が癇を立てた蒼白んだ顔で次の間のほうを睨めつけながら、

「いま、なにか申した者、これへ出ろ」

と歯軋りをするような声をだした。

主水は朋輩のうしろに坐って、膝に手を置いてうつむいていたが、そう言われると、逃げ隠れもできない。はっといって広間の閾際まで膝行り出て、そこで平伏した。

「何者だ、名を名乗れ」

播磨守が膝を叩いて叱咤した。主水は顔をあげてこたえた。

「御鉄砲三十梃頭、鈴木主水にございます。なにとぞ、お見知りおきを」

「鉄砲持ちには出来すぎた面だ。舞っている女がどうこうと吐（ぬか）したを、たしかに聞いた。もう一度そこで申してみろ」

「はずみに申した下司の痴言（たわごと）、お聞捨てにねがいます」

「はずみとは言わせぬ。三度もおなじことを申したは、所存があってのことだろう。聞いてやる、隠さずに言え」

主水はいよいよ平伏して、御高家御同座では申しあげかねることなので、おゆるしねがいたいと言うと、宗春卿はお糸の方のほうへ底意（そこい）のある眼づかいをしながらニヤニヤ笑いだした。同座の一統もとんだ座興とばかり、盃をひかえて聞くかまえになった。言え、言われぬの掛合のうちに政岑は焦立って来、佩刀（はいとう）をひきつけて片膝を立て、いまにも斬りつけるかという切羽詰ったようすになったので、主水も覚悟をきめたらしく、

「お耳の汚れとは存じますが、では申します」といってこんな話をした。

そこにおいでの御中臈は、町方にいてお糸といっていられた頃、馴合った踊の朋輩だった。いつか思い思われる仲になり、行末を契（ちぎ）ったこともあったが、そのうちに仲絶（なかた）えて行会（いきあ）えぬようになった。俤（おもかげ）は胸にとまって忘れたこともなかったが、このほど押原殿の養女として、上のご寵愛になったのは意外ともまた意外。いちど懇談して、その

折の思いを通じたく存じていたが、中ノ門は固くて忍ぶに忍ばれず、もだもだしていたところ、七月はじめの宿居の夜、ゆくりなく御腰掛の端居で出逢い、積る話をして本意をとげた。そのとき、また逢うまでの思い草に舞扇を預ったが、それこそ秋の扇となりはてて、その後は風の便りもない。今夜、月見の御相伴にあずかり、下座にいてお糸の方の踊を拝見していたが、あまりの白々しさに腹がたち、我を忘れて尾籠なことを口走ったという次第を述べ、言い終ってまた平伏した。

播磨守の顔色が変ったようにみえたが、すぐ、ひょうげた顔になってお糸の方のほうへふりかえった。

「聞いたか。また逢うまでの思い草に、そちから扇を貰ったと言っている」

「聞きました」

「町方にいるとき、そちと踊の朋輩だったそうな」

「そう申しておりました」

「庭先へ蹴落してくれよう。色呆けて、とりとめなくなったとみえる。その扇であやつの頭を叩いてやれ」

「でも」

「打て、存分に打ち据えろ」

お糸の方は顔を俯向けていたが、崩れるように畳の上に両手をついた。

「申訳ございません」

そういうと、曙染めの小袖の袂に顔をおしあてて泣きだした。播磨守は脇息を押しのけて褥から膝を乗りだし、崩れた花のようなお糸の方の襟足のあたりを、強い眼つきで睨めつけた。

「あやつの言ったことは本当か、おぼえがあるのか。泣いていてはわからぬ、顔を上げい」

お糸の方は顔をあげると、涙に濡れた長い睫毛を伏せて膝のあたりに眼を落した。

「腰掛の端居で、忍び逢ったというのは、本当か」

「はい」

「扇を遣わしたというのも」

「ご存分に遊ばして」

下座から寿仙という幇間が飛びだしてきた。ツルリと禿げあがった頭のてっぺんを扇子の先ではじいて、

「いや、出来ました。これまたご趣向な。荻野万助、左七、べっこう、跣足でございます。そこで一句……秋の人と成おおせけり月の宴」

と、ぺこりと頭をさげた。

立田川清八という関取が飛びだす、俳諧師の貞佐が飛びだす。わいわい言いながらはぐらかしてしまった。播磨守は苦笑いをしながら盃を含んでいたが、白けた声で主水にいった。

「そこな鉄砲持ち、ここへ来い、前へ出ろ」

主水はおそるおそるの態で前に進んだ。

「ここな女と並んで坐れ」

主水は言わたようにお糸の方と並んで坐った。

「いかにも朋輩らしい面つきよ、似合うぞ、ついでのことに連れて舞え。舞ってみせろ」

そうして、下座にひかえた押原右内にいいつけた。

「こいつらを括り合せて連舞を舞わせろ。原富は三味を弾け、庄五郎は唄え」

はっ、といって押原右内が立ちあがった。

主水は勘当になり、湯島のお長屋を出て青山権田原の借家に移った。竹の垣根に野菊が倒れかかり、野分のあとのもの淋しい風情をみせている。代々木の森が明るいぬけ色になり、朝々、霜が降りるようになった。

格別、落ちこんだような気もしない。愁いもない。身体にどこといって違和はないが、あの夜以来、気持にしまりがなくなった。寝るときのほか、ついぞ袴をはなしたことはなかったが、この頃は着流しで、帯も巻帯のままである。妻のお安は縁端で縫物をしながら、太郎とお徳を遊ばせている。勘当になったいきさつは、もとより知りぬいているはずだが、たわけな亭主だと思い捨てたかして、そのことには一言もふれない。生来、気性の勝った女なのである。

主水は縁の陽だまりで膝を抱えて空を見ていたが、いかにも所在がないので、

「おい」

とお安を呼んでみた。お安は膝の上から縫物を払って、こちらへ向きかえた。落着きはらった自若とした眼つきである。

「いや、なんでもない」

お安はまた縫物を取りあげた。

お安はなにか考えているが、なにを考えているのか主水にはわからない。女というものは誰もみな覗きこんでも底の見えない、深い渕のようなものを一つずつ胸のうちに持っているように思えてならない。

「女の心はわからない」

主水は口のなかで呟いた。

後の月見の宴で、主水は群舞にまぎれてお糸の方を刺すつもりだった。もっとも、お糸の方と限ったわけではない。押原右内でも、多介子でも、ねずの三武でも、誰でもよかったが、おなじ目ざましをくれるなら、花々しいほうがよかろうと思ったのである。

一藩の仕置をつかさどる譜代の重役が、卒爾なざまで逃げるようにこそこそと退散するのを、主水は遺憾に思っていた。家中の違和に非理をたてようとすると、かえって禍を大きくするということを、これまでの例で身に染みて承知した。争うことは内輪の紛擾を外部に発表する愚を招くだけでしかない。対立は禁物だ。家中の乱れは隠秘するにすぎる。見ていれば言いたいことも出てくるが、見なければ意見もない道理で、身を退くことがすなわち忠義なのである。趣意のすじはよく通る。通りすぎておかしくいらいだが、なにか一点、溶けあえぬものがある。家を思い国を思う真心は、見ねばすむといった浅墓なものではないようである。ではどうするといって、主水の頭から答えは出て来ないが、愚にもつかぬ悪党どもが、自由気儘に跳梁するのを見すごしていては士道の一分が立ちかねる。この世に正邪の別のあることを、せめて思い知らしてやりたい。悪党ばらの一人を刺して、目ざましをくれてやろうと思ったのは、こういう気持からであった。

この頃、酒宴のさなかに踊の心得のあるものが群舞をして興を添えることが恒例になっている。刺したいと思う者はみな群舞の仲間にいる。平素は中門にへだてられて近づくことが出来ないが、その機ならば素懐を遂げられる望みがある。

あの夜、主水は群舞の仲間に入れられ、相手はお糸の方ときめ、続きの間の下座で時のくるのを待っていた。この女体は押原右内の道具のようなものでしかないが、御家頽廃（おいえたいはい）の源の一つはたしかにそこにあるのである。そのうちにお糸の方が舞いだした。毒のある花だが、美しいことは美しい。正目（まさめ）に見るのはこれがはじめてだが、話に聞いていた悪性女の感じはどこにもない。少女といってもいいような初々しい稚顔（おさながお）をしている。手足の形も未熟である。舞もかくべつ上手だというようなものではないらしい。気を張って舞っているのがその証拠である。楽しそうにはしていない。踊の手振りの間に、それとない愁い顔をする。

主水はお糸の方の舞の手振りを見ているうちに、この女を刺すということが、たいして意義のあることのようには思えなくなった。悪人ばらに、いささかの覚醒を与える効果はあるだろうが、それでお家の禍根を断つというのでもない。事をするのは簡単だ。刺してその場から逐電するだけのことだが、この女が胸から血を流してのけ反るざまは、見られたものではなかろう。なんといってもむごたらしすぎる。

そんなことを考えているうちに、この七月のはじめの夜、御待合の腰掛で舞扇を拾ったことを思いだした。

「女の心はわからない」

主水はもう一度そうつぶやいた。御腰掛の密会も、舞扇も、すべて当座の思いつきにすぎない。ありもせぬつくりごとだったが、どういう心であの女が承服したのかそこのところがわからない。いまもってこれは解けぬ謎である。

聞けるものなら、誰かに聞いてみたい。お安がもうすこし気持の広い女だったら、あの夜のことを仔細に語って、そういう女の心はいったいどうしたものなのかと、訊ねる

 こともできるだろう。さっきふとお安に呼びかけたのは、どうやらそのつもりだったらしいが、それは望んでも無駄なのである。

両脇に子供をひきつけ、依怙地なほど身体を硬ばらせている石のようなお安の後姿を、主水は歎息するような気持で見まもった。扶持を離れたといっても、明日の生計に困るわけではない。縫物の賃をあてにしなければならないほど逼迫していない。物を縫う女は一人置いてある。

いつもは居づらそうにしてすぐ立って行くお安が、たどたどしく糸目を辿りながら、つづきの座敷に朝から頑に居坐っている。あてつけがましくていい気持がしない。恨みつらみを無言のうちに思い知らせようとしているとしか思えない。お糸の方と手を括りあわされ、満座のなかで馬鹿舞を舞わされた沙汰のかぎりの痴加減を聞かされたら、腹を立てずにはいられまい。うらめしくも、儚くも、情けなくもあろう。無理はないとは思うが、そうならそうで、面と向って、怒るなり泣くなりすればいいのである。

主水がそんなことを考えていると、お安は子供達を奥へやっておいて主水のそばに来て坐った。

吊り加減の切長な眼のあたりを蒼ずませながら、素っ気ない切口上で、

「お話したいことがございます」

といった。主水は正坐して脊筋を立てると、

「どういう話だ」

と殊更強く聞きかえした。向きあうと、かならずこういう形になる夫婦なのである。

主水は狐拳でもしているようだと思うことがある。

「このことは、お聞きにいれない約束になっておりますが、わたし一人の胸にためておけといわれても、重荷なばかりで、気持が鬱してなりませんから、それで、申しあげることにいたしましたのです」

うむ、と主水がうなずいた。

「先夜、お糸さまがおいでになりました」

主水はお安の顔を見た。

「噂には承知しておりましたが、ほんとうにお美しい方でした」

「どういう用向きで」

「舞扇を拾っていただいたお礼に、とおっしゃっていられました」

「礼などを言われる筋は、ないように思うが」

「お糸さまは、あなたに拾ってもらいたいばかりに、あなたの宿直の夜、扇を腰掛へお置きになったのだそうです。お糸さまは三河台の近くにお住いになっていたころから、あなたを慕っていらっしゃって、お忘れになる折もなかったのです。お上のお側に上る決心をなすったのは、もしか、あなたにお逢いできるかと、それだけが望みだったのだといっていられました。上のお側にいても、心はあなたのほうにばかり通い、身も世もない思いをしていらっしゃったのです」

主水は腕を組んで眼をつぶった。

「お糸さまは飯倉のお長屋に押籠めになっていられたのだそうですが、このほど、吉原へ奴勤めに下げられることにきまったので、その前にお別れにいらっしゃったのです。この年から、お家で不義を働くと、女は吉原へやって、期限なし給金なしの廓勤めをさせるという御法令になったのだそうですね。死にでもしなければ、廓から出ることができない儚い境涯になって、この世ではもうお目にかかる折もないだろうが、なまじいお顔を見ると、かえって思いが残るから、逢わずにこのまま帰る、この話はあなたの胸だけにおさめて、あの方にはお聞かせくださるな、とそうおっしゃって」

九月二十七日の夜、主水は池ノ端の松永久馬という未知の人から急々の使いをうけた。用談は御面晤(ごめんご)の節と書いてある。とるものもとりあえず宛名のところへ訪ねて行ったが、手紙の主は他出したまま、まだ帰っていなかった。

湯島へぬけるので、男坂を上った。まだ宵の口で、大根畠(だいこんばたけ)の小格子といっている湯島の遊女屋へ行くぞめきの客が歩いている。板倉屋敷のそばまで行くと、角の餅屋の天水桶や一ト手持(ひとてもち)の辻番小屋の陰からムラムラと人影が立ちあがった。押原右内がいる、多介子(たすけご)重次郎がいる、松並典膳、瀬尾庄兵衛、はらやの小八、清蔵五郎兵衛、ねずの三武、それに化物の中小姓が五七人、関取の立田川までまじって、板塀の片闇をおびやかすほどに押重なっている。

急使の消息はこれでわかった。用談は御面晤の節とはよくいった。なるほど、この上のことはないわけである。

あの夜、勘当になって上の御広間から退(さが)るとき政岑が、

「武家の掟を知っているだろうな。おぼえて居れよ」

といった。お家の不義は双方討ちとむかしからきまっている。お糸の方が吉原へ奴(やっこ)にやられ、こちらは勘当で捨ておかれるのは、チト偏頗(へんぱ)な御処置だと思っていたが、こう

いう次第に逢着するなら、いっそ至当の成行といっていいのである。

ねずの三武が、ヤッと斬りかけてきたが、刃の立てかたも知らぬ出鱈目さで、笑止なばかりであった。

はらやの小八は、えらい向う気で、

「スチャラカチャン」

と口三味線でやってきた。これは胴斬りに斬って捨てた。

この仕置は一刻ばかりつづき、男坂の界隈を血だらけにしたところで終った。押原右内は男坂をはね越し、新花町へ逃げこんだが、そこで仕留められた。この夜、主水は十人あまり斬っている。

元文元年の八月、内藤新宿の橋本屋で心中があった。男は鈴木主水という浪人者で、相手は白糸という遊女だった。書置があった。

手前事、長年、播州侯のお名を偽って遊里を徘徊したが、まことにもって慚愧のいたり

と書いてあった。

その年の九月十五日、榊原家の留守居に老中連名の奉書が交付された。すぐ早打で姫路へ知らせたので、親類、能勢因幡守、榊原七郎右衛門、同大膳の三人が十月の十二日に江戸へ着き、十三日に柳営へ出た。黒書院溜で老中列座の上、大目附稲生下野守から書附をもって、

　式部大輔儀常々不行跡に付、隠居被仰付候急度相慎可罷在候、
且、大手先屋布被召上、池之端下屋布居住可仕候

という御達があった。

　家筋を思召され、家督は相違なく嫡子小平太（当年八歳、後に政永）へ下置かれる旨、月番老中本多中務大輔から申渡された。十一月一日、越後国頸城郡高田へ国替を命ぜられ、翌年、入部した。隠居の政岑は、その年、三十一歳で池の端の下邸で死んだ。鈴木主水の書置はどれほどの効果があったか知らないが、一説には、このために半地召上げを許されたともいう。「白糸くどき」のヤンレイ節が流行したのは、元文二年の末ごろからのことであった。

玉取物語

嘉永のはじめ（嘉永二年十月）のことでござった。西国のさる大藩の殿様が本国から江戸へ御帰府の途次、関の宿の近くに差懸った折、右の方のふぐりが俄に痒くなった。蕁草の刺毛で弄われるような遣瀬なさで、痒味辛味は何にたとえようもないほどであった。しばらくの間は袴の上から押抓ってなだめていられたが、仲々もって左様な直なことではおさまらない。御袴の裾をもたげ、双方の御手でひきちがえ掻挘っていられたことであったが、悩みは弥増ばかり、あたかもふぐりに火がついて乗物いっぱいに延びひろがり、いまにその中に巻きこまれてしまうかと思うような現なさで、追々、心気悩乱してとりとめないまでになった。

御駕籠脇の徒士は只ならぬうめき声を聞きつけ、何事ならんと覗いみるところ、こはいかに殿様には裾前を取散したあられもない御姿にて、悶え焦れるばかりに身を押揉み、なにやらん不思議なことをせられていられる態、まことに由々しく見えた。

　道中奉行は行列をとめ、山添椿庵という御側医者に御容態を伺わせたが、只、「痒い、痒い」とわめかれるばかりで手の施しようもない。殿様には若年の折から驚癇の持病があられるので、大方はそのことと合点し、匆々、関の御本陣へ落着するなり、耳盥に水を汲ませて頭熱の引下げにかかったところ、殿様は「おのれは医者の分際で、病の上下も弁えぬのか」といきられ、片膝をあげてふぐりを見せた。山添は目をそばめて熟々と拝見いたすところ、右の方のふぐり玉が、軍鶏の卵ほどの大きさになって股間にのさばりかえっているのに、先ずこれはと仰天した。とても人間の身につくものとは思えない。強いて附会ければ、癩者の膝頭とでも言うべき体裁だが、銅の色してつらつらに光りかがやく団々たる肉塊の表に、筋と血の管の文がほどよく寄集まり、眼鼻をそなえた人の面宛然に見せている、頭に婆娑たる長毛を戴き、底意ありげな薄笑いをしているところは、張継が「楓橋夜泊」の寒山拾得の顔にその儘であった。

「病草紙」という絵巻物のあることは御存じであろう。鼻頭の黒き男、眠られぬ女、風病の男、小舌のある男、肛門のない男、また数ある男、男女両性の人、頭のあがらぬ法師、息の臭い女など十五段に白描の写しを合せ、十六段一巻となっている。他に侏儒と背高男の掛軸、鶏に眼を突つかせる女、悪夢に襲われる男の三図がござる。「餓鬼草紙」、「地獄草紙」と同じく、詞は寂蓮、絵は土佐光長の筆と言伝えられている。世に厭わしき病気の数々を描き列ねたは、人間の病苦や六道三世の因果の理を示したものであろうか。山添も古医方家の流を汲むものであるから、六道絵には巨細に通じていたが、光長の思い忘れか執筆の手落か、ついぞこういう病相を見かけなかったので、一段と当惑したことであった。

山添は取敢えず塗薬を差上げ、宿々の泊で、罨方したり冷したり、思いつく限りの手当をぬかりなくやってみたが、ふぐり玉は一日ごとにふくれむくみ、掛川の宿では、とうとう雁の卵ほどに成上り、この先どれほど大きくなるかと思えば、心も身に添わぬほどであった。

式根島の大陰嚢というは、以前聞いたことがあった。高湿因循の海辺に起る風土の病で、足は描ける象の脚の如くに肥え、ふぐりは地に曳くようになるというが、これがそれとも思えぬから、山添は山添だけの智慧で、どうやら梅瘡の所以らしいと見込みをつけた。

天保以来、殿様も格落にて、銭の出る遊びを厭いたまい、下値の小格子で早乗打を遊ばされる。浜町河岸に御殿のある因幡のさる殿様、小石川の第六天に上邸のある阿波のさる殿様、それにこの殿様は三幅対といわれる締り屋で、その上いささか狡猾すく、深川へ遊びにお出のときは、芸者どもの祝儀を奉書紙に包んで恭しく水引を掛け、金何百疋と大々と書いたものを用意なされて一同に下される。茶屋芸者は何事かと恭しく頂戴に及び、さて御包をといて「まあ、たった」と言ったきり、開いた口が塞がらなかったという話がある。またいつかは深川の平清で遊ばれての帰り、お家来に、「うちゃのう、歩いて帰りたいが、道が判らんでの、そちが跡からついてまいって、間違ったら教えてくれや、一遍歩いて見たいでのう」とおっしゃって、仲ノ町を歩いて帰られた。つまりは帰りの駕籠代を惜しまれたので、そういう細かい掛引をされたのだと知れた。一事が万事で、山添の見るところは大凡外れはないものと思われたが、こういう御容態では、古医方家の山添の手に負えない。殿様のふぐり玉が鵞鳥の卵ほどになったら進退をきめようと覚悟していたが、小田原の本宿で予想通りの大きさになったので、はやこれ迄と、夜にまぎれて逐電してしまった。

殿様は入府になるなり、下邸に逼塞し、元日の参賀にも、十一日の具足祝いにも上らず、大物を抱えて鬱々としてござった。
極月の二十八日に江戸へ帰りつきけり。道すがらも痛みつつ、帰りての後は、歩むことさえわずらわしく成り、垂れ籠めてのみありける。多くの医師を招き、種々、よしということの限りをつくしたれど、ふぐり玉、日に日にただ大きゅうなりもて行くにつけて、折々、痛み悩むこと更にやむときなし。かかる病なん、終にその痛むところ、蓮の花の開くがごとく壊み崩れて腐り行けば、命幾日もあらずというを聞くにも、今は幾許ならずその界に至らんと思えば、いとど安き心なし。云々とは、殿の御日記の一節であった。

閏二月のさる日（二月八日）、将軍家には典医領伊東玄朴をもって御見舞になり、翌日、奥医者並大槻俊斎と戸塚静海を遣わして蘭方の診断させた。同じ蘭方といっても、大槻は江戸仕立、戸塚は長崎仕立で、診立ての違いはあったが、少しも早く病根を摘出しなければ、生命の危殆に及ぶだろうというところでは同じであった。

ふぐり玉とは、そもいかなるものかというに、是に就いては「たあへるあなとみあ」と、うえさりうすの「解剖学」に精細に記述されている。即ちそれは扁平、楕円形の肉質であって、内面、外面、上端、下端、前縁、後縁を有つ。重さ、大約して十五ガラム、長さ一寸三分位、幅一寸、厚さは七分ほど也。縦軸は外前方に向い、左のふぐり玉は右よりも稍々低位にあるが通例なり。ふぐり玉の表は靭く平滑なる白色の膜にして、その下に血管膜と縦横の中隔に隔てらるる数多の葉あり。小葉を充すは直細精管にして、一端は盲端に終り、他端は縦隔中に吻合して網状となる、とある。扨、ふぐり玉の腫瘍には瘡毒、癌種による悪性のもの、高熱、外傷による良性のものとの別があり、猶また局所の肥大には繊維腫、液腫、軟骨腫、骨腫、筋腫に分けられるが、無痛のものにあっては、癌腫の疑いを残すが多く、また良性の肉腫に於ても漸次大を増して小児頭大に達し、精系に進入して悪性腫瘍に転位するもの故、有痛無痛に関らず、肥大の形勢にあるものは、可相成は速かに摘出するがよいとある。

　そうするうちに、その月の末つ方、殿の御物は成人の拳ほどの大きさに生長いたした。御痛みの方は以前ほどにはないようであったが、過大の一物を甚く御憎しみになり、あおのけに寝たまま、「こやつめが、こやつめが」と飽く期もなく罵られるようになった。殿が御物にたいする辞宜もさることながら、この儘に捨て置いては、鉄丸の重さに引かれ、明日にも地獄の底へ落入られるやのあやうい境界に立到った事故、いずれとも匆々に処置いたさねばならぬ羽目になった。殿におかれても、始めがほどは、手荒な取扱いを厭われるげな気味合で、自然と話を外らされるふうであったが、此の態に及んでは、流石に観念の臍を据えられたものとみえ、さる日、お側小姓に「短冊を持て」とお命じになり、あおのけに寝たまま筆をとって、

身を責むる讐をば斬りつ更にまた
よき敵もがな組打ちにせむ

という一首を大槻にお下渡しになったは、早くも療後の馬上の組打を意図してござる証拠にて、勇ましとも勇ましきかぎりであった。

その頃の日記に、

> さらば如何にすべきと問うに、その悪しき玉を切り捨つる法はあれども、未だ我国にて行いしことのなければ、容易からずと医師は言う也。されど、とにもかくにも此のまま過ぎ行くは、死ぬべき道に出で立行くにて、立帰る期のあらざるを、いかでかその術を行いてよ。療する術あるを聞きながら、ただに死ぬを待つこそ烏滸ならめ、その術ようせずば死なんのみ。さりとても戦いの命を縮むるまでにて、ついに苦しみ悩むかぎりを尽して死なんにまさりぬべしと切に乞う心となりぬ。

殿の御存念がかようにある上は、医師の方に逡巡のあるべきいわれはなく、大槻「い

ろいろと取調べ、更速に着手いたしましょうずるが、独、暫時、実検の時を給え」と申して退った。

翌日の夕景、下谷御徒町和泉橋通りなる伊東玄朴の宅に、江戸の蘭方医二十余名が参集し、御物摘出の外科方を相談した。杉田玄白、前野良沢の「解体新書」が翻刻されてから七十年、その後、「内科撰要」や「医範提綱」というような良知が出て、いよいよ繁栄の趣になったが、蘭方外科は名目ばかりで、膏薬と塗薬のほか何事も得出来ず、華岡流の外科も脱疽、兎唇の手術を行なう底のところに止っている。腫瘍のふぐり玉を切取る技は、ぱれいの術書に見えているが、鎖肛、鎖陰を開切するのと事がちがい、男の大事な個所へ切尖を入れる難儀な術でござるゆえ、手引草だけでは事が運ばなんだも道理であった。

その日、参集した蘭方医家の主なる者は、長崎仕立のほうでは、伊東玄朴をはじめとして、竹内玄洞、本間玄調、入沢貞意、戸塚静海、石井宗謙、江戸仕立のほうでは箕作阮甫、高須松寧、大槻俊斎、坪井信良、川本幸民などで、いずれも蘭法で一家をなした大家名手ばかりであったが、如何せん経験のないことで、これぞという成案もなかった。いろいろと議論が出たが、そのうちに、某が「獺の内臓は人間とよく似ていると申し、過ぐる頃、山脇東洋などは度々解剖の資料にいたしたよしでござった。肝臓、腎臓が似ているなら、ふぐりの構造も同様であろうと思われる。手始めに獺を集めて剖刀を試されたら如何」というたが、山脇は「臓志」という医書で、獺の内臓は人間の内臓とは似てもつかぬことを宝暦のむかしに明らかにしている次第だったから、意見としてもこれは迂濶なものであった。また一人は「この程、去勢術に関する医書を手に入れました。主として、牛馬の睾丸または卵巣を割去する術を詳述したものでござるが、その医書によって、牛馬のふぐりを試みられたら、いくらか手心がわかろうではあるまいか」と尤もらしい説を立てたが、大槻にしても戸塚にしても、その辺にぬかりのあろうわけはなく、如月のはじめ頃からそれぞれ牛馬について十幾度の実検をしているが、止血の方法がうまくいかず、とりわけ性器の完成した壮年の牛馬は夥しく出血して倒れてしまう。灼切り法というのも試みたが、施術後の保定にも不確なところがあるゆえか、停滞しているが、殿様の御物は一日といえども待ってはくれぬ。今日の参集も、こういう態たらくではとてものことは望めない。この上は、おのれら二人の力で、日毎に肥えまさる悪性の御物と駆けくらべをするほかはないと決意したことであった。

ほどほどに参集も終り、一同が追散したあと、別室に伊東玄朴、戸塚静海、林洞海、大槻俊斎、三宅良斎、玄朴の弟子が二人、この七人が居残ったところで、玄朴が思入れ深く、「左右もあれ、今日こそはえらい恥をかいたよの、つくづくと思い知らされたわな」と言うた。戸塚は意外に思うてなぜかと問い返した。そこで玄朴がまた言うた。

「前野、杉田の両先覚が、自ら剖刀をとって、われらのために人体の秘隠を説き明してくれられたが、その後、七十と何年、蘭方医おおよそ三百人、内外の末流に跼蹐して、ただの一人も執刀術の勉強に身を挺したものがなかったというは、まことにもって不思議なことであったよ。剖刀外科には手引がない、手心がわからぬ、道具がない、手が廻らぬ、どうの候のと言うて、この久しい間、うまいこと逃げ居ったわ。今日の参集でさえ、では拙者が、おのれが、私が、身に引受けて仕ろうと言い出たものは一人もなかったぞ。このたびの馬鹿げたふぐりが例になろうか。ふぐりなどはどうでもいいのじゃ、むずかしかろう、難儀だろう、いかさま手に合わぬだろうが、解剖の技さえ心得ていればみすみす助けられる命を、おのれの卑怯と怠慢から、よくもまあ眼をつぶって見捨てて来たぞ。何千、いや何万、数えきれたものではなかろうてや。方々、如何、思召される。なんという無慙なこと。悪逆無道、酷薄無情、これ以上の地獄の沙汰はあろうずるまい。これが人間の貴い命を預る医者の精神であろうか。恥入った、赤面背汗のいたり、辛うて身悶えするばかりじゃ。其許らに言うているのではない。自らに語り聞かしておるのでござるじゃが」そう言うて、膝に手を置いてさしうつむいた。

皆々、おのれの心の中を見抜かれたような心地がし、粛然とし、打萎れ、つくづくとなり、その後で、力を合せて解剖の勉強に出精しようと誓い合ったことでござる。大槻、戸塚はもとより、竹内、林、また三宅も某殿のふぐり玉にかかわりあい、それぞれの見識にしたがって勉強しているわけであったが、皆がてんでにおなじような実検をしていても効ないことだから、各々の分担をきめ、それぞれの受持で知識を深めるほうがよいと言う意見が出て、あらためて持役をきめた。

伊東玄朴　差図役、相談役
戸塚静海　執刀
大槻俊斎　監察
竹内玄洞　施薬
林　洞海　助手
三宅良斎　同

そこで玄朴が言うには、「前野、杉田の両先生、その以前では山脇東洋が、人体の内臓に刀を入れたじゃが、どちらも構造を見識するにとどまり、のみならず扱われたは、どちらも絶死の屍であった。回生を意図して、生体のそれも陰嚢に刀を入れるなどは、わが国の医術がはじまって以来、これが最初のことじゃ。言うまでもないが、一世を劃する試みとなるわけでござる。われらの名聞など、どうあろうとさしかまいはないが、このたびばかりは、なんとしても仕終わせねばならぬ。万一にも仕損じたら、この先、蘭方外科は何とあるであろう。それでは困るから、取掛るからには、手ぬかりのないように、万全を期さねばならぬ。まず施術の時期だが、それについて戸塚氏に御意見があったら承っておきたい」。戸塚の意見は、かすとらちおんの医書には去勢の術は寒暑の候はいずれも不可、春、秋、殊に早春がよいとあった。これは牛馬のことで、殿のふぐりは譬えにならないようなものだが、なんといっても施術の器具が思うようでなく、消毒の方法も不備だから、感染の恐れの少ない季節を選びたい。なおその上、寛怠に似て恐縮だが実はまだ研究が十分でない。行届きかねるところもある。自信もないのに執刀するのは、天を懼れざる仕方だから、ならば一日でも先へ繰延したいのが真意だということであった。

幸いなるかな、殿上の御腫物は良性でござって、梅瘡にも、労性にも、癌腫にもその方の悪性の筋をひいていないから、仮りに小児頭大の極度に及ぶにしても、そこまで行くには半年や十月の余裕があるものと見てよい。願われるなら、十月の初秋の候に事を挙げたいと存念を披瀝した。玄朴考えて、「大槻氏、其許は最初からの関係だが、御ンふぐりのふくれぐあいを測っていられたろうか。書き留めたものでもあったら、ちょっと見たい」と言うたら、大槻は書附をだして、何月何日には何寸何分、何日には何分と読みあげた。玄朴、聞いてから、指を折って数えていたが「うむ、今のところはまず鷺の卵ぐらいか。十月となると、鶴の卵ほどになろうかな。よし、十月にきめよう。それはいいが、御先方はむずむずしていられるところだから、悠長めかした話に御同心になるであろうか」そこで戸塚、「明らさまに申したら、御承服なさるはずはございませぬから、ただ、そのうちに、とだけお答えしておきます。なにをお問いになられても、そのうちに。余のことは一切申しあげず、十月までは、そのうちにそのうちにで押し通すつもり」そういうことで相談が結着した。

三月もすぎ、四月終り、五、六、七と月を越して、八月となった。殿の御物はますます増長し、小枕ほどになったことで、あおのけに寝た腹の上に、ふぐりが大々と盛りあがり、石灯籠の子持笠のように見えた。殿はうちつづく暑気に悩んでほとほとに倦んじられ、「おのれらは、そのうちにとばかりぬかしおるが、おれをば、ふぐり玉の下敷にして殺す気かのう。うちゃもう、この上は堪えてつかわさぬぞ」などとのたまい、桐の夏枕を摑み投げにし、大荒れに荒れたもうた。

そうするところに、殿のふぐり玉に殉死をねがうものが出てきた。戸塚が牛馬のふぐりに執刀を試みていることが、風のように洩れだし、施術が遅れるのはそのせいなりと独り嚥込みし、気の早いのから順番に願書を上げたものであった。

八月　七日　杉浦　三蔵　御側調役
同　九日　生島　孫太　取次下番
同　十二日　矢部国四郎　調役並
同　同　多門　孝平　物頭添役
同　十五日　石井久之助　使番並

殉死願は続々と出て、九月中には二十六人にまでなったが、もとより聞かれるような願いでないから、一、二日手許に止めて置いて、夫々に差戻した。そうすると、こんどは大槻や戸塚の帰途を擁して強請するものが出てきた。いちど出したふぐりが、たやすくひっこまされるかということなのだが、いきり立った荒れ玉をおしなだめるのに、大槻も戸塚も大方汗をかいた。

施術は十一月四日の正午から下邸の中ノ書院で行なわれることになり、戸塚、大槻、林、竹内の四人が前日から泊りこんで万般の準備にとりかかった。欄間の塵を払い、残る方なく清掃し、書院の真中に畳を五畳積みあげて清浄な白布で蔽い、そこを施術の場所にした。畳を重ねて台をつくるのは、この日がはじめてではない。むかしから順天堂の一派がやっていた方式であったが、切腹の場に似ていると言って、重役からきつい文句が出た。

そちらの一角はようようのことで切崩したが、ここに意外な障りが起った。殿は御(おん)二十八歳、倭子という奥方があられるが、まだ嫡子がない。こういう御境界は前々から知れ切っていたから、一人旅の遍路の笠にも同行二人と書きつけるごとく、いやまた唐(から)の車は一輪で用を弁ずるがごとく、右は失っても左さえあれば、一個をもって二個の役を果すべき証跡(しょうせき)を二人からさまざまに申上げ、御親類一同も御納得になったことであったが、今日という今日になって、御母堂の筋から、外科の施術をとりやめて散(ち)らす方を考えよと、取次をもって仰せだされた。

大槻と戸塚は中ノ書院の入側に坐って顔を見合っていたが、そのうちに大槻「いまになってかような御沙汰を受けるのは困る。お目にかかって申しあげようではないか」と立ちかかった。戸塚は「それはわかっているが、奥の刀自さまは国学の造詣の深いお方だと言うから、生仲なことでは御納得になるまいぞ」と言うたら、大槻は「そのことだ。とても理で押せまい、欺してしまうのよ。まあ行こう」と、戸塚を誘って奥へ上った。大槻はかれこれと去気ない体で世間話をして居って、そのあとで急に思いついたように「万葉集の巻ノ七に、伊勢の海のあまの志摩津が鮑玉、取りて後もが恋の繁けんという和歌がございます。一般には、藤原ノ淡海公と志摩の玉取りの故事を読んだものと言うことになって居りまするが、わたくしどもは、あれを医学の歌だとして居ります。あまとあるは、海に潜る海女にてはなく、古は海辺の遊女の異名であった蜑を指したもので」。刀自殿は異な顔をして「それまた、変った御説よの」と乗出してこられた。すると大槻「往吉は陸路の便が少なく、旅行はおおむね海路によりましたが、旅人の鬱を散ずるため、港々に蜑という遊女が居って、船が港へ入ると、小舟に乗り、あるいは岸に立って客を招んだよしでございます。伊勢の海の歌にある鮑玉とは人間の精髄のことで、男にあっては鰒玉、女にあっては鮑玉。その頃、蜑を抱えまするとき、前もって一方の鮑玉を切取る例がござったが、蜑どもにしては、鮑玉の一方が残って居れば、いつでも想う人の子を孕むことができるというその心をうたったものと解して居ります。とりとめもない話でございますが、なにせよ古い頃のことで」そう言って、恭しくお辞儀をしたものであった。

さてその間、なにやかとごたごたしたが、自然のうちに御差止が許れ、翌日（十一月四日）の正午から我が国はじまって以来のふぐり外科の施術にとりかかった。昼の午の刻から暮れ切るまでかかり、見ん事、殿の御宝蔵から腐れ宝珠をとりいだした。その次第は、殿の日記に見えてござる。

切るところを見定めんとするなるべし。まず畳五畳ばかり重ねた上に寝させたり。刀を執るものは戸塚静海を長として、林洞海、三宅良斎なり。伊東玄朴かたわらにありて、何くれとなく計らい定む。大槻俊斎はおのれの胸をば右の手でしっかりとおさえつけ、左の手に蘭書を持ち、一寸の誤ちもあらせじと心を配るなりけり。竹内玄洞は薬のことを司れるが、おのれが顔を見つつ、心地いかにいかにと問うなり。玄朴の教え子二人、左右の足をおさえて動かさず、洞海の教え子ら、水よ布よ、と役送す。かくて刀をとりはじむ。

静海、刀をおろし、陰茎の脇、ふぐりの右の方を五六寸も截(きり)割りたりとか。おのれにはただ冷水を注ぐかと思われぬ。この時、午(うま)の刻の鐘きこえけり。さて、今は切りたる中を開きて見定むるなるべし。時として身のうちに響くこともありけれど、左(さ)のみ痛しとも堪えがたしとも思われず、折折、水注ぎ洗うが冷々(ひやひや)と覚えらる。人々、さまざまに計らいて精系(せいけい)を糸にて結びたるときは、命の限りとばかりにて、腹の中の物を差入れらるる心地ぞせられける。ほどなく切捨てたるにや、その心地も直(なお)りぬ。扨、あしき玉を取り出すとて、左右は纏いたる筋を切るに、二度三度は響きつれど、なにばかりの事もなし。明暮れ心にかかり、片時も忘れざりし根を断ち、玉をぬき出したるなれば、たとえんにものなく、清々(すがすが)しくおぼえける。今は更に、千歳(ちとせ)の命、継ぎたりと心の落居(おちい)たるにや、疵口を縫いつくろう折、仲々、湛えがたくて人々に笑われたりき。このとき全く日暮れたり。

とり出したる玉を見るに、少し裏平(うらたいら)みて、長きところ五寸余り、幅は四寸ばかりにて、ところどころ高低ありて形を失い、裁ち割りて見るに、玉の性(しょう)変じていたく色も乱れ、いまや腐れ出ずべきさまなり。重さ百匁余りもありしとか。さもあれ、仰向けに寝よといわれ、昼より暮れ過ぎまで押えつけられ、動きもさえならざりし事とて、腰痛みて苦しけれど、念じて、そのまま粥など吸う。

六日、七日、おなじ心地なり。八日の日、いかにしけむ、尿の出あしくなりて、日に一度、夜に一度ばかり出るに、いたく悩まし。十日になりて、洞海、思いだして、縫いたる糸の引詰まったるがありと言いて切捨てたれば、瞬く間に心地よく出てきにけり。これより後、なんの障る事なく、十五、六日には食物の戒もいささか緩り、疵口も大方癒着し、今はただ日を数えて全く癒えなん事を待つばかりになんありける。

重吉漂流紀聞

名古屋納屋町（なやまち）小島屋庄右衛門の身内に半田村（はんだむら）の重吉という楫取（かじとり）がいた。尾張知多郡の百姓だったのが、好きで船乗りになり、水夫から帆係、それから水先頭（みずさきがしら）と段々に仕上げ、二十歳（はたち）前で楫場（かじば）に立った。文化十年、重吉が二十四歳の秋、尾張藩の御廻米（ごかいまい）を運漕する千二百石積（づみ）の督乗丸で江戸へ上ったが、船頭と五人の水夫が時疫（じやみ）にかかって陸（おか）に残り、重吉が仮船頭をうけたまわって名古屋まで船を返すことになった。

和船も千二百石積くらいになると相当な大船で、蝦夷あたりまで行くこともあるから、舷（ふなべり）も頑丈な三枚棚（三重張）につくる。甲板の下は横墨と船梁（ふなばり）で区切って、舳（へさき）から順々に、表ノ間、胴ノ間、舦ノ間（はざま）、艫（とも）ノ間と四つの間に別れ、表ノ間は座敷ともいい、八畳間ぐらいの畳敷で船頭がいる。胴ノ間は荷倉、舦ノ間は炊事場、楫場の下の艫ノ間は二間に仕切られて楫取と水夫の寝框（ねかまち）がある。

重吉は船頭から尾張藩の御船印と浦賀奉行の御判物を受取り、伊豆生まれの水夫を五人雇い入れて半田村の藤介を楫取にひきあげ、水夫頭に庄兵衛、帆係一番に為吉、同じく二番に七兵衛を据え、賄の孫三郎、水夫、綱取、飯炊など合せて十四人、帰り荷の燈油二百樽、大豆二百俵を積み、十月の下旬に江戸を出帆した。

伊豆の子浦に寄り、十一月四日の夜、遠州の御前崎の沖あたりまで行くと、海面がにわかに光りを増し、海全体が大きな手で持ちあげられるように立ちあがったと思う間に、丑寅の強風が滝のような雨とともに火花を散らして吹きつけてきた。そのはげしさ目覚しさは、後にも先にもおぼえのないほどで、楫場にいた藤介が楫を離して藁屑のように吹き飛ばされてくる、十五になる飯炊の房次郎が炊桶を抱えたままキリキリ舞いをするというはなはだしさ。船中、総出になって「帆をおろせ」「楫を立てろ」と騒いでいるうちに、ひときわ高い返り波が潮しぶきを吹いてうちあげ、舷の垣根にいた綱取の要吉が、あッと言う間にさらいとられてしまった。

海に人が落ちたときは、箱でも板でも、その場にありあうものを投げこんで取りつかせて、船を戻してひきあげるのだが、探してもわからないときは、端舟を一隻捨てる風習になっている。そうなっては端舟も捨てたところで無駄なのだけれども、そうしておけば後で死んだものの親兄弟に言訳が立つ。しかしその時は墨を流したような闇夜のことではあり、船は疾風に乗って空を飛ぶかという異変の最中で、手の施しようなどとてもありようはなかった。

ようやくのことで帆はおろしたが、それでどうなるというのでもない。波と風とに翻弄されながら、闇黒の海の上を飄々と吹流されて行くうち、夜の八ツ時、伊良胡崎の燈台の火が見えた。この崎から伊勢の港湾までは五里足らずだから、「助けたまえ、お伊勢さま」とそのほうへ向いて拝んでいるとき、急に風が戌亥にまわった。いままで東北から吹いていた風が反対の西北に変ったので、波の余勢が風にあおられて山のような逆浪が立ち、海面いちめん煮釜が湯玉をあげるように沸きたつなかを船が後へ後へと戻りはじめた。せっかく伊勢の近くまで来て、後帰りするさえ迷惑なのに、帆柱にあたる風ばかりのため、五十里を二刻ほどで走り、翌五日の夜明けごろ、要吉が海へ落ちた御前崎の近くまで吹き戻されてしまった。

船乗は迷信深いものだから、つまらぬ気迷いを起さねばいいがと案じていると、果して伊豆柿崎の三郎助という水夫が、端舟を捨ててやらなかったので、要吉の怨みで船がひき戻されたのにちがいない、死んだものの思いのかかった端舟だから、この際、どう

でも捨ててもらわねばならぬと、血相変えて強談にかかった。そこで重吉は、

「まァそれは待て。万一、風が変って南へ流されるようなことにでもなれば、その辺にあるのはみな切立った岩山の島ばかりだ。水主水夫といっても、犬掻き泳ぎもできないのが大概だから、端舟がないと、島にとりつくこともできない。端舟一隻のあるなしが、生き死にの分れ目。要吉の思いを晴らしてやるのもいいが、なんといっても、生きている十三人の命のほうが大切。早まったことをすると、あとで後悔の臍を嚙むようなことができる」

と説いて聞かせたが、三郎助は両手で耳をふさいで受けつけようともしない。もともと伊豆者と尾張者は気性が合わないところへ、尾張方は一向宗、伊豆方は日蓮宗で宗旨までちがう。こじれだしたらおさめようのないことを知っているので、ずいぶん下手に出てなだめたが、どうしてもきかない。

「田子村の、柿崎の、それから丑蔵も福松も、いま船頭の言うたをなんと聞いた。われらはどうせ淦水汲みだから、海に落ちて死ぬことは厭わないが、端舟を捨てて、懇ろに弔ってくれると思えばこそ諦めもする。船頭がこういう了見では、この先、海へ落ちても見捨てられるにきまった。おぬしらどう思うか。それでもいいのか、情けないとは思

わないのか」

と胴ノ間に胡坐(あぐら)をかいて、精一杯に怒鳴りたてた。伊豆組は三郎助のぐるりにかたまり、重吉に白眼をくれながら、

「三郎助ぬしのいうとおり、こんな薄情な扱いをされては、情けなくて働かれない。端舟を捨てればよし、さもなければ言うことは聞かぬ」

とガヤガヤしだした。

重吉は横を向いて聞かないふりをしていたが、思いがけないあらしで気先が弱ったのか、海上の便宜をわきまえている水先頭や帆係までが、いっしょになって管を巻くようになった。こういう大時化(しけ)のときは、さなきだに気を揃えて働かねば乗切れぬというのに、みなの心が離れ離れになっては、助かる船も助からないことになる。掛替えのない端舟だが、言うようにしてやるほかはなかろう。先のことは先のこと、なるようにしかならぬものだ、と思いきって端舟を捨てることにした。

伊豆方の水夫は苫(とま)の下から端舟を運びだし、

「要吉ぬし、端舟をやるから受取ってくれえよ」

諸声に法華経をとなえながら海に投げる。こういう時化では端舟などは木ッ端にもあ

たらない。いちど逆打ちをうっただけで飽気なく沈んでしまう。水夫どもはこれが大難のはじまりになるとも知らず、要吉が喜んで端舟を持って行ったなどと、口々に噺しているのはいかにも愚かな成行であった。

そのうちには雨はやんだが、風はいよいよ吹きつのる。伊豆の子浦の地方の見えるあたりまで行ったところで、舵を壊され、船が横倒しになって山のような浪がうちこむ。これはというので、総出になって荷打（積荷を海へ捨てること）をしたが、それでも及ばないから、帆柱を切倒しにかかった。

帆柱を倒すのはむずかしいもので、倒そうと思う方（風下の方）はすこし下、風のほうはすこし上の方を、目の高さほどのところへ、同時に双方から斧を入れるのが心得になっている。舷に帆布や蒲団のような柔かなものをかい、帆柱がフワリと跳ねかえって海へ落ちるように仕掛け、さあいま倒れるというとき、すばやく控綱を切る。これが遅れると、ハンドウにひかれて帆柱が縦に倒れて舳を割ることがある。言うのはやすいが、天地を覆えすような大時化の中でやることだから、斧を持って転げまわるばかりで思うようなこともできない。朝の五ツ時にかかって、八ツ時にようやく切り倒し、地方の見えるところで麾をあげる。菰と笠を棹の先につけて舳に立て、流れ舟だから助け舟を出してくれというこれが合図。千二百石積の流れ船はあまりないことだから、村方でもなんとかして助け舟を出そうと、岸波の寄せてはかえす荒磯を、蓑笠着た人々が走りまわっているのが見えたが、そのうちに岩角の高いところへ上って詫火を焚きだした。われわれの力ではとても助け舟を出されない。どうぞ運よくよその島で助けてもらってくれろというわけ。ここで見捨てられては最後だから、こちらは必死にマネキを振る。村方ではさかんに火を燃す。あの端舟さえ捨てなかったらと、今になって歎くのも愚痴。みすみす手の届くところに地方を見ながら、端舟がないばかりに漕ぎつけることもできない。いまはもう舵もなく、帆柱もなく、浪風に弄ばれるままに、一町、一町、岸から遠ざかる。日も暮れ、その日の宵五ツ時、伊豆の利島と新島の間を通った。この間はわずか十七、八町ばかりなので、太い苧綱を三本つなぎ、三百尋ほどにして碇をおろしてみたが、底が深くて届かない。船は碇をひきずったまま流れて行く。六日の朝、三宅島が見えたので、大急ぎでまた麾を上げたがどうにもならない。情けない情けないといっているうちに、三宅島も波の下に沈んでしまった。

七日になっても風がやまない。船底に水が入り、梁まで届くようになった。水鉄砲を仕掛けて二人で横木を踏み、小口の樋から淦水を掻いださせたが、いちど浪がうちこむと、一刻の骨折ももとの杢阿弥(もくあみ)になってしまう。水夫どもはいっこうに腑甲斐(ふがい)なく、桃尻(ももじり)になってうそうそと胴ノ間にしゃがんでいて、大浪が来ると大声をあげて艫ノ間へ逃げこみ、寝框に突ッ伏して念仏をとなえるという埒(らち)のなさであった。

八日の朝、西北の方角におぼろな島影を見たのが最後で、それからはどちらを眺めても八重汐の海の色ばかり。賄の孫三郎は、心細がって、その日、髪をおろして出家になった。

十一日の夕方から風が落ちかけ、十二日の朝、九日目でやっと凪(なぎ)になった。見るかぎりの大海原だが、行きちがう船もないではなかろう、昼は見張を立て、夜は灯影(ほかげ)を絶さぬように申しあわせ、形ばかりの舵と帆柱をこしらえにかかった。これから先は八丈島だけが頼みだから、心願をこめて神鬮(みくじ)をとってみると、八丈島はとっくに通り越し、いまいるところは島の南二百里の海上と出た。

誰も口にだしてはいわないが、このぶんでは容易なことでは帰れぬと覚悟をきめたらしく、まず賄の孫三郎が有米(ありごめ)をしらべさせてもらいたいといいだした。積荷の大豆は二百俵もあるが、帰りの船のことだから、食い米(ごめ)は五斗俵で六俵しかない。みなの意見で一俵だけはなにかの用意に囲い、五俵を十三人に割当て、そのうえのことに豆を粉にして主な食料にあてる。月のはじめに大雨に逢ったきり、その後、いっこうに雨気がない。飲み水が不足するのはわかっているから、海水をランビキ（蒸溜）し、その水を等分に分けて飲むことにきめ、十一月いっぱいはそんな風にして暮した。

十二月のはじめから急に暑気が強くなった。暦では寒のさなかだというのに焙られるような暑さで、日中は甲板へ出ることもできない。のみならず、凪ぎだとはいえそこは大海のことで、大波も来ればこれはと胆を冷すような風も吹く。そのたびに念仏を唱えて騒ぎたてるものだから、気力の弱いものはうろたえ疲れ、暑気と心労でほとほとに弱りこんでしまった。なかでも十六歳にもならぬ飯炊の房次郎と年寄の庄兵衛は、浪の色を見るのさえ物憂くなったのか、寝框にひっこんだきり、なにがあっても出てこぬようになった。伊豆組の三郎助、福松、田子村の丑蔵、音七、亀崎の半兵衛の五人は、益もない繰言のあげくは争論になり、海が荒れだすと、あわてて念仏をとなえ、凪ぎるとまたぞろ愚痴、

「おゝ、国元ではどんなに案じていることだろう。此処かしこと聞きたずねても行方が知れぬから、もしや八丈島にでも居はせぬかと、八十八夜の八丈島の上り船をあてにして、首も細るほど待っているのだろうに」

丑蔵がいうと福松は首を振って、

「いや、そうではあるまい。当座の間は、好い夢を見たといってはうれしがり、悪い烏鳴きを聞いたといっては覚束ながり、神やら仏やら、あれこれと祈りまわるのであろうが、そのうちにはあきらめて空葬式をだし、一本華に仏の飯を供え、子供らを仏壇の前に坐らせ、よう拝むのぞ、父さんはあそこにござるなどというのだろう。あゝ、帰りたい、帰りたい。皆の顔が見たい」

すると音七という二十四になるのが、

「おぬしらは、そうして恋しい恋しいと思うばかりなのか。おれのほうはそれどころのことか。出がけに銭を五百ばかり置いてきただけだから、それが心にかかってならぬ。国を出てから、これでもう三月。今ごろは食うあてもなくなり、人の門に立って、どうぞや、お余りでもと、物乞いをしているのだろう。それを思うと、胸が張り裂けるようだ。あゝ、切ない切ない」といって泣く。

重吉もまだ二十四で、帰りたい気持はおなじだが、浪風の苦だけでもたくさんなのに、故郷を思い、親や妻子のことを案じて泣いてばかりいては、そのうちに病いついてしまうだろう。せっかくどこかの島へ漂い着いても、病気になって死ぬのではつまらな

い話だと思い、

「親や妻子を養おうと思えばこそ、船乗になって憂き艱難しているが、たとえ妻子に食う宛が無くなっても、親方もいれば仲間もいる。どれほど困っても、われらのように豆の粉を食うまでにはいたるまい」

と宥めたが、音七は、そうは思えない、そうは諦めかねると、身も世もないように泣く。

「だが音七ぬし、切ない辛いといって、泣き死に死んでいいものだろうか。それこそ空しい話ではあるまいか。それほど妻子のことが心配なら、今こそふんばりかえって、生きて帰る才覚をしなければなるまい」

音七はキッと顔をあげて、

「子供をあやすような甘いことで、この音七を欺せると思っているのか。今日あたりは八丈島から千里も南の海の上。どこに生きて帰れるという当てがあるのだ。そういうおぬしだっても、二度と国の土を踏めるとは思っていまい。いずれはどこかの汐路の果で船を壊され、魚の餌食になってしまうのが落。助からぬと思えばこそ、こうも泣く。これが泣かずにいられようか」

といっているうちに、逆上気味になって眼を釣りあげ、

「いやだぞ、いやだぞ。魚に食われて死ぬのは嫌だ。どうでも死なねばならぬのなら、まだしも気力のあるうちに、首を縊って死のうではないか。どこの浦へうちあげられても、一船の仲間だと知れるように、一本の縄で、いるだけの人数の輪索をつくり、みなもろともに死んでこかそ。三郎助も死ね、安兵衛も死ね。福松も、半兵衛も、お楫も、飯炊も、みんな一つ縄で縊れて死のう。こう話がきまったうえは、お船頭もいっしょに死んでもらわねばならぬ」

そういうなり、細苧の長縄をひきだし、震える手で輪索をつくりだした。重吉はやめさせたく思うが、反対すると海へでも飛びこみかねぬ見幕だから、「お船頭、おぬしも死ぬな」と念をおされるたびに、「死ぬとも、死ぬとも」とうなずいてみせるほかなかった。

しかしこういう有様では、いずれみな気が狂ってしまう。なにか気をまぎらせる方法はないものかと考えたすえ、かわいそうだとは思ったが、分けた米を欺してとりあげ、太縄で大きな玉数珠をこしらえ、数珠縄を繰って、朝夕、念仏百万遍を唱えたものにだけ米を木皿に一杯、水を茶碗に一杯やると触れだした。欺されたと腹をたてるものも

あったが、このたびばかりは重吉もきかないので、そういうてあいも追々折れて出た。寝框に入りこみ、なんといっても動かないつもりの組も、命のあるかぎりは米を食いたい。あちらから二人、こちらから一人という風に這いだしてきて、いやいやながら百万遍を繰るようになったが、わずかばかりの豆の粉と水でかすかに命をつないでいるのだから、百万遍を繰るのが大儀でならない。伊豆柿崎の三郎助が、ある日とうとう癇をたて、

「えい、無駄なことだ。念仏念仏と、そればっかりいうが、念仏は極楽でするこった。どちらを見ても山もなく、鳥一羽、飛べばこそ。どこに仏の姿があるというのだ。変らぬものはお日輪の慈悲ばかり。どうでもここは日蓮大菩薩を拝むべき場合。おれがこう言ったからには、そうさせにゃおかぬ。今日から念仏をやめてお題目をとなえることにする。念仏をとなえるやつは、かっぽろけて海へ投げこむからそう思え」

とむやみに力みだした。

百万遍は方便だから、宗旨はなんであろうとかまうことはない。三郎助のいうとおりに百万遍をやめ、その日から題目を唱えることにしたが、浪風が立って、素破死ぬかというときになると、三郎助は自分の言いだしたことも忘れて必死に念仏をとなえ、波風

が静まるとまたお題目に戻る。これですむかと思っていたら、またぞろ音七が狂いだし、百万遍に使った数珠縄をみなの前にひきずってきて、

「みなも見てくれ。どうだ、この縄のやわらかいことは。いまはこれまでというときの用意に、首縊りの輪索をこしらえておいたが、百万遍の数珠にしたこの縄は、みなの手擦れでやわらかになり、いかにも締りぐあいがよさそうだ。今のうちに、あれとこれを取換えておこうではあるまいか」

というと、楫取の藤介や水夫頭の庄兵衛までが同意し、てんでに数珠縄で首縊りの輪索をつくり、それをズラリと船梁に掛けつらね、

「あれは誰の輪索、これは誰の輪索」

と指差しながら語りあうのもあわれであった。

重吉は馬鹿らしいと思ったが、口に出していうわけにもいかない。いよいよこれまでと晴着に着換え、みなといっしょに輪索に首を突っこんだことが、その年の暮までに前後十六遍あったが、いざという時になるといくらか波風がしずまり、そのたびにあやうく命を拾った。

その年も押詰って大晦日になった。重吉は表ノ間へみなを呼んでいった。

「まずまず、この年も今日一日になった。春になれば南か東風が吹きだすから、故郷へ吹き戻される便宜もあるだろう。いい年のはじめになるように、目出度く〆飾をして正月を迎えよう」

水夫には、ありあうもので〆飾をつくるようにいいつけ、賄の孫三郎には、豆の粉の団子を塩水で茹であげ、形ばかりの鏡餅をつくるように手配させた。夕七ツ時、重吉が胴ノ間のランビキにとりつき、御酒代りの水をとっていると、上のほうで、大勢でなにか息巻いているような声がする。また喧嘩でもはじめたのかと甲板に上ってみると、いるだけの人数が、つくりかけの〆飾を眺めて泣いている。どうしたのかとたずねると、亀崎の半兵衛が

「元旦には、松の枝が折れたのさえ忌嫌うというのに、このざまはいったいなんとしたものだ。国にさえ居れば、酒に酔い、餅に飽き、思うさま飲み食いして楽しむのに、こんな船に乗ったばかりに、浅間しい春を迎えねばならぬとは」

というと、帆係の為吉があとについて、

「伊豆の衆のいうとおり黄粉を舐めて正月をするようでは、この先の運はもうきまった。こんな甲斐性のないやつでも、同じ村のものだと思うから、船頭だなどと立ててき

たが、思えば馬鹿らしくてならぬ。下り船の乗りがけに、いやな気中がしたが、あれこそは、こんなやつといっしょに、南の海の果で藻屑になるというしらせだったのだろう」

　と怒りつ泣きつする。重吉は笑って、

「泣くほどのことがどこにある。来年は米を食える国へ帰られるという縁起に、明日一日は豆をやめ、囲い米のうちから二升だけ粥にし、米ずくめで暮らさせるつもりなのを知らないのか」

　為吉は、元旦には米を食べさせてもらえるなら言うことはないといい、それでみなも泣くのをやめた。

　元旦は暗いうちに起きだし、羽織を着て表ノ間の座敷へ行く。作法の真似事をし、重吉に新年の祝儀を述べ、形ばかりの膳に向って御酒代りの水で盃をまわしはじめたが、水盃というのは不吉な時にかぎってするものだから、気を悪くしてものをいうものもない。盃はだん末座まで下り、とって十六になった飯炊の房次郎の番になると、盃を持ったままいきなりわっと泣きだした。今までこらえていたものもたまりかね、一度に声をあわせて泣きたてる。重吉は声を荒けて、

「昨日の約束を忘れたのか。下した船を東風に乗せて国へ上らせようという目出度い祝儀に、盃が下ったまま上らないのは縁起が悪い。房次郎よ、泣うのはやめて、早く盃をのぼらせないのか」

と叱りつけると、それでようやく盃が上ってきた。そこへ粥が出る。一人二椀ずつ食べる約束で、米を食うのを楽しみにしてみたものも、さて雑煮の代りに粥が出たのを見ると、心の中にさまざまな思いが湧き、たがいに愁い顔を見あわせるばかり、進んで箸をとろうとするものもなかった。皆の衆、どうしたことだと催促すると、うつむいてぼそぼそ食べだした。気の早いものは二椀とも啜りこんでしまったが、遅いものは、一椀も食べきれずに鼻汁を啜っている。一人が涙組めばみなそれについて涙を流す。重吉もたまりかねて甲板に上り、舷に額をあてて声を忍ばせて泣いた。

しばらくして表ノ間の座敷へ帰ると、まだやめずに愚痴をこぼしている。重吉ももてあまして、「泣くのはそれくらいにして、みなで初春の遊びをしよう。いまこの船に三十両ばかりの金がある。穴のあいた銭も七八把はある。港港の雑用に預った金だが、浦賀奉行と御判物と尾張様の御船印さえあれば、どこの津へ漂い着いても、雑用には事欠くことはないから、これを皆で分けることにする。おぬしらは、船頭の眼を眩まして淦水間へもぐりこむほど博打が好きなのだから、これで思うさま遊ぶがいい」

銭箱の底を叩いて金を分けにかかると、楫取の藤介が、

「やめてくれえ。たとえどれほど金銀を持っていたとて、水一杯買えるじゃない。勝負に勝ったとて、なんの楽しみがあるものか。そんなことは娑婆にいての話だ。それとも、このうちにそんな勝負でもしたいものがあるのかい」

とうわずった眼つきで一座を見まわすと、そんな阿呆がいるものかといい、誰一人とりあうものもない。重吉も仕様ことなく銭箱をしまい、船中の一同は心のなかにさまざまな愁いを抱き、こうして泣き悲しむがせめての心やりと、力なくうち臥しているばかりであった。

正月もすぎ、二月も送り、三月の末になると、誰彼なくいちように身体が腫れてきた。重吉は真水をとったあとの苦汁湯を浴びていたのでそうしたこともなかったが、月の終り頃になるとみな頭まで腫れがきて、寝框にあおのけに寝たきり、眼玉を動かすこともできず、追々たよりないようすになって、親や妻子や兄弟の名を呼びながら「重湯をつくってくれ」の、「素麵を食おう」の、「早く西瓜を切らないのか」のと譫言を言うようになった。重吉は及ぶかぎりに身体をまわして介抱してやったが、今までは十三人

で手分けしてやっていたことを一人でひきうけ、そのうえ十二人の看病までするので、半月ほどすると、疲れはてて身を起すこともできないようになった。

「とても一人でやれる業ではない。親兄弟というわけでもあるまい。なかには他国者もいるというのに、こんなに身を苦しめるのは、つまらぬことだ」

と神棚の下へゴロリと寝ころがったが、いや、そうではない。知らぬ他人とはいえ、おなじ船に乗りあわせ、こういうめぐりあわせになるのは、前世でこの人々の恩をうけ、今生でそれを返す番になったというようなことなのにちがいない。そうであったら、親兄弟にもかえて大切にしなければならぬと思うと、とても寝てはいられず、豆を煎る間に薪をこしらえ、ランビキするひまに水を汲み、こうなってからは米を囲っておいてもなにになるものかと、ありったけの米をさらけだし、残りなく重湯にして啜らせた。そうまでしてみたが、人間の力ではひとの定命を半日繰延すこともむずかしく、五月の八日に半田村の七兵衛が死んだ。こういう暑気に死骸をとりおさめておくのはどうかと思ったが、このまま海へ投げたら、残ったものたちが、おれらもああされるかと力を落すだろう。そう思って、腐臭が立つのもかまわずに座敷つづきの雑倉の板の間に安置した。つづいて十六日に楫取の藤介が死んだ。二十八日に飯炊の房次郎が十六歳で死んだ。六月十二日に庄兵衛と伊豆の子浦の福松が死んだ。十三日に出家になった眄の孫三郎が死んだ。十七日に乙川村の為吉が死んだ。十八日に伊豆柿崎の三郎助が死んだ。二十日に田子村の丑蔵が死んだ。二十八日に子浦の安兵衛が死んだ。五月八日から六月二十八日までに十人がつぎつぎに死に、重吉のほかに、伊豆の音七と亀崎の半兵衛だけが生残った。

八月朔日（ついたち）と二日に、十一ヵ月目ではじめて大雨があった。こんなあてどのない大海原で、どちらの島山へも遠いため、雲霧（くもきり）も及ばなかったのだろう。いま雨が降りだしたのは、どこかの国に近くなった証拠にちがいないと、音吉、半兵衛の二人にも話してきかせ、水を受けられるものはありたけ甲板へ持ちだし、余すことなく天水を貯えた。

三日の朝、海がカワカワと鳴るが、海面が暗くてなにも見えない。もしや魚の群であろうかとバケを投入（なげい）れてみると、一尺ばかりの鰹がついて上がってきた。そのうれしさはなににたとえようもない。バケから外して煙出しの穴から下の舦ノ間へ投げおろしておき、舳のほうへ行ってバケを入れると、七本釣れた。持てるだけの鰹を両脇に抱え、さて下へ行ってみると、さっき煙出しの穴から投げおろしておいた鰹が骨ばかりになっている。どうしたことだとたずねると、音七と半兵衛は片息（かたいき）をつきながら、

「この魚は、神様がくだされたのか、重吉ぬしがくだされたのか知らないが、ここで跳ねまわっているのを見るなり、夢中で双方からとりつき、一と口食い二た口食いしているうちに、このように骨だけにしてしまった。せっかくおぬしが釣ったのに、ただの一と口も得食われず、さぞ腹が立つことであろうが、悪気も候も、夢現のうちにやってしまったことだから、どうかゆるしてくだされ」

と動かぬ身体をひッ立て、両手をついて詫びをいった。重吉はかえってすまながり、

「あの魚は、すこしも早くおぬしらに食わせようと思って落してやったものゆえ、食ってくれれば本望。一本二本はなんのことがあろうか。これこのとおり」

と七本の鰹を見せると、

「ありがたや、お鰹さま」

ともろともに手を合せて拝んだ。

さっそく片身を落し、お初穂を神棚に供え、煮るも焼くも待っていられず、片端から塩水に漬けてとりかかり、三人で四本の鰹をまたたく間に食いつくしてしまった。

魚の群にうちあたったのだとみえ、バケをおろすたびに魚が釣れる。夜も昼も魚ばかり食べているので日増しに元気になり、十日ほどすると、音七も半兵衛も甲板へ出て魚

を釣るまでになった。ある日、半兵衛がいうには、

「さて、重吉ぬし、聞いてもらいたいことがある。天の恵みの雨水といい、日々の糧になる魚といい、いまでは不足ないほどに得られるようになったが、それについて思うのは、こういうお恵みにも得逢わず、餓鬼の苦しみをして死んだ十人の者たちは、よくよく神仏に憎まれた人々ででもあったのだろう。おぬしは陸(おか)の土に葬ってやらねばならぬなどといい、いまもってみなの亡骸(なきがら)を雑倉にとりおさめてあるが、この期(ご)になっても陸(くが)地(ち)に辿り着かぬのは、ああいうものを船に置いてあるので、その穢(けが)れで祟りを受けているのではあるまいか。そんな気がしてならない」

　音七もうなずいて、

「今日で丸二年、こうして海を流れている。いかに海が広いとはいっても、七百日の間、帆影一つ島影一つ見ずにしまうなどということがあるものだろうか。どう考えても、なにかの祟りだとしか思えないではないか。仲間に義理立てをするのもいいが、穢れを背負いこんで、着ける浜にも得着けぬというのでは情けない。死んだものたちも、ここまでの世話をしてもらったうえのことだから、海へ流されたからとて、怨むこともあるまいと思うが」

この半年の間、重吉は雑倉のつづきの座敷で寝起きし、朝夕、腐肉の臭いをかいでいたが、あわれとこそ思え、ただの一度も、穢らわしいなどと考えたことがなかった。もし祟りを受けているなら、天水や魚の糧の恵みにあうこともなく、とうのむかしに船を沈められ、海の藻屑になっているはずだと思ったが、こんなことで争ってもしようがないから、二人のいうようにすることにきめ、雑倉の板扉の前へ行って、

「さて、おぬしたちはみな成仏したことだから、わしの言うことを、仏の心でおだやかに聞いてくれるだろう。おぬしたちの亡骸のことだが、こうしていてもいつ陸地へ着くという当てもない。板子といっしょに朽ちさせるより、いっそ清く海へ流してしまおうと思う。だが、いますぐというわけではない。一と月のあいだ待っているから、どうでも陸の土に葬ってもらいたいなら、夢にでも出て告げてもらいたい」

と生きた人間にいうようにいいきかせた。

十二月の二十三日まで待っていたが、それらしい夢も見ない。それで翌日、夕方になるのを待って三人で死体の始末にかかった。

雑倉の板扉をおしあけると、久しく閉めきったままになっていたので、えもいえぬ臭気がたちこめ、ほとんど目もあけられない。かすかに夕陽の光のさしこむ仄暗いあたり

に、おぼろげに人のかたちをしたものが、渚に流れ着いた流れ木といったぐあいに落々(らくらく)と横たわっている。見る眼にもおどろしい眺めであった。身についた肉はみな溶け流れて骨ばかりになり、その骨も腐れきって泥と化し、触れるそばからハラハラと砕けてしまう。抱くことも抱えることも出来ないので、頭骨も手骨も諸共に叺(かます)にさらえこみ、土を運ぶようにして海へ流した。

そこまでのことは誰一人考えなかったが、何十匹とも知れぬ鱶(ふか)が人骨の香を慕って集まって来、船についていた魚の群を追い散らしてしまい、それからはただの一匹も魚が釣れなくなった。三人で甲板へ出て、来る日も来る日も魚の便(たより)を待ったが、そうなっては雑魚もかからない。豆の粉を水で溶いて日々の糧にするむかしの境界にたちかえったことで、二人は気落(きおち)して病人のようになり、またぞろ寝框へ入ったきり動かなくなってしまった。

その年も暮れ、二度目の元日の朝になった。去年の元旦には、形ばかりの〆飾をこしらえたりしたが、もうそんな気もない。二人は艫ノ間、重吉は表ノ間に分れ分れになって暮し、めったに顔のあうこともない。元日くらいはと、艫ノ間へ年賀を言いに行ったが、二人は手枕で寝たまま返事もしない。

重吉は甲板へ上がって朝のつとめをし、いつものように舳の垣根に肱をつき、鬱々と東のほうを眺めていると、はるか水天一髪の間に、島山とも見えるほのかなたたずまいに眼を射られた。山かと思えば山のようでもあり、雲かと思えば雲のようでもある。その日一日、眺め暮らし、見たとおりの山の形を板切れに消炭でなぞっておき、翌朝、明けきらぬうちに甲板へ出て眺めかえすと、昨日見た形とちがわない。まごうかたなく陸地のすがたなので、さっそく二人をよろこばしてやろうと思ったが、いまところ、島岸(しまぎし)のなりを遠望したというだけで、帆も舵もないこの船が、しあわせよく漂い着けるかどうか、それさえさだかでない。わけても音七は逆上する気味があるので、空(くう)なのぞみに焦立って、気でもちがわれては事である。たしかな宛ができるまではと、その日はわざと知らせずにおいた。

風は南からも西からも吹き、汐路の便宜もないことで、島々のありかをまなかいに見ながら、着かず離れずといったぐあいにおなじところを漂っていたが、それでも毎日すこしずつそちらへ流れ寄って行き、一月の二十八日には陸岸の模様の見えるところまで近づいた。一体が岩島だが、草の生えた丘もあれば谷間もあり、いかさま人の住んでいそうなようすなので、狂気のように麾をあげたが、風が変って船が南へ流れ、見る見るうちに岸から離れてしまった。島山の影は一波ごとに後へ退(さが)って行き、二月七日の正午頃には点ほどになって見えていたが、間もなく雲にまぎれてそれさえわからなくなってしまった。後で聞くと、それは南部カリフォルニア州の沖にある無人島だということであった。さすがの重吉も落胆し、もう海など眺めるのはやめようと一旦は決心したが、これで陸地のある方角がわかったわけだから、油断なく見張っていれば、そのあたりを通る船に行逢(いきあ)うかもしれないと思いなおし、舳の三角になったところに日除の苫(とま)を掛け、日の出から日没まで、東北のほうばかりを眺め暮していた。

二月十四日のことであった。

いつものように早く起きて苫の下へ入っていると、夜のひきあけ頃、二本帆柱におどろくような帆数を掛けた大船が一隻、三里ばかりの沖合を東北のほうへゆるやかに航行して行くのが見えた。

重吉は舳の魔をひき抜いて、うつつなく左右に大きく振りながら、

「その船、待て、助けてくれ」

と夢中になって叫んでいると、むこうの船の姿がかわって、舳がすこしずつこちらへ

向いてくるように見えた。重吉は頼むはこの時と、舳の房飾（ふさかざり）の上にあがって、「おうい、おうい」と呼びかけた。

　沖の大船は上手に間切りながら、督乗丸のまわりを三度ばかり廻り、五町ほどの沖で帆をおろして船をとめた。

　見ていると、キビキビしたようすで端舟をくりだし、遠目にも逞しく見える筒袖姿の異人が六人ばかり乗組み、櫂の調子を揃えてこちらへ漕ぎ寄ってきた。重吉は、助かった助かったと、小躍りをしながら艫ノ間へ駆けこみ、

「音七ぬし、おうい半兵衛ぬし、助け船が来た。寝てはいられまい、早く起きて仕度をしないか」

　と、うろたえまわると、二人は寝框の端まで這いだして、

「助け船だと。重吉ぬし、それは本当か、夢ではないのか」

　とおろおろ声で問い返した。

「夢どころであるかい。迎いの端舟がついそこまで来ている。黄粉でも食って、腹ごしらえをしておけ」

　と言い捨て、表ノ間へ走っていって晴着の袖の着物に着換えた。御判物と御船手形を

首にかけて甲板へ上がり、梯子をおろして待っていると、そこへ端舟が着いて、上背のある赤毛の異国人が身軽なようすで上がってきた。

異人に面と向うのはこれがはじめてだったが、勇気を出して傍へ行き、

「わたくしは尾張知多郡の生まれにて、重吉と申す船頭でございますが、時化に逢って難船いたし、長の年月、こうして漂い流れて居りました。船はこの体裁になり、食うものもなく、まことに難儀をして居ります。お慈悲をもって、なにとぞお助けくだされとうございます」

と念を入れて挨拶したが、いっこうに通じない。詮方なく、もと十四人の人間が乗っていたが、つぎつぎに死んだので海に捨て、いまこの船に三人だけが生残っていると、手真似で仕方話をしてみせると、異人は毛深い大きな手で重吉の手を握り、なんの心かポンと肩をつよく叩いた。

間もなく音七と半兵衛が甲板に上がってきた。思いもよらぬ異国船の形相を見るなり、二人は震えあがって逃げだしそうにしたが、重吉は宥めて端舟に移らせておき、船の中をひと巡りして名残を惜しんでから、手廻りのものを持って船を離れた。

一町ほど行ってから振返ると、この二年の間、命を託してきたその船があわれなよう

すで波の上に浮んでいる。いつかは乗捨てにするほかはないのだけれども、親兄弟にでも別れるようで情けなくてならない。振返って泣き、涙を拭いては振返っているうちに、端舟はいつか大船の下に着いていた。

梯子を伝って広々とした甲板へ上がると、案内の異人は音七と半兵衛を舳のほうへやり、重吉一人だけを艫の大きな部屋へ連れて行った。

部屋の真中に大きな卓があって、そのむこうに羅紗の服をいかめしく着こなした船頭とも見えるひとが掛けている。さっきの異人に負けず劣らずの大兵で、肩などは巌のように盛りあがり、首筋はあくまでも赤く、まるで蘇芳を塗ったようであった。モジャモジャした毛虫眉の下にいかつい眼があって、とんと睨みつけているよう。身体のこなしはいったいに武張っていて、こちらにたいする構えはひどく威丈高に感じられた。このひとはベケットという船頭で、さきほどのひとはエベットという書役であった。

いっこうに勝手がわからないので、重吉は両手を膝へさげてかしこまっていると、船長は存外な優しさで床几に掛けさせたうえ、卓の上に大袈裟な地図をひろげてなにか問いだした。気を落着けて聞いてみると、そこ此処と指で地図を指しながら、「ミヤコ」とか「キュウシュウ」とか、「エド」とか、あるいは「スルガ」とか言っている。お前はどこの国のものかとたずねているのだと思ったので、尾張の国を示して「ナゴヤ」とこたえ、遠州の海岸のあたりを指でおさえて、口で風の吹く音をたて、ここから南へ流されたという仕方をしてみせると、わかったというしるしに、よしよし、とうなずいてみせた。

こちらの言うことは通じたようだが、そんならこの異国人はどこの国のひとか聞いておきたい。重吉は自分の胸を指して「ナゴヤ」といい、すぐ指で三人の胸を指して首をかしげてみせると、すぐ理解して「ロンドン」と答えた。

いくど聞きなおしてもロンドンとしか聞えないが、オランダといっているのが自分の耳にそう伝わるのにちがいない。この船は東北のほうへ走っていたが、たぶん長崎へ行く途中なので、日本船と見て船を停めたのは、救いあげて長崎まで送り帰そうためなのだろうと思うと、それでいくらか気持が落着いた。

なにやかや話があってから、エベットは重吉を舳のほうの小さな部屋へ連れて行き、ここがお前の居るところだと手真似してみせた。なるほど身の廻りのものが置いてある。さっきの二人はどこにいるのかとたずねると、部屋の隅の切穴のようなところを指して、この下にいるという。

のぞいて見ると、その下がまた部屋で、二段になった寝棚のようなものがあり、音七と半兵衛が落着かぬような顔で坐っていた。どういうわけで離れ離れにしてしまうのかといぶかったが、異国の船でも、船頭と水夫の扱いは別になっているのだろうと思い、おしてたずねるようなことはしないでおいた。

重吉はエベットが出て行くのを待ちかねて、切穴の口からのぞきおろし、

「音七ぬし、半兵衛ぬし、この船は長崎へ行く。国へ帰る日も近づいた」

というと、二人は浮かぬ顔で、

「そうだったらうれしいが、あまりうますぎて、真正（しょう）のこととは思えない」とつぶやいた。

朝から気を揉んだせいか、咽喉が渇いてたまらない。水でも飲みたいと思っていると、昼刻になって、黒々として眼鼻もわからないような黒坊の子供が、小麦を蒸した切餅を一切れに鯨の脂身のようなものを添え、砂糖を入れた茶を持って来た。見る間にそれを飲み食いし、菓子はもう結構だから、早く粥でも出してくれと催促してみたが、皿茶碗をとり集めただけで行ってしまい、いつまで待っても音沙汰がない。船頭がこういう扱いでは、下の二人はどうだろうと案じていると、半兵衛と音七が切穴から上ってき

て、そなたはお船頭だから十分に食べたのだろうが、われわれは腹が減って、いまにも死ぬばかりだ。たとえ飢えて死ぬにしても、この世の思い出に思うさま腹をふくらしてから死にたい。飯炊場へ行って、お櫃の洗い流しでも貰ってきてくだされとねだりかけた。

昼はあたらなかったのかというと、そうではないので、「食べるには食べたが、切餅一つに、茶が一杯。鼠の糞ほどで、どこへ入ったのやらわからない」と不服らしくいう。

そんならわしの食べたものとおなじだから、饑じくとも耐えるほかはないと、宥めると、とても耐えられぬ。なんぞ、盗んでなりと食べさせてくだされと、二人してうるさくせがみだした。かわいそうな、盗めるものなら盗んでも食わしてやりたいが、船の中の勝手もわからぬことで、どうすることもできなかった。

翌日、昼頃になって、エベットが重吉を迎いに来た。後について行くと、大きな部屋の真中に細長い飯台を据え、ギヤマンのコップやら匙やら賑かなほどに並べたて、小麦粉の切餅を大皿に山盛りに積みあげてある。

そこへ坐れというので、五人ばかりの間に入って掛けると、船頭がとうもろこしの煮抜きのようなものを皿にとりわけてくれた。これはありがたしと、匙をとって端から大急ぎでさらえこむ。見ていると、めいめい自在に皿から切餅をとって食べているが、こちらにはとりもちしてくれない。どうかと思ったが、手を伸して一切れとって食った。一座の人々は話をしながらもの静かに食べているが、重吉は飢えきっているのですぐおしまいになる。つぎに豌豆に青味を入れて水煮にしたものが出た。みな塩を入れて食うようすなので、自分も塩を入れ、これもたちまち食いおわる。誰も切餅へ手を出さぬのに、自分だけが取るのは心苦しいが、思いきって二切れとり、そのあとでまた一切れ取った。

まだなにかくれるのかと待っていると、精白した米の飯を皿に山盛りにして持ちだしてきた。久し振りの米の飯を、こうも山ほど食えるかと涙のでるほどよろこんでいると、船頭がそれに太白の砂糖を振りかけ、人数だけに盛り分けてしまったのには力を落した。つぎに豚の頭を燻し焼きにしたのが耳鼻をつけた姿であらわれた。船頭が庖丁で薄身に削いでみなに渡す。昨日、鯨の脂身だと思ったのはこれだったのかと、気色が悪くなって寒気が出た。部屋へ帰ってから下の二人に、昼はどうだったとたずねると、今日はお十五日だったせいか、たくさんにくれた。わけても鯨の脂身はうまかったといった。

船は六日ばかり東北のほうへ走り、その日の昼近く、うしろにゆるやかな山を背負ったものしずかな港へ入った。

いよいよ長崎の港に着いたかと、重吉は舷に凭れて酔ったように港の岸を眺めていると、エベットがきて、陸へ上がる仕度をせよという。おおかた奉行所へ連れて行かれるのであろうと思い、急いで部屋へ帰って御船印と御判物を首にかけ、下の二人に訳をいって、匆々、端舟に乗り移った。

岸に耳の長い見馴れぬ小馬が端舟の人数ほど出ている。奉行所は馬で行くほど遠いところにあるのかといぶかりながら、言われたようにエベットの尻馬に乗り、行列はそうして町のあるほうへ歩きだした。

道々、広い砂地のようなところを通る。長い棘の生えた異様な植物がそこ此処に群立っている。エベットにきくと、シャボテンという草だとおしえてくれた。そこを行くと、青々とした麦畑にいきあった。まだ二月だというのに、長崎は早く穂の出るところだと思っていると、行く手に白壁づくりの大きな家が見えだした。あれがかねて話に聞いていた和蘭陀屋敷なのだろうが、早速のお取調べがあるようでは、重いことにちがいない。うっかりしたことは言えぬと、心をひき締めながらついて行く。

門の内は広々とした石畳みの庭で、そのまわりに縁日の屋台店のような体裁で、八百物や牛豚の切身を並べた店があるばかり。役所らしい構(かまえ)は見当らない。男はどれも煤黒い顔をして鍔の広い帽子をかぶり、女は裾の開いた袴のようなものを穿き、耳に小さな金輪をつけている。いくら和蘭陀屋敷の地内でも、日本の土地のうちだから、一人や二人は日本人がいてもよさそうに思うが、どこを見てもそれらしいものも居ない。ふしぎでならないが、馬鹿かと思われそうで、ここが長崎かとも聞けない。そのうちに片側の日除の下で宴会がはじまり、手踊のようなものがあって、それが終ると、また馬で帰ることになった。

船では二人が待ちかねていて、切穴から顔をだし、御奉行所の首尾はどうだったとたずねる。馬で行って、手踊を見てきたともいえず、

「今日は和蘭陀屋敷の恰好を見てきたばかりで、なんのこともなかった。役所のほうのことはエベットが引受けてやってくれたかもしれぬ。いずれ明日またお呼びだしがあるのだろう」

と長崎の町の景色を話してきかせると、半兵衛は、

「おぬしはいい見物をなされた。一と目でいいから、おれも麦の穂を見たかった」と嫌味めかしたことをいった。

翌朝、早く起き、お呼びだしのあるのを待っていたが、端舟が舟と岸の間をいそがしそうに往来し、薪炭、生牛などを積み取る騒ぎが見えるばかりで、迎いらしいものも来ない。せわしさにまぎれて忘れているのではなかろうかと、エベットのいる部屋へ行って、

「長崎の御役所のお呼びだしはまだでございますか。わたくしのほうは、先程から仕度が出来ております」

と催促すると、エベットは片言の日本語で、

「ナガサキのオヤクショ」

と鸚鵡がえしに聞きかえし、眉根に皺をよせて考えているふうだったが、やがて、

「ナガサキは五千里、波の上」

と、あわれむように重吉の顔を見ながら、いま居るところは、北アメリカと南アメリカの間にあるノヴァ・イスパニヤ（メキシコ）という国の港で、長崎から五千里ほど東になっているといい、ここがナガサキ、ここがここの港と壁に貼ってある地図を指で押

してみせた。

この国は、大海原を間において、日本と足合せになっていることがこれでわかったが、地図に書かれた海原の広さは只事ではなく、よくもよくも、こんなところまで流れ着いたものだと呆れるばかりで、ものを言う元気もなくなった。

聞けば、これはイギリスのロンドンから来た船で、ここで薪水を積み込み、七十日ばかり北へ航海し、ロシアのシトカというところへ交易に行く。帰りはたぶん来年の夏頃になるだろうという。三人を長崎へ届けてくれるものとばかり思っていたが、こういう成行では、いつ日本へ帰れるかそれさえ覚束ない。こちらの独り合点で、誰を怨もう筋もないが、こんな東の果てに流れついたところで、さらに七十日も北へ連れて行かれる。こういう運の詰りかたでは、とても日本の土を踏むことはできまいと、悲しくなって、それからは寝てばかりいた。

ほどなく船は港を出て、北西に向って走りだしたが、十一日目の夜半頃、にわかに波風がたって未曾有の大時化になった。ベケットは船の高いところに上り、おどろくような大声をあげて矢継早に指図をしていたが、波風の力には及ばず、明け方、大舵を折って流れ舟になってしまった。

重吉は、助けたまえ神々と心の中で念じながら、舳へ行き、艫へ行き、ひとりでうろたえまわっていたが、いよいよ流れ船になって、大波のまにまにあてどもなく漂いだしたのを見届けると、

「ああ、なんということだ」

と叫びながら自分の部屋へ走りこみ、頭を抱えて寝棚に倒れた。

船頭の長右衛門が病いついたおかげで、思いもかけぬ仮船頭をうけたまわることになったが、わずか五日ほどで舵を折ってしまった。それから七百余日、話にも聞いたことのないような難船をつづけ、それで死にでもするどころか、最後まで生残り、辛苦のありたけを舐めつくした末、頼母しいかぎりの大船に救われ、やれやれと思う間もなく、頼みに思うその大船がまたぞろ舵を折って流れだすという。前世でどんな悪業を積み、こうまでの咎（とが）を受けるのかと、やるせない思いに沈んでいると、半兵衛と音七が這いあがってきて、上のほうでえらい騒ぎをしているが、なにか変ったことでも起きたのではないかとたずねた。

この二人は、揃いも揃って、もっての外の臆病もので、そのうえ年月の難儀が骨身に泌みているところだから、舵を折ったなどというと、どんな騒ぎを起すか知れぬと思

い、

「これほどの大時化になれば、舟子は寝転がってもいられまい。大騒ぎはあたりまえのことだ」

と笑い流しにかかったが、寝た間も、命ばかり案じている二人のことだから、そんなことで欺されはしない。

「いやいや、そんな軽いことではあるまい。見れば、涙をだしていられるが、胆のすわったお船頭が泣くというのはよくよくのこと。わたしらにも覚悟があるから、隠さずに本当のことを言ってもらいたい」

「隠しだてするところがあやしい。さあ、なにがあったのか言ってくれ。言わさずにはおかぬ」

と双方から問い詰める。

これほどの椿事になれば、いずれは自然に知れる。いつまでも隠しとおすことはできまいと思いかえし、ありようを話すと半兵衛は、

「波乗りのぐあいといい、偏揺（かたゆれ）のぐあいといい、大方、それと察していたが、するとこの船も舵を折ってしまったのか。情けない、情けない」

と手放しで泣きだした。音七は調子をはずした薄笑いをしながら、

「重吉ぬしのような厄病神が乗り移ってきたからには、どうせ、こんなことになるのだろう。それにしてもおぬしは、何艘船を沈めれば気がすむのか。殊更、この船にケチをつけ、大恩ある衆を海に沈めようというのは、あまりといえば横着すぎる」

と、つかぬことをいいだした。重吉は相手にならずにいると、音七は眼を吊りあげて、

「わからなければ、いって聞かせてやる。尾張の半可どものことは知らないが、伊豆の舟子の掟では、舟を沈めたおぼえのある船頭は、身を慎んで二度と船に上らぬことになっている。いちど悪因縁を背負いこむと、かならず後をひくものだから、二度と他人に迷惑をかけまいためだ。おぬしが本当の船頭なら、他人の迷惑を思い、あの時、われら二人だけをこの船に移し、自分は督乗丸に残らねばならぬところだ。それが船頭の義理というものだ」

半兵衛はうなずいて、

「音七ぬしの言うことも理窟がある。かねておれもそれを気にしていた。そなたはお船頭の扱いで、栄耀をしているから気がつかなかったろうが、この船の水夫どもは、わし

らが乗ったのを縁起悪がり、ちょっと甲板に出れば、後から蹴る、棒切を投げつける、突っころばすやら水をかけるやら、この間などは、控綱(はんどう)に触ったというばかりに、猫吊しにして海へ投げそうにした。そういうわけだから、難船ともなれば、このままにはしておくまい。こうして一度は助けられたが、今夜あたりがこの世の終り。こんな東のはずれの、異国の海へ投げ込まれるくらいなら、伊豆の衆といっしょに死んでいればよかった」

音七は焦立って、

「半兵衛ぬし、その愁嘆面はいらぬことだ。いったいこの難船は、お船頭の横着から起ったことゆえ、重吉ぬしが死ねばとて、わしらが死なねばならぬわけはない。なんと、そうではないか」

というなり、重吉のほうへ向きなおって胡坐をかいた。

「さてお船頭、さっき事をわけて話をしたが、今こそ、船頭の義理をしてもらわねばならぬ。わしら二人の命はともかくとして、大恩あるこの船の衆を、海の藻屑にしていいものだろうか。おぬしだからとて、そうまで没義道(もぎどう)なことは得しまい」

「話はきいた。すると、それはわしに死ねということなのか」

「死ねとは言わぬ。なんなりとして、この船から離れてもらえばいいのだ」

半兵衛は上眼で重吉の顔を見あげながら、

「重吉ぬし、そなたがこの船から離れてくれれば、わしら二人が海へ投げ込まれずにすむ。聞きにくいところだろうが、あわれと思って聞いて下され、このとおり拝みます」

といって手を合せた。

気先が疎くて察しられなかった。ベケットもエベットも顔にこそは出さないが、そういうことならどんなにか迷惑したこったろう。今日の難船に出逢い、ああいう者どもを救わなかったらと、後悔の臍を噛んでいるのにちがいない。おのれの悪因縁でこの船までが沈むとも思わないが、命を救われた恩義にたいしてもこのままではすまされないと、二人に御判物と御船印を渡して国へ帰った後のことを頼み、そうしておいてベケットのいる高いところへ上って行った。

闇夜の暗い海に、眼を射るような稲妻がきらめき、山のような大波が狭戸の渦海のように荒れ狂っているのが、はるばると見えた。

重吉はベケットに、

「今日の難船は、わたくしから起ったことゆえ、せめての念ばらしに、わたくしを海へ投げてくだされ」

と手真似で心を通わせると、ベケットはエベットと顔を見あわせながらなにか言っていたが、腹をゆすって、はっはっと笑いだした。

難破した人間を救ったために、舵が折れるなどということはこの世にありえない。そんなことは信じられない。また信じたくもない。よけいな心配をしないで、安気に部屋で寝転がっているがよかろうというようなことをいい、有合うギヤマンの盃に酒を注ぎ、

「これを飲め」

という仕方で重吉の口もとにさしつけた。

それはオーカというめっぽうに気の強い酒で、一杯飲むとたちまちのうちに酔い、二杯飲むと気が軽くなった。見ると、ベケットはエベットを相手にしてさかんに盃のやりとりをし、その暇に鼻唄をうたっている。こういう大時化の海に漂いながら、鼻唄が出るというのは、異国船の船頭はなるほど大気なものだと感心した。

夜が明けると、いくらか風もやみ、船大工が大勢出てなんのこともなく舵をなおし、船は満帆に大風を孕ませながらまたもや北に向って走りだした。

砂地の渚ばかり長々とつづく人気（ひとけ）のない浜で二度ほど船を停め、六十日あまりのあいだ東北に船を走らせた後、後に高い雪の山をひきめぐらした大きな港に入った。

このあたりはよほどの北国とみえ、陸地はどこを見ても雪ばかり。それでも足らずに、五月の末だというのに雪が降っている。昼刻にいながら太陽のすがたは見えず、黄昏のようなおぼろな色が漂い、見るからに異様な風景であった。

六十日といえば、ノヴァ・イスパニヤの港から六千里も北へ上ったわけだが、こんな賑やかなところがあろうとは思わなかった。港には二千石積、三本帆柱の大船が五艘ももやいあい、向うの岸には足場を高く組んでさかんに船作りをし、山の中腹には天主閣のついた城のようなものがあって矢狭間（やざま）にはずらりと大砲の口が並んでいる。エベットの話では、ここは北の極七十度のところに跨（また）がる、ロシア領アラスカのシトカという港だということであった。

船が港へ入ると間もなく、あちらの船こちらの船の船長が挨拶に来て酒を飲み、ベケットとエベットが折返して答礼に行くという忙しい一日を送った。

翌朝、バラノフという奉行から、至急役所まで罷出（まかりで）ろと重吉に差紙が届いた。船のおもだった者が十人ばかり着船の挨拶に出かけるということで、それといっしょに行くことにしたが、差紙のおもてには、羽織袴で来いと書いてあるというので、大急ぎで月代（さかやき）をし、草履がないので、ありあう苧（お）をほどいて草履をつくり、迎いの端舟に乗って陸にあがった。

　桟橋の袂の船屋敷で待っていると、黒毛の筒帽に革の背負い嚢を肩に掛け、鉄砲を担いだ雲をつくような大男が二人やって来て、重吉の左右に附添って雪の坂道をのぼりだした。これはコザクといって、鉄砲方の足軽というような身分のものだということであった。

　うねうねの雪の坂道をしばらく行くと、大きな石の門がある。道の両側にコザクが十二人ずつ道路を挾んで向きあって立っている。そのうちの十人は鉄砲を担ぎ、二人は抜き身の剣を逆手に持っていた。重吉がその間を通りかけると、コザクが声を合せて、

「ヨイヨイ、ヨーイ」

と囃（はや）した。

　そこからまたすこし上ると、二つ目の門がある。ここでも囃された。あとで聞くと、身分のある人を迎えるときにかぎってするということであった。

邸の門の内は石畳の広い中庭になり、三段ばかり石段をあがって役所の中に入った。コザクの見送りはそこでひきとり、奥から三十二、三の大小姓とも思われるようなひとが迎えに出て、こちらへというこなしで奥まった広い座敷へ連れて行った。しばらくすると、横手の大扉が開き、見る眼にも眩しい金銀飾りのついた服を着たひとが、書役のような男を連れて入って来て、にこやかに笑いながら日本語で、

「七百日の難船は、たいへんなこと」

と挨拶した。

七十を一つ二つ越えたかと思われる年恰好で、頭は禿げあがって毛が一本もなく、大寺の和尚といった見かけであった。しかし年ほどの老けは見えず、頬などもいたって血色がよく、声はやわらかく滑らかで、鶯が鳴いているのを聞くような心持がした。これが奉行のバラノフというひとであった。

難船の顚末を語れということで、これもお取調べのうちだと思い、あとの難儀にならぬように言葉を慎しみながら話した。奉行は逐一聞いていて、わからない言葉に出逢うと、日本とロシアの言葉を並べた言葉の節用といった本をだし、指で字を押しながら、

「お前の言おうとする言葉は、この字か、それとも、この字か」と聞きかえした。

取調べが終ると、次の間で酒と料理が出た。ベケットをはじめ船の者どもが、むこうの大座敷で酒をいただいているのが見えた。四ツ過ぎになってやっと膳を引き、それからまた一段と奥まった部屋へ連れて行った。

座敷の床几に、十六、七から二十一、二ぐらいまでの眼のさめるような美しい娘が六人、とりどりの服を着けて掛けていたが、奉行がなにかいうと、その中の一人がまず立って来て、重吉の顔を両手で挟み、口を舐めてむこうへ行った。これはとおどろく間もなく、また次のが来ておなじようにして口を舐めた。六人ともみな口を舐め、もとの床几へおさまったところで奉行が、

「さて、お前はあの中でどれがいちばん美しいと思うか」とたずねた。

重吉は三人目に来た十六、七の娘の美しさが眼についてはなれず、胸がときめいてしようがなかったが、そうも言えず、美しい人ばかりで見分けがつかぬとこたえると、奉行は笑って、

「隠してもだめなこと。そなたの眼が遊びに行くのは、あそこのあの床几に掛けている女」

といい、あの娘を女房にもって、シトカで暮す気はないかとすすめだした。

ベケットは世にも親切な異人だが、一度も日本のことを口に出さないのは、所詮、日本へ送り届けてくれる気がないからである。交易をすませると、イギリスへ帰るというが、日本とは交通のない国柄だから、日本人などはいずれどこかの島へ追い降ろしてしまうつもりなのにちがいない。せっかく奉行が親切にいってくれるのだから、あの娘とここで世帯を持って交易の仕方でも習い、自分の船を持つところまで成上がったところで、晴れて国へ帰るのも悪くない、など迷いを起しかけたが、それでは音七と半兵衛を見捨てることになる。そういう不人情なこともしかねるので、せっかくのご親切だが、この土地にはとどまりかねると辞退した。

翌日、書役のエベットにこの話をすると、それは昨日奉行から聞いた。あの六人の女はみなバラノフの娘だが、バラノフはカムサッカで高田屋嘉兵衛という男に逢って人物に惚れこみ、娘の一人に日本人の養子を取りたいと思っている。つまりお前は駙馬（つけうま）になるわけだったが、断わられてバラノフも落胆したことだろう。お前もあんな美しい娘を女房にもらって、シトカの城持（しろも）ちになるところだったが、断わったとは惜しいことをしたものだなどといった。

シトカの港に四十日ばかりいて交易をすませ、丈二十尺、幅四尺ばかりの丸木舟を一艘積込み、八月のはじめに船を出した。奉行は娘達を連れて船まで見送りに来て息子にでも別れるような愁嘆をみせた。

風の都合がよく、船は日に百里ほどずつも走ったが、真南に下るものかと思いのほか、西寄りのほうへばかり行く。ある日、重吉がたずねるとベケットは、

「いかにも、この船は西南西に向って走っている。一日ごとに日本に近くなるのは、お前らにとってもさぞ嬉しいことであろう」

と、いかつい笑顔でいたわるようにうなずいてみせた。

これから西へ五千里のところにあるロシア領カムサッカという国は、日本との交通がひらけているから、そこまで送ってやれば本土に帰りつく便宜もあろう。いけなければ船はエベットを仮船頭にして広東（カントン）へやり、おれはお前らといっしょにカムサッカで越冬し、翌春、奥蝦夷（千島）へ下るロシア船をみつけ、なんとしても帰国の本願を貫かしてやるつもり。シトカで買い入れた丸木舟はつまりはお前らが奥蝦夷の岸まで漕ぎ寄せるためのものであるといい、

「難船の人を救いとった上は、その者らが、本国の土を踏むところまで見届けるのが、われらの義務である」といい添えた。

いずれは破船して、南海の藻屑と消える命を救われたことさえかたじけないのに、なんのゆかりもない三人の日本人を国へ送るため、雪の深いところで越年するつもりでいる。どういう因縁でこうまで心の深いひとにめぐりあったものかと、呆気にとられるばかりであった。部屋へ帰って二人にこの話をすると、半兵衛は、

「ベケットの親切はありがたいが、奥蝦夷の果てなどへ押しあげられては、凍え死にするか、熊に食われるか、いずれ、とてものことはあるまい。そこまでしてくれる親切があるなら、ついでのことに、長崎まで送ってくれるように頼んでくだされ」といった。

五十日ばかりも西南に走って、カムサッカのカワンという港に着いたが、一月ほど前に下り船が出、あとは来春でなければ便船がない。ベケットはいっそこの船で奥蝦夷まで送ってやるといい、翌朝、奥蝦夷の近海へ下ったが、季節は早や八月の末で、海いちめんに濃霧がたちこめ、どこが島やら地方(じかた)やらで船をやることも出来ない。四日ばかりそのあたりをむなしく上り下りしたが、こんなことをしていると、海に氷が張りつめて行くも帰るもならなくなるから、カワンへ戻って、来春の便船を持つほかはないということになった。それで船はエベットをつけて広東(カントン)へ発(た)たしてやり、ベケットはカムサッカにとまって、三人といっしょに越年することをきめ、港に向いた川尻の丸太小屋を借

りてそこを春までの住居にした。

九月のはじめ、薩摩の漂流人が三人、カワンに送られて来た。船頭は喜三左衛門というひとで、薩摩の御廻米を積んで江戸に上る途中、大風にあって吹き流され、蝦夷の沖を半年ほど漂流しているうちに乗組の十三人が死に、船頭の弟の角次郎と水夫の左助三人だけが助けられたというような話だった。

その年も暮れ、翌、文化十三年の五月末にようやく港の氷が解けた。ベケットはロシア船を雇い入れて丸木舟を積み、ベケット、薩摩尾張の六人、水夫八人、奥蝦夷へ行く便船の者など合せて六十一人が乗組み、二十八日にカムサッカのカワンを出帆した。

六月十七日、越冬中、かねて脚気を患っていた半兵衛が死んだ。陸に埋めてやりたいにも寄せる港がない。船長のスレズニに頼んで死骸の足に石を括りつけ、ロシアの式で水葬してもらった。

六月二十八日、海上一里ばかりのむこうに地方が見えた。クナシリという島で港もあり、松前へも近いというのでそこへ上ることになった。昼七ツ刻(どき)、丸太舟を降し、鍋釜、鉄砲、当座の粮米(ろうまい)、豚肉などを積み、重吉、音七、薩摩の衆、合せて五人が乗移った。ベケットは舷に出て手を振って見送っていたが、ロシア船は帆をあげて岸から遠ざかり、潮路の果てに帆影を没し去った。

五人が力を合せて漕ぎ進んで行くうちに、地方も間近いところで逆風が吹きおこった。櫓も櫂もきかばこそ、二十里ばかり吹き流され、夜の八ツ時、辛うじてウルップという小島の北側の砂浜に漕ぎつけた。ここに二日いて、七月の七日、日本領エトロフ島へ渡った。

舟を着けたところは、岩山のなぞえにつづく砂地の浜で、小一里ほどむこうに、那智山の滝ほどもあろうかと思われる滝が落ちている。熊の足跡ばかりが見える無人の渚だけれども、ここが日本の領土だと思うと、なつかしさ嬉しさの情が胸元にこみあげ、誰も彼も砂浜に坐りこんだまましばらくは涙にくれていた。

音七は重吉の手をとって、

「さてお船頭、おれは気が狂って首縊りの輪索をつくり、人にもすすめ、自分もその気になって、いくどか縊れ死のうとした。おぬしがとめてくれなんだら、あのとき死んでいたはずだから、この喜びにあうことはなかったろう。今日から、おぬしを命の恩人だと思います」

などといっているうちに、急に目付きが変ってきて、

「やい重吉、この三年三月の間、来る日も来る日も、よくもおれを虐げたな。今日こそ怨みをはらしてやる、これでも喰え」

と鉄砲をとりあげて重吉を射ちかけた。

喜三左衛門はとっさに鉄砲をもぎとり、この気狂いめと、さんざん音七を叩きのめした。

重吉は喜三左衛門の手にすがって、ご承知の通り気の弱い男で、このながの年月、ひとすじにこがれわたっていた日本の土を踏み、嬉しさのあまり逆上したのであろう、勘弁してやってくれと頼んだがきかず、細苧の綱で蓑虫のように縛りあげ、弟の角次郎に縄尻をとらせて番所のあるほうへ追いたてて行った。

滝の下をまわって、そこからまた小一里ほど行くと、話に聞いた番所の小屋があった。調役下役村上貞助、同心木村十平などという役人が詰合っていて、一通り事情を聞きとると、衣服を着換えさせ、大椀に粥を盛りつけて食わせた。半刻ほど休息させてまたお調べがあり、それがすんだところで夜が明けた。

湯に入り、月代を剃ったりして心が落着くと、気がゆるんで身体のこたえがなくなり、昼となく夜となく、うつらうつらと眠ってばかりいた。村上貞助は、腑甲斐ないよ

うすに腹をたて、五人のいる控小屋へ入ってきて、

「この有様はいったいなにごとか。ここは日本といっても、はるかの北のはずれの辺土である。せめて松前まで行ったら甲斐もあろうが、こんなところで気をゆるめて死んでしまったら、ロシアの土になったのも同然であろう。心得ちがいなやつらだ」

と立ち身のままさんざんに叱りつけた。

みなみな、それで人心地がつき、ここで眠りとおしたら、生きて故郷の山川の姿を見ることができぬと、たがいに励ましあった。

九月二日、松前へ送られ、函館奉行のお取調べがあった。十一月四日、松前から船に乗せられ、十二月四日、江戸に着いた。蝦夷会所でお調べがあり、翌十四年四月一日、尾州家へ引渡された。五月二日、勘定奉行からお取調べがあり、翌三日、五年ぶりで重吉は故郷に帰った。

新西遊記

宇治黄檗山の山口智海という二十六歳の学侶が西蔵へ行って西蔵訳の大蔵経（一切経または蔵経、仏教の典籍一切を分類編纂したもの）をとって来ようと思いたち、五百三十円の餞別を懐ろに、明治卅年の六月廿五日、神戸を発って印度のカルカッタに向った。

日本の大乗仏教は支那から来たせいで、蔵経も梵語（古代印度語）の原典の漢訳であるのはやむをえないが、宋版、元版、明版、竜蔵版とかれこれ読みあわせてみると、随所に章句の異同や遺漏があって疏通をさまたげるところへ、天海版、黄檗版、卍蔵版などの新訳が入ってきたので、いっそう混雑がひどくなった。

漢訳大蔵の模稜は早くから問題になっていて、それから八年後、日露戦争当時、明治天皇が奉天の黄寺にあった年代不明の満訳大蔵と蒙古大蔵を買上げ、校合の資料として東京帝大へ下附されたようなことまであったが、仏教は印度教（波羅門教）の興隆で大打撃を受けたうえ、八世紀の末、回教が侵入してきてあらゆる寺塔と仏像経巻を焼き、僧侶と信徒をかたっぱしから虐殺するという大破壊を二世紀にわたって行なったため、仏教は印度では形骸もとどめず、梵語経論の写本の一部がセイロン島やビルマ地方に残っているだけだから、漢訳大蔵を正誤するなどは、望んでもできることではなかった。

大乗仏教が西蔵へ入ったのは七世紀頃のことで、トンミという僧が印度から大蔵の原典を持って帰って西蔵語に翻訳し、ついで蓮華上座師が仏教の密部を西蔵の原宗教に結びつけ、西蔵を中心に満洲、蒙古、シベリヤから裏海沿岸にいたる一千万の信徒をもつ西蔵仏教の基をひらいた。西蔵人は高原パミール系の印度原住民の分流であり、西蔵語なるものはトンミが梵語のランツァ体をとってつくった国語だから、西蔵大蔵の「甘珠爾」正蔵千四十四巻、「丹珠爾」続蔵四千五十八巻の二部は、よく経、律の機微をつたえ、漢訳仏教にない経論がたくさん入っている。黄寺にあった満訳大蔵も蒙古訳大蔵もみなそれの翻訳で、梵語仏典の写本の校合すら西蔵訳の助けをかりるくらいのものだから、それを持ちだすことができれば、仏教伝来千三百年にして、はじめて釈迦所説の正念に触れることができるのである。

明治廿一、二年から日露戦争のはじまるまでの十七、八年間は、かつてないほど国民的感情が昂揚し、日本人の心に国家という斬新な感情を目ざめさせた。岡本監輔の千島義会の結成から福島中佐のシベリヤ騎馬横断、郡司大尉の千島探検、野中至夫妻の富士山頂の気象観測にまで発展する愛国心のブームのなかで、進んで国家的な事業に身を捧げようという受難者型のタイプが何人かあらわれたが、なかでも玉井喜作と山口智海の行動は傑出している。

玉井喜作は山口県三井村の出身というほか、経歴はなにひとつ知られていない。郡司大尉の千島探検隊の出発から遅れること十カ月、福島中佐が単騎旅行を終えようとする明治廿六年の十二月、イルクーツクでロシア人の茶の隊商に加わり、福島中佐と逆コースをとってシベリヤ徒歩横断の旅行にのぼった。

その頃、シベリヤ経由の茶の隊商の旅行は、寒気、プルガ（暴風雪）、狼群、流賊との戦争、ペスト、大飢餓というぐあいにあらゆる災厄の要素がそなわっていて、その隊商もポーランドの国境に着いたときは、四百五十人の人間が三分の一になっていたというこ とである。玉井喜作は最後まで隊商から離れず、歌にもうたえないような一万五千粁の旅行をつづけ、翌々、廿八年の二月に独逸へ入り、ベルリンでKarawanen-Reise in Sibilien（「西比利亜征槎旅行」）という本を刊行した。イルクーツクからトスムスクまでの千八百粁の見事な素描は、欧亜をつなぐ茶の隊商の生活を知る唯一の文献だとされ、独逸地理学協会の紀行文庫へ収録されたが、当の玉井喜作はそれっきり欧羅巴のどこかへ消え、その後誰も逢ったものはない。玉井喜作はその本の序文で、「汽船の船室に閉じこもって欧羅巴へ行くのは月並だから、わざとこういう道をえらんだまで」といっているが、ありきたりの旅行が月並だというだけのことで、それほどの波瀾と艱難に耐えられるものだろうか。もし事実なら不可解というほかはない。

山口智海が西蔵へ密入国して、ラッサ（聖都）に達するまでの苦行は、玉井喜作のそれよりも荒々しく凄涼としていて、幸も不幸ももろともにおし潰してしまう悲劇的な宿縁の翳といったようなものが感じられる。二万一千尺のヒマラヤ越えだとか、孤独無援の百日の凍原の旅だとか、異教徒と見れば、八ツ斬りにして野犬に食わしてしまう狂人じみたラマ教徒だとか、匪賊だとか、雪豹だとか、そういう道具立てはべつにして、入蔵を企てるそのこと自体が無謀な振舞いであり、無益な消耗であって、人間の精神がこれほど肉体を苛み、躍起になって無意味な目的に駆りたてて行く例もすくない。

西蔵のラッサは、今なら自動車を利用すれば、ブータン（西蔵と印度の間にある小独立国）の国境に近い印度のダージリンから五日ぐらいで行かれるが、つい二十世紀のはじめまでは、国境のまわりに立ちめぐる一万六千尺から三万尺に及ぶ山脈の防壁を利用し、乖離（かいり）と排他主義の精神をおし樹てていた頑冥な閉鎖国で、清の高宗が辺外諸部との交通を禁止した乾隆十五年（一七四九）から、民国三年（一九一四）のシムラ会議まで、百六十五年の間、欧米人と名のつくもので、ラッサはおろか、西蔵本部（南部の渓谷地方）への潜入に成功したものは一人もない。一七四九年の鎖国以後に入蔵を企図した、英、露、仏、独のあらゆる探検隊の実例が示すとおりである。

西蔵は唐代に西域諸州を侵略し、長駆して長安を攻めた慓悍（ひょうかん）な吐蕃（とばん）の国で、北に崑崙（コンロン）、東にタングラ、南は二万九千尺のエヴェレストと二万八千尺のカンチェンジュンガを含むヒマラヤ、西はトランスヒマラヤの雄大な山脈をめぐらし、地域の半分が一万五千尺以上もある大高原地帯である。

西蔵は本部と外部に分れ、外西蔵は日本の内地のほぼ三倍ほどの広さの西北原（チャンリン）といわれる高燥不毛の地で、平均高度一万八千尺、冬は零下四十八度まで下るので空寂たる無住の凍原となり、六、七、八の三カ月、ところどころに遊牧民の天幕が見られるだけである。本部は西北原の南にひろがるほぼ日本ぐらいの面積の低地だが、低いといっても渓谷地方で海抜九千尺、平均高度一万四、五千尺、富士山の頂上より二千尺も高いところに日本の全面積を載せ、そこに西蔵を仏法相応刹土と誇る、おそるべき二百万人のラマ教徒が住んでいる。

ラマ（喇嘛）教は、神力加持を説く密教（仏教の一流派）を精霊信仰の西蔵の原宗教（シャマニズムの一種）に結びつけ、輪廻と転生を信じ、超自然の神秘力に帰依する多神教の秘密咒教である。ラマ教の教理によると、人間の身体は地火風水の四つの要素からできていることになっている。したがって死んでもとのかたちに還元するにも、地、火、風、水の四つの道があるが、死体は穢れの最上のものなので、土葬して汚穢がながく地の下に残るのを好まない。火葬がいちばんいいのだが、樹林がともしくて燃料に苦しんでいる国柄だから、いきおい水葬か風葬ということになる。水葬は河に流すのだが、ただ投げこむのではない。手を斬り足を斬り、形のないまでにバラバラにして投げる。そのほうが魚が食いやすいのだという。風葬というのは、犬か鷲に食わせることで、岩山の平らなところへ担ぎあげ、肉は肉、骨は骨にして、石で叩いて手で捏ね、すさまじい肉団子をこしらえ、手も洗わずに恬然たる顔で茶を飲んでいる。

ラマ教徒はすべて激越な狂信者で、一種独得のクリュオーテシスム（加虐性）については、鎖国前一七〇六年に入蔵した伊太利の耶蘇会士イッポリート・デシデリが、「思い出すだけでも身の毛がよだつ」と旅行記に書いている。ラマ教徒の手に入った残酷技術の花々しさを証明するものは拷訊と刑統で、律書できめられた重罪は七十二条、これにたいする刑統（刑の種類）は千八百八十六条という豊富さである。

「ラマ教徒の残虐の熱愛と狂信が思いつかせた拷問と刑罰は、技術の繊細巧緻と創意のすばらしい点で、人類の歴史に残るすべての方法を凌駕し、トルケマダ（天才的な拷問の方法を案出した西班牙の宗教裁判判事）やアルベ（和蘭の叛乱者裁判で前例のない残酷な処刑を行なった）も及ばないような完璧さを示している。

一例をあげると、それはこんなふうにやられる。西蔵の律法はすべて連坐法（子が罪を犯せば、その父も、父が罪を犯せば、その子も同罪になる）によるので、父と子、夫と妻がいっしょに刑場へ出てくるが、刑僧はまず二人に大きなヤットコを示し、これから歯抜きの刑を行なうと宣告する。そうしておいて、剃刀で二人の髪を剃りはじめる。受刑者には歯抜きの刑に頭を剃るというのは、どういうことなのか理解できないが、間もなく、西蔵の刑術はおどろくほど洗練されたものだということを知るようになる。頭を剃り終ると、刑僧がヤットコを受刑者の一人に渡し、父に子の歯を、子に父の歯を、というぐあいに交互に抜かせる。刑僧は直接になにもしない。円滑に刑が進行するよう傍で鞭撻するだけである。はじめのうち、受刑者たちはやさしくいたわりあっているが、そのうちにたがいに呪詛しあい、最後はあらんかぎりの憎しみを投げあう眼もあてられない場面になる。歯は全部抜けたが、刑は終ったのではない。そこからはじまる。こんどは、抜いた歯をたがいの脳天へ金槌で打ちこまなくてはならない。さっきの毛剃りは、歯を楽に頭蓋骨へ嵌入させようという親切な配慮だったことを、ここではじめて諒解する。なおまた、受刑者が仏敵であるときは、打ちこんだ歯の配列が、仏陀のイニシアルになっている梵字の५のフィギュアを描くように、傍から丁寧に指示するのである」

受刑者の身体を焼く刑罰にしても、西班牙や独逸では、石炭の火を入れたアイロンで身体を撫でまわすとか、蠟燭の火で気長に腋を焼くぐらいのことしかしないが、そういう場合、ラマ僧は硫黄のかたまりに火をつけてどろどろになるのを待ち、焰のたつ硫黄の溶体を棒の先ですくって、ここと思うところへ気まぐれに塗りつける。受刑者が火を磨り消そうと努力すればするほど炎の面積が広くなり、燐が骨を腐蝕する時間が早くなる。つまり刑罰の主要なモーメントの案配は、受刑者の自由意志に任せるといったぐあいになっている。

この二つの例だけをとってみても、ラマ僧は残酷の真の意味を理解していることがよくわかる。相手に与える苦痛そのものにたいする洞察力と想像力は、どんな智力でも及びつけないほど深い。見せかけのむごたらしさに眩まされるようなこともなく、客観的な残虐さに酔い痴れるようなこともない。あくまでも実際的で、受刑者の感受性を土台にして周到に計算され、相手の苦痛を想像力で補ったり割引したりするような幼稚な誤りをおかさないのみならず、単純ないくつかのマニエールに独創的な組合せをあたえることによって、誰も想像もし得なかった測り知れぬ残酷の効果をひきだすのである。

ラマ教徒の残虐精神が活発な動きをみせている間はまだしも助かるが、怠けて動かなくなると、刑罰はたとえようのないほど陰惨なものになる。その一つの例が西蔵式のカロリナ刑法である。

樹皮を剝がない丸太の二重柵で囲った十尺四方ぐらいの空地のまんなかに、長さ四尺、高さ一尺五寸ぐらいの檻が置いてある。それは受刑者が生きたまま入れられる監房なのである。受刑者は首と両腕を一つの鎖でいっしょくたにまとめられ、坐ることもできなければ身体を伸して寝ることもできず、背を曲げ、何年となくかがんだままの恰好でいるので、四肢は使途を失って骨と皮ばかりになってしまう。食餌は番僧が思いだしたとき、檻の鉄棒の間から便宜に投げこまれる。西蔵ではめずらしくない零下二十度という寒い日でも、蔽い物として羊の皮を一枚与えられるだけである。欧羅巴のカロリナ刑法は、拘禁が餓死に導くように配慮されているが、西蔵人のやりかたは、カロリナ刑法から餓死の部を引き去り、それにハンブルグの鎖拷問と西班牙の拘搾拷問を附け加えたものであることがわかる。

これがラマ教徒の加虐性が怠けているときの結果だが、そういう状態で、最低五年から二十年ぐらいまで忘れられる。受刑者のことだが、そうしておし縮められた肉体の苦痛は言語に絶するものがあろう。飢えさせられ、凍てつかされ、呪われたものの呵責をこうむりながら、どうして生きていかれるのだろう。人間の智慧ではわからないことだが、ここにもラマ教徒の行届いた残酷技術の勝利があることを知らなくてはならない。というのは、そういう不幸な受刑者の命の緒をつなぎとめ、天寿が終るまで、ゆるゆると生きつづけさせる延命薬のようなものが発明されていて、渇きの頂上で水に混ぜてこっそり飲ませる。自殺を企てて食餌を拒むものでも、水だけは飲まずにいられない人性の必然を利用するわけだが、当人は、こんなひどい目に逢いながらどうして死ねないのだろうと訝り、第三者は、こんな状態でよく生きていられるものだと驚嘆するのである。

おなじころ、鎖国前の享保四年（一七一九）に入蔵した、カプチン派の伝道士フランシスコ・デラ・ペンナは、ラマ教の実体を紹介した最初の欧羅巴人だが、ラマ法皇の悲劇的な境遇と、大臣連の公然たる弑逆の風習について詳細な報告をしている。

ラマ教は中世に旧教（紅教）と新教に分れたが、元代に蒙古王の忽必烈がラマ新教に帰依し、パスパという僧に西蔵の統治を委任したのがはじまりで、代々の貫主が枢機にあずかっていた。その後、五世貫主は政教を統一して大僧正と国王を兼ねる事実上の法皇（ダライラマ）第一世となり、タシルムポの副城に副王（パンチェンラマ）を置いて西蔵国を興したが、康熙五十九年（一七二〇）に内乱があり、清の聖祖は鎮撫に名を藉りて兵を出し、督弁政務使をやって政刑に干渉し、間もなく清国の属領にしてしまった。

「西蔵仏教は輪廻の教えや転生の説のほか、口で説明できないような深玄な汎神論のなかで浮動しているが、ラマ教の教理にしたがうと、法皇は観音菩薩の化身で、死ぬとすぐ転生して、誰かの胎内から産声をあげて出て来、降生的に法皇の位をつぐことになっている。

法皇のなかには、臨終の床でこんどは何村の某の子になって生れるから、その子をおれだと思えと遺言して死ぬ用意のいいのもあるが、そうでないと、法皇が息をひきとった時間に生れた子供を手分けして探す。一人だけであってくれればこれに越したことはないが、三人も四人もいると、いるだけの子供を候補者に指定して五歳になるのを待ち、子供の名を書いた紙を繭玉に封じこんで金ピカの甕に入れ、督弁政務使が象牙の箸で繭玉を一つつまみだす。その子供がつぎの法皇になるのである。

法皇えらびは西蔵ではもっとも厳粛な儀式になっているが、といって絶対に掛引がないとは断言できない。自分の子供が法皇になると、一族のうるおいはたいへんなものだから、政務使や大参事に莫大な袖の下をつかい、自分の子供の名を挾みだしてもらえるように奔走する。

幼王が定年に達するまで副王が摂政するが、その十何年間は、閣僚や高官にとって、なにによりありがたい書入れ時になる。副王にはなんの権力も与えられていないので、自分たちでいい加減な政治をとり、思う存分に私腹を肥すことができるからである。その連中のねがいは、法皇が永久に五歳のままでいるか、白痴であってくれることで、英邁俊秀といったタイプをなにより嫌う。三代から七代まで、五人の法皇のなかで、廿五歳まで生きのびたものは一人もいないが、それらはみな巧妙な方法で暗殺されたと信じられる節がある。

八代の法皇が急病で床についたとき、立会人にえらばれて、法皇宮における医官の奮闘ぶりを見る機会を得たが、逝去するまでの前後の情況は、この世にこんな暗殺の方法も存在することを紹介するためにも、充分に記述する価値のあるものである。

ダライラマ八世は、機才に富む、聡明な、そのうえまれにみる健康の保持者で、廿三歳になるまで、病気らしい病気をしたのはそのときがはじめてだった。熱が高く、汗を流し、発作的に咳きこむたびに軽度の痙攣があった。感冒をこじらせ、気管支炎喘息をおこしかけているくらいのところで、手早く処置すれば四、五日で快癒する程度のものであった。

治療はまず騒ぞうしい祈禱からはじまった。ラマ教の信仰では、病気はすべて悪魔、厄鬼、死霊などのなすわざであり、悪魔を祓(はら)ってからでなければ、どんな名薬を飲ませても効目がないことになっているので、医者が修咒者(しゅうじゅしゃ)より先に病室へ入るようなことはありえない。法皇の場合といえども、違法はゆるされないのである。

大修験師を先頭に十六人の修咒者が入ってくると、あるだけの窓をみな開けはなしてしまった。せっかく祈りだしても、厄鬼が逃げて行く道をつくっておかなければなんにもならないのである。修咒者は床に坐りこんで大きな円陣をつくり、凛烈たる寒風の吹きこむのにまかせ、振鈴（しんれい）や太鼓の伴奏で咒文の合唱がはてしもなくつづく。法皇は濛々たる線香の煙の氷のような冷たい夜風を吸いこんで、とめどもなく咳きこむ。法皇にとりついている羅苦叉鬼（ラタシャキ）と鳩槃陀鬼（タハンダキ）が、祈りの力に抵抗して最後のあがきをやっているのである。修咒者はここぞとばかり太鼓を鳴らす。そういう無情な行（ぎょう）を夜明けまでやる。法皇は呼吸痙攣をおこし、酸素欠乏で失神してしまう。大修験師は厄鬼を祓ったといって、法皇を医者の手にわたす。それからいよいよ治療にとりかかる。

侍医長が十人ばかり医官を連れて入ってくる。まず腕から一ヴァース（約一合五勺）の瀉血をし、肩に傷をつくって吸いガラスでほぼ同量の血を絞りとる。法皇の頭を剃ってユーカリの油に芥子とアラビヤゴムを混ぜた発泡膏を貼り、馬銭子（マチン）の種と曼陀羅（チョウセンアサガオ）の葉を煮だした熱湯で足を罨法（あんぽう）する。そういう殺人的な処置をしておいて、おもむろに投薬を開始する。

侍医長がいちいち入念に毒見して医官に返す。まず檳榔子（びんろうじ）とタマリンドの果肉の煎汁に鼈甲（べっこう）の粉末をまぜた下剤を三カデックス（約三合）ほど飲ませ、吐剤として牛犛（ヤク）の糞と芸香と銭苔を練りあわせた丸薬を一ドラチューム（約十匁（もんめ））、鎮咳剤として印度大麻の葉、落葉松茸（エプリコ）、金銀花（スイカズラ）の花の煎汁をそれぞれ二カデックス（約二合）ずつ。乾漆（ウルシ）合歓（ネム）の木の樹皮の粉末をパパイヤの乳液で溶いた下熱剤を一ポスラム（約五合）あまり、これだけのものを渋滞なく矢継早やに飲ませる。

ここでちょっと中休みをしてようすを見る。容態はいっこうによくならないので、瀉血から下熱剤までの過程をはじめからもう一度くりかえす。法皇は三時間ばかりのあいだに二ラゲーナ（八合強）の血をとられ、そのかわりに七ラゲーナ（二升八合）の高貴薬の煎汁を収めたことになる。二回目のクールの終りに近づくと、法皇は息もたえだえになり、溺死の一歩手前のところで藻掻（もが）いている。合議のうえ医官らは非常処置をとることに意見をまとめる。督弁政務使、大参事、大書記官、大臣以下、金繍（きんしゅう）の職帯（しょくたい）をしめ大きな立毛（たちげ）のついた礼帽をかぶった枢機員が、法皇の転生をちょっとばかり早める事務の、最後の仕上げの部分を検分するために入ってくる。

侍医長は、羚羊（かもしか）の生血と、猿の脳エキスと、印度大麻草の煎汁と、樟脳精（しょうのうせい）を混合した強心剤の大椀を捧げ、西蔵風のアラベスクを金象嵌（きんぞうがん）した極彩色の法皇の寝台へ近づいて行く。法皇は恐怖の叫び声をあげて無益な抵抗をするが、たくましい医官に左右からおさえつけられ、なにも受けつけなくなっている咽頭の奥へむりやりに強心剤を注ぎこまれる。五分後、ダライラマは眼もあてられぬ苦悶のうちに息をひきとった」

耶蘇会士の異色ある「異邦伝道報告書」のなかでも、寛永六年（一六二八）に欧羅巴人として最初にラマ教徒の聖都に足を踏み入れたルイ・ドルヴィルの地理学的な史料は、旅行記としてもすぐれ、キルヘルの「支那図説」の中に収録されているが、海抜一万六千尺という地球の頂上にある冥蒙たる地域に、紀元前三世紀に滅びてしまったニネヴェ古代帝国以来の燦然たる文化の遺業をそのままにたもち、周囲約一マイル、延長三十八マイルの廻廊をめぐらす大宮殿と、二万の学徒を収容する三つの大学があるという、光明の都、拉薩（ラッサ）の危険なまでに美しい記述は、読むものを夢心地にさせ、西蔵の周辺で多くの探検家を破滅させる機因をつくったといわれている。

「ゆくてにはやさしいなだらかな小山があるばかりであった。褐色の平原がゆるく波をうちながら茫々とひろがっている。大気は完全な均衡をたもち、人の気配はさらにない。締めつけるような沈黙のなかで、自然が魔法にかかったように四季のめぐりをとめている。人間と季節に見捨てられた異様な眺望であった。

山のむこうにはまた空漠たる曠原（こうげん）が待ちうけているのだろう。それはもう十分に予期されることであった。かすかに残っている野馬の踏附け道をたどりながら頂きまでのぼりつめると、なんの前触れもなく、いきなり眼の下に現出した壮大な景観に思わず声をのんで立ちすくんだ。

曠原のファンタジア——その蜃気楼を一瞥したときのおどろきを、どう言いあらわしていいかわからない。そのときほど強く心霊をゆすぶられた経験は、かつて一度もなかった。

はるばるとひろがった平野のまなか、突兀（とっこつ）たる岩山を背にした雪のように輝く白堊の大宮殿と仏殿と僧院の大群落が、乾燥した空気の作用で、無類の鮮かさでクッキリと浮きあがっている。岩山の頂きには古代契丹（きったん）の放胆な規模を思わせる仏殿があり、無垢の黄金と黄瓷を載せた天蓋が、青銅の緑と大斗（たいと）の朱と照応して虹のような美しい光を空に放っている。その下の宮殿は立方体式の宏壮な石塼（いしがわら）を幾層となく積みかさね、幾何学的配列で窓をうがった正面の壁はやや前方へ傾斜し、古代エジプトの神殿建築のバイロン（塔門）の様式に似ている。正面だけでも半リーグ（約半里）以上もある建物が岩山の南面の半ばを蔽いつくし、それを中心にして、拝殿、祠殿、霊廟、僧院、仏塔と幾百の堂宇が無数の石階や石廊や拱門で縦横につながり、四千年前に消滅したテーベの栄華の宮殿の復原図を眼のあたりに見るような幻想的な画面をつくりあげている。

空を摩して聳えるヒマラヤ山脈の等高地帯、喜水の渓谷に、西蔵の主都であり西康、青海、蒙古、新疆、露領トルキスタン、裏海沿岸に住む黄ラマ教一千万の信者のメッカになっている拉薩という都があることは知っていたが、モンブランの二倍ほどの高さのユングリング・リラの切通しのかなた、西蔵高原の風雪に櫛けずられた広袤一千リーグ（方千里）の荒れ地の果てで、眼をおどろかす荘厳華麗な大都市の実在に接しようなどと誰が想像したろう。

ポンタマー・ホ（玉の宮殿の意）と名づけられている大宮殿の壁の厚さはただごとではない。鼓楼のある三つの大門と、電光形の石階と、迷路のように上下八方に通じている暗道の仕掛を見ると、この宏大な宮殿は王宮と城塞をかねていることがわかる。神獣や曼陀羅を彫刻した仏殿のおどろくべきコレクションや、黄金の蓮の花の上に立っている宝石を鏤めた十六アンパン（約八十尺）の純金の仏陀像を挙げずとも、ラッサがラマ教徒の聖都だという不変の証拠がある。数えきれぬ僧院と精舎で唱和する読経の声が、鐃鈸と太鼓の伴奏で絶えることなく空中にただよい、メッカをめざして何百里の困難な旅をしてきた巡礼が、半リーグもある長い参道を、一歩ごと額を大地にうちつけながら、大仏殿のほうへ這って行く敬虔なすがたが見られる」

アフリカ大陸の暗黒地帯、サハラ砂漠の中央、黒人国イスラム王国の文化の中心になっているトンブゥクツーという学問の都があって、そこのサンコレ大学にギリシャ、ラテンの詩文の写本やアラビヤ語の古典が集まっているといわれ、回教の大学生がトンブゥクツーの黄金の富の鵞鳥のペンでトルコ王に書き送ったという佯りの記述があるが、ラッサは伝説のなかにあるのではなく、絹の交易路を通って印度を横断し、ブータンとパミールを経て入ってきたシリヤ、ペルシャの文化の原形が潴溜している学問の偉大なる都なのである。ラッサの近郊にはデプン、セラ、ガルダンという三つの大学があり、大学は三つのターサン（部）に分れ、ターサンにはおのおの十八のカムツァン（科）があって、二万五千の学生が、中亜梵語のブラーフミーやゾクト語やウィーグル語などの死語で、仏典や経論の研究をしている。大仏殿の経蔵には七世紀のはじめに版行した西蔵語訳のカンジュール（一切経）をはじめ、六朝唐代の石摺の経本（唐拓）、祆経（拝火教の経典）、摩尼教の教本、景教（ネストリアンというキリスト教の一派）の経本、ザラツシトラ教の経本など、千年も前に消滅してしまった世界宗教の経典が原本のままで残っている。

濠洲の内部と中央アジアの探検が終ったので、世界地図の「白い部分」は、両極は別にして、人間の住む地域では、アフリカのイスラム王国と西蔵ということになった。イスラム王国のほうは、一八二七年（文政十年）にルネ・カイエというフランス人がトンブゥクツーを見、生きてそこから出てきた最初の欧羅巴人としてフランスへ凱旋したので、もはや神秘と冥蒙の国でなくなり、西蔵だけが知られざるただ一つの土地として残された。異邦伝道報告書で明るみだしたとはいえ、それらは人情風俗のほのかな瞥見でしかないから、地理学上の知識を得ようと思うなら、西蔵へ入って自分の手でヴェールを剝ぐしかない。それで、一八一一年（文化八年）のマイエングを最初に、英、仏、露、洪、米、瑞の探検家や地理学者が西蔵の堅固な障壁に挑戦しだした。

　印度からラッサへ入るには、ダージリンからヤートゥンを経由する公道のほかに、桃(とう)渓(けい)へ迂回する傍道(わきみち)と、カンチェンジュンガの西の鞍部(コリドール)、二万三千尺のユングリングリラ越えをして西から入る間道がある。印度からの入蔵を避けようとすれば、西康、青海、トルキスタン方面、ほかに怒江(どこう)の上流の西寧を経由する方法もあるが、西蔵内部の交通路は、どんな間道を縫って入ってきても、上手な将棋指しが一つの駒であらゆる敵の進路をおさえてしまうように、いつかは公道を通らずにはすまぬ抜目のない設計になっているので、結局、外西蔵のどこかの道関で食いとめられ、国法を犯し、仏法相応刹土を洋夷の靴で穢した大罪によって、五体投地稽首作礼という苛酷な刑に処せられる。西蔵馬に乗った押送使と四人の警兵が附添い、大地に平伏して摩尼（ラマ教の真言）をとなえさせ、何十里あろうとおかまいなく、西康なり青海なり、潜入してきた国境まで匍匐させる。

　何週間かかかって国境まで這い戻ると、裸馬に乗せてはるばる甘粛新疆まで送って行き、カラコルムの峠を越えたツァイダムの沙漠の入口で、足のうらに漆を塗って釈放する。食物も水もくれないが、一日行程のところに水があることと、行くべき方向をくわしくおしえる。一日行けば水にありつけると、夢中になって歩きだすが、間もなく、発泡剤のおかげで足のうらに水膨れができ、匍匐するほか進めなくなる。空気の乾燥した土地では、水無しで生きられるのは、十九時間を限度としているが、異常な忍耐で、水のあるところまで這い着いた人間だけが、生きて帰ってきた。

　さいわいに外関（国境に近い道関）をすりぬけることができても、その先に内関（府関）が待ちうけている。どの方面から来ても、ラッサへ入るには五カ所の関門で査閲されるが、反坐法という複雑な手続きがあって、どんなに急いでも廿日はかかる。まず第一関で仮照（仮りの通行券）をもらうのだが、それには区長と五人の村民を保証にたてなければならない。まちがって異邦人を通したような場合、区長と五人の村民が同罪に坐す仕組みである。仮照を持って第二関へ行くと、西蔵語の書試と口試を経て、清国駐蔵大臣の直轄する第三関へ送られる。清国人に扮装して入ってきたものは、すべてここで最期を遂げる。つぎに第四関でもう一度入府の請願をし、仮照を返してほんものの護照を受け、府関査察のいる第五関で通関税と入府税をおさめ、護照に入府許可の査証を請托する。そこから第三関へ戻って、第三関、第四関、第五関と順々に関長の副印をもらい、それでやっと府内へ入るのである。

文化八年のマイエングから明治廿九年のスウェン・ヘディンまでの探検家のうち、ラッサの潜入に成功したのは、フランスの宣教師ユックとガベェの組、サラット・チャンドラというブータン系印度人の西蔵語学者だけで、あとはみな西蔵の辺外諸部で不幸な終りをとげた。ブルジェヴァルスキー将軍などは、十五年にわたって、北と東から四回も潜入を企図したが、とうとう目的を達することができず、ボンヴァロは、ラッサを距る百哩ばかりのテングリ海のそばで、リットルデール夫妻はラッサを指呼の間に望む、あとわずか五十哩というところまで迫りながら、いずれもラマの兵僧に発見されてしまった。

麻の衣に網代笠、風呂敷包を腰につけ、脚絆に草鞋という、頭陀行に出る托鉢僧のような恰好で山口智海が日本を出発した、明治卅年までの、これが西蔵探検史の概略だが、智海はそういう事情を、なにひとつご存知なかった。お前は西蔵へ行くというが、西蔵というのはどんなところかと聞かれたら、知らないと答えたろう。近年ウーヘッドが「支那年鑑」で、西蔵の面積は一、一九九、九九八平方粁、人口約六、五〇〇、〇〇〇と発表したが、それにもいろいろ異説があるくらいだから、探検家でさえ空しく西蔵の周辺を彷徨しているという時代に、日清戦争が終ったばかりの日本で、西蔵の正確な概念を得ることなどできる訳のものではなかった。身につくものといえば、康熙五十三年版「官板西彊四大部図」を謄写した手製の西蔵地図、光緒二年に北京で出版された天主公教会の神父有向の「韃靼旅行雑写」（アッベ・ユック「韃靼古道」Abbé Huc, Haute voie de Tartare の漢訳）、十年ほど前、サラット・チャンドラという西蔵語学者がラッサから大量に史料を持ちだし、印度のダージリンで西英対訳辞典の編纂をしているそうだという知識ぐらいのもので、それで、とりあえずその人に逢って入蔵の方法をたずね、できたら、紹介状のようなものでも貰おうと考えていたのである。

地図の上では、ダージリンからブータンを通って、東北へ十五、六日歩けばいいのだが、この道は、百五十年前から厳重に閉鎖されているので、ブータンの西隣りのネパールへ行き、エヴェレストにつぐ世界第五の高山、ドーラギリを二万七千尺、富士山の二倍の高さのところで突破して西蔵の西南部へ入り、東へ行くべきところを、反対に西へ西へ二百里、マナサロワールという大湖の岸を半周したところで、はじめて東に向い、氷河の溶けだした、滾(たぎ)りたつ激流をいくつか泳ぎわたり、海抜一万六千尺の漂石（氷河が押し出した堆石）の高原で形容を越えた苦難に苛(さいな)まれながら、千二百里というたいへんな迂回路を一人で歩き通し、神戸を発ってから六年目にラッサへ入った。

衣の裾のすぼけた貧相なようすで数珠を持って立っている、黄檗山(おうばくさん)時代の写真が残っている。瘦せて眼ばかり大きい、機転の閃(ひらめ)きのない印象稀薄な風態で、どこか怯懦(きようだ)の感じさえある凡々とした顔つきの男が、そんな激烈な到来(とうらい)をしたとは思えないが、智海自身もかならず成功するとは思っていなかったようである。失敗ばかりしているくせに、いつの間にかなんとなく芽を出してしまう政治家のように、すこしも自分を信用していず、ジタバタもしていない。神戸を出発する前日、友人に、「ぼくは身体も弱いし、臆病でもあるしするから、ひとのやるような無理はしない。ひとが十七年でやるところを、ぼくは三十年でも四十年でもかけてやる。死ぬまでにやれたらいいと思っている」といっている。

玄奘三蔵が印度からお経をとって帰ったことが頭にあるので、玄奘でさえ十七年もかかるのだから、自分のような凡くらは、死ぬまでにやればいいほうだという意味だったのだろうが、この一言は、はしなくも自分の運命を卜したことになった。スタンダールの「赤と黒」のジュリアン・ソレルは、郷里を飛びだすとき、聖水盤の血を見たり、偶然、ある男の死刑執行の新聞記事を読んだりする。それらはみな運命の前兆だったのだが、智海の心霊も自分の運数を深いところで予知していたのかもしれない。

六月一日にカルカッタに着くと、智海はすぐ汽車でダージリンへ行った。ダージリンはブータンの国境に近い一万四千尺の高地にある避暑地で、すぐむこうにカンチェンジュンガが頂を雲のなかに突きいれ、巨大な氷の柱のように立ちあがっているのが見えた。ほかに目的があるわけではないから、率直に訪問の素志をのべると、チャンドラはなんともいいようのない表情で、しばらく智海の顔を見まもっていた。

この一世紀のあいだ、世界の一流の探検家でさえ一人も成功したものがないというのに、この青僧（あおぞう）は事もなげに「西蔵のラッサへ入って」などというのだ。大きな子供ぐらいにしか見えない貧相な沙弥（しゃみ）の顔を見ながら、案外、世俗的なところもあったチャンドラが、なにを考えていたか想像に難くない。

狂信的なラマ教徒の独尊自大はともかく、日清戦争以来、清国人にとって日本人は不快な人種になり、西蔵の清国官吏の間に興清滅洋（シンチーミエーヤン）の思想がたかまっている。そんなところへ入って行ったら、どんな目に逢うか知っているのだろうか。ラッサへ入って、カンジュールを手に入れたいのだそうだが、甘珠爾（勅命訳一切経）は「経」ではなくて「仏」なのだ。北京版の甘珠爾は甘粛省敦煌（とんこう）の雷音寺（らいおんじ）（千仏洞）の経窟におさめられているが、毎年、五月初めの灌仏会大法要には、一切経を拝むために、青海のツァイダン王や、甘粛新彊の端郡（たんぐん）王までが、はるばる敦煌まで出かけて行くくらいのものである。

チャンドラにすれば、この男は正気なのかと疑いたくなったろう。あまり突拍子もない話なので相手になる気もなくなった。しかしだんだん聞いてみると、狂気どころか大真面目で、放っておくと、このままラッサへ行ってしまいそうな意気込みだから、チャンドラは本気になって説得にかかった。ラッサへ入るのは、どれほどむずかしいかということを、思いつくだけの例をあげて説明したが、「でも、あなたは入ったのでしょう」といって動かない。お前に出来ることがおれに出来ないわけはないといいたそうな顔である。

チャンドラという洋夷が一年近くラッサに潜伏し、目的を達して印度へ帰ったという諜報が入ると、ラッサの法皇庁はものすごい痙攣をおこした。チャンドラに出入の護照を出した関長はもとより、滞在と通行に有形無形の援助を与えたものは、情を知ると否とに関係なくみな永世牢へ追いこまれ、チャンドラの西蔵語研究を指導したというので、西蔵一の高僧センチェン・ドル・ジェチャン（大獅子金剛宝）の死体を一年の間、毎日、百回ずつコンポ河へ沈め、骨についている腐肉を匙で掻きとって蒼朮（そうじゅつ）の煎汁で晒し、骨格を関門の地下二十尺のところへ拝跪（はいき）するかたちにして埋めた。ラマ教の信仰では、金剛宝はそれで永久に転生することができず、大地のあらんかぎり劫罰（ごうばつ）を受けることになるのである。

自分の都合で他人に意外な災厄を及ぼし、おのれは清雅高燥の地で悠々と辞典を編纂しているという自覚で、チャンドラはたえず良心の呵責を受けていた。異邦人がラッサへ潜入すれば、当人のみならず、直接間接に接触したすべての人間に累を及ぼすことを知らせたかったのだろうが、さすがにそこまでの告白をする気はなく、いろいろと想像に及ばないような危険があるのだから、無謀なことはやめにして、ここで西蔵語でも勉強して帰ったらどうかというくらいのところで、とやかくと忠告した。

宗教というものは、自己一身の施捨(せしゃ)によって、あくまでも他人の幸福を拡充していくことにほかならない。入蔵の目的もその一点に凝(かた)っているのはいうまでもないが、智海という男は、絶えず自分に鞭うって進んで困難にたちむかい、そういう境界で自分の行動を創りだして行く苦行者のタイプだったから、危険とだけでは納得するはずもなかった。チャンドラのお座なりの忠告などは、智海の耳になんのひびきもつたえなかったが、入蔵前に西蔵語を身につけておくことはかねての計画だったので、チャンドラのすすめにしたがって、ダージリンから一里ほど上ったグンパールという僧院に入ることにした。

グンパールは黄教ラマの僧院で、丘陵の思い思いのところに石灰を塗った方形の僧房が建っていた。石門の前の草原に、黄の衣を着たラマ僧が五人ばかり、しゃがむともつかず坐るともつかぬ恰好でうずくまっている。なんだと思ったらそれは排便中のポーズなのであった。

チャンドラから話があったのらしく、シャブズンという僧院長が承引して僧房を一つ開け、一カ月五タンガー（約十銭）の学費で西蔵仏典の講義をしてくれることになった。僧房は厚い壁と門のついた重い扉で仕切られた三坪ばかりの薄暗い部屋で、羊毛の毛氈を敷いた臥牀と炕の梵口がついているだけの簡素なものである。

僧院には五十人ばかりの学侶がいたが、いずれも骨格のたくましい屈強な壮佼ばかりで、お経などはろくに読まず、石投げ、高飛び、棒術など武技の練習に精をだし、なにかというとすぐ草原へ出て決闘をする。いいかげん傷がついたところで、仲裁が入って仲直りの酒を飲むといったようなことばかりやっている。学業はすべて問答で、一人が端坐しているところへ一人が数珠を持って歩みよって来て、手を向い合わせに拡げ、大きな声で「チー・チ・クワ・チョエ・チャン」と絶叫して手を打ちあわせる。文珠菩薩の心、という真言である。問われたほうは「チー・ターワ・チミエ・チャン」とこたえる。宇宙間、如実の真法において論ずという意味で、それから問答がはじまる。問いを発すると同時に、左足を高くあげて両手をひろげ、手を拍つ拍子に、力まかせに足踏みをするという荒々しいものである。

朝は教学、午後はダージリンへ下りて托鉢をし、夜は読経に費した。僧院の同学は智海を支那の仏僧だときめこみ、お経ばかり読んでいる気のきかないやつだと思うかして、当らず触らずの扱いをしていたが、時折、その連中が話していることを聞くと、西蔵の辺外諸部の国境に近いところにあるこうした僧院は、西蔵へ潜入する異邦人を監視する耳目なので、托鉢や説法に出たついでにそこここで情報を集め、毎日、駅伝でラッサへ報告を出す。必要があれば尾行もし、村民を煽動して抹殺してしまう暗殺者の役までやるらしい。この連中の度外れに殺伐なわけもこれでわかったが、こういう行届きかたでは、国境の町で、大掛りな入蔵準備を必要とする探検隊が失敗したのも、当然すぎることと思われた。

有向という耶蘇会士の「韃靼旅行雑写」はいろいろと有益な示唆を与えてくれた。北京で西蔵布教の命令を受けると、有向は蒙古のドロンノールへ行き、ラマ廟に四年、西蔵人の遊牧者の天幕に三年居て、ラマ僧の完全な肉体化をしたうえ、二百人以上の巡礼と話をして道関組織の綿密な研究をしている。チャンドラの話では、この一世紀の間、ラッサを目ざした延べて何百人の努力がみな失敗に終ったということだったが、そういうなかで有向だけが成功したのは、ひとえにゆるぎない堅信と誠実な人柄によることである。おのれは西蔵語を修得する方便に経典を読んでいるが、こんな軽薄なことではとうてい本願はとげられないと、率然と勇猛心をふるいおこし、思いたったその日に誓願文を書きあげた。

本願をとげるまでは、文珠問経の戒法に則って百戒の戒相を保ち、四不浄食に堕せず、托鉢した清浄なもの以外には食わぬこと、日本人としての一切の地縁と血縁を放下し、今生では父母兄弟師友と相見えないこと、結願の暁には、ラマ宗徒が聖地とあがめているところを、異邦人の靴で穢した罪を謝するため、両足を膝から下を斬って犬狼に施捨供養すること、以下二十六カ条のものであった。

翌日、未明に谷川で斎戒沐浴し、カンチェンジュンガの氷の山をまなかいに見る台地に坐った。百八遍の礼拝をして誓願文を読み、山に向って「何事の苦しかりけるためしをも人を救はむ道とこそなれ」と朗詠し、導師の学位を受けるためにあらためて学寮に入った。ラマ教の教学の組織は、名目、教儀、集解という順でやっていく。智海は卅一年の五月に中座に進み、その年いっぱい観心と玄義をやり、卅二年の暮に小導師の位をとった。

そうしているうちに、毎年、陰暦九月上旬から翌年の二月の中旬まで六カ月の間、西蔵の巡礼がネパールのカトマンドゥの大塔へ参拝に来るということを聞いた。

ネパールはブータンの西隣り、西蔵と印度との間にある半独立国で、ほぼ中央のところを、東から西へ、ヒマラヤの主山脈が氷の障壁をひきめぐらしているのに、エヴェレスト、アンナプルナ、ドーラギリなど、世界で一、二の高山が五峯も集まっている削峻たる地形である。西蔵とネパールはその以前、ヒマラヤの北にあるクヒンガングリ山脈のノラの大峠を通じて交通していた。文久三年（一八六三）にモントゴメリー少佐を隊長とする英国の探検隊が潜入して以来、この道も閉鎖されてしまったということだが、それにもかかわらず、大勢の巡礼が入ってくるところをみると、抜ける道があるのにちがいない。そこで聞けば、なにかの便宜がありそうなので、翌卅三年の一月、早々退舎して、カルカッタから汽車でカトマンドゥへ行った。十日の法要に連り、知合いになった巡礼たちにたずねてみると、メンダンという峠に巡礼だけが通る道があるが、ラッサの法皇庁の旅行券を持ったものでなければだめだということで、この道も問題にならなかった。

二月の半ばまで大塔の精舎(しょうじゃ)で空しく日を送っていたが、百年ほど前、乾隆(かんりゅう)年間にネパールのグルーカ族で三万尺のドーラギリ越えをして西蔵へ攻め入り、ラッサの近くまで迫ったという話を聞くと、なにかしきりに気持が惹かれた。そういう折、おなじ房にいた慧憧（ギャルツァン）というラマ僧が暇乞いにきた。ドーラギリの山裾にあるカンプゥタンという村へ帰るのだが、村の精舎に、蔵経の律部の写本があるから読みに来ないかと誘われたので、よろこんでついて行った。

カンプゥタンは一万八千尺ほどの高地の斜面に、牡蠣殻のようにしがみついた五十戸ばかりの寒村だった。村のすぐ端れまで氷河がさがり、風雪に洗われたドーラギリの尾根が眉に迫るように聳えている。住民は西蔵の北の高原から来てここに定着した純粋の西蔵人ばかりで、どの家の屋根にも、真言の文句を刷った白旗がヒラヒラし、話に聞いた西蔵風景にそっくりだった。男は白い羊毛のシャツと、和服によく似た、膝きりの羊毛織の布衣をゆったりと着こみ、その上に革帯をしめている。袖の長いことはおどろくばかりで、筒のようになったのが、上衣の裾のまだ下まで垂れている。この袖は防寒のためだが、食器を拭く雑巾の役もする。家にいるときや、右手を使いたいときは、片肌脱ぎになって長い袖を腹巻のように帯の上に巻きつける。男はみな髪を剃り、外へ出るときは、釣鐘をひっくりかえしたようなかたちのフェルト帽子をかぶる。ヤクの皮でつくったしなやかな半長靴を穿いているが、上端のほうが大きくできていて、煙管、煙草容れ、茶筒、木椀など、なにもかもみなそこへおさまってしまう。

西蔵は一妻多夫の国で、兄弟が五人あっても七人あっても細君は一人で間にあわせる。地味が痩せているので、めいめいが妻帯しても食わせることができない。長男がまず嫁をもらい、そのうちに弟が年頃になると、母の仲人で兄嫁と夫婦になる。つぎの弟がまたこれと夫婦関係を結ぶというふうに、兄弟で一人の細君をアチコチする。父と子で一人の細君をもっているのもあり、二人、三人の娘に一人の養子をもらう例もある。それが一間きりの狭いところで暮しているので、どちらの側でも姦通は遠慮なく公然と行なわれる。こういう風習の中では姦通は意義をなさない。つまりは、なにも教えられたことのない子供のように、天然自然の生活をしているので、慎しみとか行儀とかいう観念は、かつて生活の仕組みに入ったためしがないのである。

カンプゥタンには肉をとって食うほど羊の数がないので、ツァムバ（炒麦）やバタ茶の凝結乳（ヨーグルト）を常食にしていた。火にかけた鉄鉢の磚茶（たんちゃ）が煮えると、その黒汁を椀に盛り、山羊の臭いバタの厚切れを入れて炒麦を振りこむ。肉が手に入るまでこれで何日かの凌ぎをつける。それはいいが、男も女も服を着換えるのは年に一度、身体の垢は生涯身につけて手は洗うということをしない。大便をしても洟（はな）をかんでもそのままだから、身体は垢と脂で煤色になり、服はバタで汚れてピカピカ光っている。食事がすむと椀は舌で舐めておく。客でもあると、垢光りのする長い袖でグイと椀の縁を拭いて茶を注いですすめる。西蔵人ほどの不潔な人種がほかにあろうとも思えないが、なにごとも本願をとげるためと、つとめて汚穢の修行をしているうちに、四カ月ばかりで顔も身体も乾漆仏(かんしつぶつ)のようになり、一廉(ひとかど)のチャンタン（高原人）らしい見かけになった。

村端(むらはずれ)の峯々は吹雪や雪雲にとじられ、いつ見ても暗澹たるようすをしていたが、五月の中旬をすぎると、モヤモヤと立迷(たちまよ)っていたものが吹っ切れてだしぬけにドーラギリの全貌があらわれた。ギザギザの尾根がいくつか重なった山襞のむこうに、のけぞらないと頂が見えないような氷の峯が、信じられないほどの高さで立ちあがっている。いままでドーラギリの頂上だとばかり思っていたのは、麓の山裾をとりまいている小山の尾根なのであった。

五月の終りごろ慧憧がやってきて、トルボ・セーへ行く気であるなら仕度をはじめたほうがいいという。トルボ・セーはドーラギリの向側、十日ほどの行程の谷合に隠れた山間の霊場で、一切経の写経はそこの精舎にあるのだが、ドーラギリは五月までは吹雪で通れず、六月の末からは雪が軟くなってこれまた通れなくなる。七月の末にはもう雪が降りだし、それが翌年の五月までつづく。ドーラギリ越えのできるのは五月中旬から六月末まで、一年のうちわずか四週間だけだから、行ったら来年の四月まで帰って来られない。それが承知なら山案内をさがしてやるというような話であった。頂の平らなあたりに、雪のない岩の肩がかすかに見える。あそこを越えるのだと慧憧がおしえた。この村がすでに一万六、七千尺の高地だから、ドーラギリの頂上は少なく見ても二万七、八千尺はあろう。そういう高いところを人が通れるとは、むしろふしぎなくらいだった。

一週間ほどすると、ドーラギリ越えをしてカンプゥタンにおりてくるものを見かけるようになった。仏教の隠れ信徒か、前科者か、あぶなっかしい身の上で、どのみち道関は通れぬてあいばかりである。ラッサから来たというのがいたので、それとなくようすを聞いてみると、ラッサから道を北にとり、チャンタンの高原を百日ばかり西へ、マナサロワール湖の岸をまわってそこから南へ下り、西蔵とネパールの国境にある山脈を越え、南へ二十日ばかり歩くとこのドーラギリにいきあたる。話をつづりあわせると、だいたいそんなことになる。警兵はいないのかとたずねると、警兵どころか、四十日にいちど遊牧民の天幕（テント）に出あえばいいほうで、とても人間の姿などは見られるわけのものではないという。

いずれはドーラギリを越えなくてはならない。理由をこじつけるのに難儀することだろうと苦にしていたが、このうえもない旅行の口実であって、公然と食糧の用意ができるのはありがたかった。さっそく仕度にとりかかり、食糧として小麦粉、炒栗、乾葡萄、塩、唐辛子粉、榧の油、木椀に木匙、羊の長毛を内側にして縫いあわせたツクツク(寝袋)、燧道具、薬品といった類のものを、八貫口ばかり荷にしてテンバという山案内に背負わせ、地図と磁石を靴のなかに隠し、カンプゥタンを出発したのは、明治卅三年の六月十二日のことであった。

村端の氷河を渡って涸雪の山襞をたどり、その日は早く露営した。二日目はよく晴れて軟風が吹いた。氷河を三つばかり越えたところでドーラギリにとりつき、日暮までいちども休まなかった。三日目は東北へ山を巻きながらのぼりづめにのぼった。越えるはずの東の雪鞍は、なお半里ほどの高さで見あげるようなところに聳えている。手早く昼食をし、岩隙のある削岩壁にとりかかった。たいへんな高度にいるので、ちょっと身体を動かしても肺が膨れ、心臓が口からとびだしそうになる。雪を含んだ烈風が真向に吹きおろし、睫毛に雪花がついて眼がふさがってしまう。帽子の耳蔽のなかで呼気が凍って氷殻ができ、それが針のように頬を突刺す。そうして東の肩までにじりあがったが、去年の大雪崩の雪堆が山のように残っていて、目あての切通しは通行不能ということになった。風当りのすくないところを探し、ツクツクをかぶって岩陰に身を寄せたが、寒気と泣き叫ぶような風の音でまんじりともできない。坐禅を組んで、眠るがごとく眠らざるがごとくにうつらうつらしていると、夜半近く、大雪になって雷さえ鳴りだした。雷鳴と吹雪のなかで、世界が生れ出る音を聞いたと思った。

夜が白むのを待って、反対のほうへ鞍部をさがしに出かけた。鉛のように重い足をひきずりながら一時間ばかりのぼると、凍った薄い空気にやられ、山に馴れたテンバまでが咳きこみだした。見るとテンバの唇が無くなっている。顔も唇もおなじような土気色になり、唇が朝顔の蕾のように口のなかへすぼみこんでいる。いうにいえぬ異様な顔つきだったが、それをなんだと思う気力もない。空気に飢え、いまにも窒息せんばかり。一歩ごとに四つから十ぐらい呼吸し、ものの五歩も歩けば、いちど停って休まないと心臓が破裂しそうになる。ものを考える力も判断する力もなくなって、夢現（ゆめうつつ）のまま機械のようにのぼっていると、テンバがなにかいいながら上のほうを指す。目の上の氷河の床から千五百尺ほどあがったところに、吹雪に傷められた荒れ肌の岩が二つならび、その間にザラメ雪に蔽われた切通しらしいものが見える。

氷河の床まで這いあがると、狭いところをぬけてくる狂風が、地上にあるものは一切合財吹き払ってしまおうという勢いで、呵責なく吹きに吹く。氷河の終ったところから岩の割れ目をたどり、のろい苦しいのぼりを五分ほどやって休み、五分ほどのぼってまた休むという調子でうごめいているうちに、手足が痺れて岩についたまま動かなくなった。ひとりでに口が開いて、下唇がダラリと垂れさがり、眼にはいるものがみな二重に見えて焦点が合わない。すぐ上に、ザラメ雪の切通しが招くように光っているが、体力が尽きはてて上るも下るもできないことになった。

昨日までは、はるか下にカンプゥタンの村端の氷河が白いリボンのように光っていたが、今はもう青黒い無限の空間があるばかり、手を離せば一万尺の下へ逆落しである。そういううちに睡気がついてウトウトする。智海は岩の出っぱりに力なくしがみつきながら、これでもう万事休したと、心をきめて臨終の願をたてた。「十方三世ノ諸仏、ナラビニ本師釈迦牟尼仏、本来ノ願望ハ遂ゲザレドモ、父母、朋友、信者ノタメ、イマイチド生レ変ッテ仏法ノ恩ヲ報ズルコトガデキマスヨウニ」――この手が岩角から離れたときが今生の命の終りと、朦朧と偈をとなえていると、テンバが精気の霊薬だというコカの葉を智海の口もとにさしつける。いまさらそんなものを噛んでみても甲斐ないことだと思ったが、いわれたとおりにすると、いつとなく動悸が鎮まり、いくらかものの綾が見えるようになった。いまこそ成否のわかれ目と、夢中になって這いずりあがっているうちに、急に風の吹きかたがちがってきた。そこは烈風が吹き浄めた岩層が平らにひろがった西の岩肩で、ついむこうに降り口が見えている。合掌したまま思わずそこへ坐りこんでしまった。

二時間ほど降（くだ）った岩曲（いわわだ）で死んだようになって眠り、翌日一日下って、山腹のサンダーという寒村で泊った。三日ばかりそこで休養してから、厚く犒（ねぎら）ってテンバを帰し、六貫目ばかりになった荷を背負ってトルボ・セーのほうへ歩きだした。十日目の正午頃、見おろすような深い谷間にそれらしい村を見たが、ここで足をとめると、これからの先行きがむずかしくなると、そのまま北へ北へと進み、ネパールと西蔵の国境になっているクヒガングリの頂上にのぼりついた。

山は北側へゆるくなだれ降り、西蔵高原の山々が八重波のようにおし重なっている間を、一筋、河が白く光りながら流れている。後を振り返ると、二十日前に越えてきたドーラギリが、ヒマラヤの氷壁の上に架空のような唐突な山容を見せ、雲をつくばかりにぬきだしている。神戸を出発したのが卅年の六月廿六日、その日は卅三年の七月八日、これという災厄にもあわずにここまで辿りついたが、これから先になにがあるか、予想もつかぬむずかしい旅であってみれば、こんなことで安心してはいられない。地図を見ると、目ざすマナサロワール湖は、ここから西北になっているので、磁石を見ながら山を降りはじめた。

ネパール側は、陽のおもてで雪がすくなかったが、西蔵側は、陽の蔭になるのでいちめんの雪。それも油断のならない軟雪で、踏みこむたびに膝まで埋まる。中腹ぐらいまで降ると、山裾に遊牧民の天幕が三つばかり見える。こういう退引ならない場所で人に逢ったら、密入国したことがいっぺんに見ぬかれてしまう。なんとかして天幕を避けたいと思うが、東にも西にも道らしいものは見あたらない。といって天幕が移動するのを待っているというわけにもいかない。心をきめかね、そこへ坐って断事観をやった。無我の観中、観念の傾きでとるべき方法をきめるのである。幾時間か坐禅を組み、濶然と醒めて山を降り、天幕の入口で漢訳の法華経を読んでいると、あるじと思われる四十ばかりのチャンタン人が出てきて天幕へ請引してくれた。

翌朝、天幕を出てみると、百七、八十貫もありそうな異様なけだものが三十頭ばかり草を食っている。身体は密毛で蔽われ、額から波のように垂れた長い毛が顔を包みこみ、眼鼻もわからないほどになっている。尾は絵にある唐獅子にそっくりで、草を嚙む音は櫓をこぐよう。眼つきに凄味があって、いまにも突っかけて来るのではないかと思われるくらいだった。これは西藏高原の不毛の寒地に野生しているヤク（犛牛）という動物で、北部ではもっぱら駄用乗用に使役し、肉と乳は食料、皮は沓に、毛は織物に、糞は乾かして燃料にする。見かけは恐ろしいが牛よりも温柔だという。そう聞くと、これに荷をつけてゆけば長旅の苦労は半分に減ると思い、乾隆銀幣（西藏銀貨）を出してたのむと、金などはいらない、マナサロワール湖の手前の河のそばに弟の天幕があるから、そこへ置いて行けばいいという。礼をいってヤクを一頭借りうけ、その背に荷を預けて北に向いて歩きだした。玄奘三藏のお伴はお猿と猪だったが、こちらはヤクかと可笑しくもあった。

小麦粉を捏ねて塩と唐辛子粉をまぶして食い、夜は斑雪の岩地に寝て、十日ほどすると最初の川にいきあたった。西藏一の大河ブラマプートラの上流で、氷河の溶けて流れだす一万六千尺の高地の川を、零下十度の寒風の吹きすさぶさなかに胸まで入って渡り、北へ二十日、高地の雪を喰いすぎ、肺の凍傷にかかって血を吐き、人間の影のようになって弟という天幕のある河原に着いた。

ヤクを返すと、天幕のあるじはあわれに思ったかして、山羊を供につけてくれた。

ギャトーという町の入口にムヤッォという男がいるからそこへ置いて行けという。翌朝、どれほどの重さもない荷を山羊の背につけてまた北へ四日、マナサロワール湖は近いと聞いたが、行けども行けども不毛無人の原野である。氷河がおしだしてきた漂石と凍土は、何万年かの間、酷烈な寒気に傷められ、微塵に分解をとげて灰のように軽くなり、風が吹くと砂霧になって浮遊する。動くものといえば地の上を流れる雲の影と砂の波紋。万物凋れつくして物音一つなく、死相をおびて寂漠と静まりかえっている。一滴の水も一片の日蔭もないチャンタンの原を、一点の塵となって漂っていると、ある日、猛烈な砂嵐が吹きつけてきた。一望無限の野面は荒天の海のように盛りあがり湧きたち、うねりかえし逆巻き、想像に絶した異様な波動を示しながら猛り狂う。智海は咫尺も弁ぜぬ砂霧のなかで藻掻きまわっていたが、砂の大波は後から後からうねってきて、あっという間に胸まで埋めてしまった。せめて山羊だけは助けようと抱きよせると、山羊は悲しそうな声で鳴きながら身を寄せてくる。智海は山羊をわが子のように抱きながら念仏をとなえていると、微妙のうちに風が変って、砂嵐が外れて行った。

三日後、ようやくマナサロワール湖のほとりへ出た。カン・リンポ・チェの霊山を対岸に見ながら僧房で夜を明かし、翌日、いよいよ東南ラッサの方へ最初の一歩を踏みだした。

　踏附け道を辿ること百五十日、ラッサにつぐシカチェという大きな町を過ぎ、十二月二十七日、ギャトーに着いた。石造の家が多く、風俗も都風で、孤愁にみちた北西原の旅も終りになりかけている感じだった。ムヤツォという人を探して山羊をかえすと、かわりに騾馬(らば)を貸してくれた。ゲンバ・ラという山を降りた府関の前で弟が酒店をやっている。仮護照をもらうには区長の保証が要るが、弟は区長だから、それに頼めばよろしくやってくれるという。翌日、騾馬を曳いてギャトーを発ち、五日目に岩山の麓にある大弥勒寺(だいみろくじ)という小寺で泊った。そこで明治卅三年も終った。

　三月ほどその寺にいて、卅四年の三月十八日、最後の旅程にかかった。翌々日、ゲンバ・ラという急坂をのぼって峠の上に出た。眼の下に、四方、山にかこまれた平原がひらけ、離丘が島のように二つ浮いている。一つは富士山に似た美しい丘で、一つは頂上から中腹まで金の天蓋をのせた白堊の殿堂がひしめいている。大勢の探検家が、一と眼見ようと熱望しながら果さなかった、これがその聖都かと思うと、そこへ足を踏み入れるおのれの喜びよりも、その人達の遺憾を偲んで、思わず涙をこぼした。

　坂を下ったところが府関の第一門。関門の前に酒を売る店がある。あるじは気のよさそうな赧ら顔の肥大漢で、保証をひきうけてくれたうえ、五人の連証まで探してくれた。そうした都合で第一関はわけなくすみ、そこで川を渡って、対岸の第二関、第三、第四、第五とその日のうちに通りぬけ、それをふしぎとも思わず、計られたとも知らずに、安泰な顔でラッサの市中へ入りこんだ。

市中の家は二階、三階の石造りになり、正面に石灰を塗っているので、遠目にこそは美しいが、いったん市中へ入ると、町筋には糞尿が流れ、泥濘は膝を没するばかり。これが聖都かとおどろかれた。大きな店はバルコルという通りに集まっているが、どの店にも客引のようなものがいて、やかましく通行人を呼びとめる。そういうごったがえしのなかを、黄衣のラマ僧が悍馬を乗りこなしながらこれ見よがしに疾駆している。町はずれの僧舎に宿をとり、さっそく一切経を探しに出たが、大道に経本をならべた、露店といった体裁の店ばかりである。西蔵一切経はとたずねると、そういうものは注文主が紙を提供し、版本代と刷り代をだして刷らせる。文典学者の出た寺にはそのほうの版木、修辞学者の出た寺にはまたそれと、律部も論部もバラバラに保蔵されているので、順々にまわって版木を借り集める。遠い寺にある分はべつに旅費を払うのである。

三日ばかり広場に通いつめ、あるだけの経本屋にあたっていると、還俗したラマ僧といった廿四五の男がそばへ来て、西蔵大蔵を探しているということだが、お望みならいい蔵経家を紹介する。紹介料として乾隆十枚いただくという。それくらいな金ですむならと、いうままに金をやると、これからすぐ行きましょう、むこうは暇なひとだからと、先に立って歩きだした。

屋根のかかった支那風の石橋を渡り、楡や柳の芽が青く萌えた法林道場の広い庭を横切って、その奥の大きな邸の前へ行った。どういう人の邸かとたずねると、これは教務大臣の邸だ、大臣に逢ったらすぐ銀幣五十個をあげなさい、面会料というわけで避けられないものです、あとはあなたの腕次第とある。

拱門の檐に吊した銅鑼を打つと取次が出てきた。案内してきた男がなにかささやくと、取次は智海を連れて長い廊下を幾曲りしたすえ、赤地模様の絨緞を敷きつめた部屋へ案内した。眼もあやな色とりどりの毛氈をかけた大きな臥牀に、金襴の職帯をつけた五十五、六の温和な顔をした大人が閑臥し、阿片卓をひきつけて阿片を喫っていた。

智海は入口で三礼して片肌脱ぎになり、三歩進んで銀幣の入った巾着を卓に置き、率直に素志をのべると、大臣は「それはお安いご用。さっそく係りのものに手筈をさせるから」といった。

大臣の上機嫌をそこなうものはなにひとつなく、あれこれと愛想をいってから、北清事変の話に移った。拳匪が北京の永安門で日本の外務書記生と独逸公使を惨殺したことから北清事変が起き、英、米、仏、独、露、日、墺、伊、八カ国の出兵となり、清国政府は陝西省の西安へ蒙塵したが、昨年の十二月、列国公使会議から十六カ条の要求を含む議定書を突きつけられ、総理衙門大臣の那桐と皇弟醇親王が、日本と独逸へ謝罪使で行ったなどといった。この三年にそんな騒ぎがあったことは知らなかったが、なんのためにこんな話をするかと怪訝に思っているところへ、廿四、五の品のいい男が入ってきて、用意ができたというようなことをいった。大臣はうなずいて、「これは和堂という男だが、用があったらなんでも言うがいい」と丁寧に部屋から送りだした。

和堂に連れられて宏大な法皇宮のわきの石段をのぼり、大仏殿の鼓楼の前へ出た。境内の石畳を五十間ほど行き、どっしりした石造の建物のなかへ入った。和堂は六畳ぐらいの小房がいくつもある間を通り、突当りの大きな石の扉を開けた。眼が暗さに馴れるにつれ、五十畳敷ほどもあろうかと思われる仄暗い石室の三方の壁の書棚に、経本と経巻が、黄ばんだ帙と朱塗の軸に古代の薄明を見せて天井まで積みあげられている。一切経はというと、仏の教と語を翻訳した、経部、律部をおさめた「甘珠爾」正蔵千四十四巻、仏の教示を翻訳した論部をおさめた「丹珠爾」続蔵四千五十八巻がそれぞれ経題と奥書がつき、十巻ずつ勅訳の黒印を捺した青い布に包んで左右の棚にいっぱいになっている。

智海が陶然と法悦にひたりこんでいると、和堂が「こちらへ」といって隣の房へ連れて行った。十畳よりはやや狭い、窓一つだけある薄暗い部屋のまわりの壁に沿って、何千束とも知れぬ麻紙が厖大な量に積みあげられ、窓の下の経机の上に筆墨と青銅の油壺のついた油燈が出ている。この紙はとたずねると、和堂は「これはあなたが生涯にお使いになる紙です」といい、甘珠爾の第一巻を経机の上に置いて退(さが)って行った。

経典は法帖のような体裁になり、六万字ばかりの経文を幽玄な草体で横書きした、横長の古代殻紙(からがみ)を、木の表紙の間に綴じずにバラバラにおさめ、革の紐でキッチリと巻いてある。正続合せて五千百二巻、一巻平均六万字で〆めて三億六百十二万字、一時間に千字として四時間寝て廿時間書けば、一カ月六十万字の一年に七百二十万字、正続を書写するには四十年あまりかかる。いま卅歳だから、余裕をみても七十二歳までには完成すると見透しをつけた。

智海の算出どおり、正蔵千四十四巻は八年後の明治四十一年、卅七歳の四月八日に写了した。前年の秋から膝関節に炎症をおこしていたが、四十一年の正月匆々壊疽になり、正蔵を写了すると同時に脚部の切断手術をした。なにからなにまで請願どおり運行する仏生の微妙さにいまさらのようにおどろき、この分なら、続蔵を完了するまでかならず生きられるという信念を堅くした。智海は昭和十五年、七十二歳の春、続蔵を終って正続五千百二巻の写経を完了し、七月、ラッサの宝積院で枯れるように死んだ。日本を発つとき、「死ぬまでかかって」といったのは妄語ではなく、今生では父母兄弟師友に相見えないという請願の趣意も、それでつらぬいたことになる。

智海の入蔵は、ネパールの国境を越えたときラッサの法務局に通牒が行っていた。先年、密入国者にたいする刑統が変り、入国したものは、境外へ出さず、生涯、国内に監置することになった。ヤクから山羊、山羊から騾馬と、つぎつぎに生きた送状をつけてやった、西蔵人の腹黒いやりかたを、智海は知っていたろうか。智海の「西蔵記」には、本師釈迦牟尼仏の広大な法恩を古朴な筆致で述べているだけで、この点にはすこしも触れていないのである。

湖畔

この夏、拠処ない事情があって、箱根蘆ノ湖畔三ツ石の別荘で貴様の母を手にかけ、即日、東京検事局に自訴して出た。

審理の結果、精神耗弱と鑑定、不論罪の判決で放免されたが、その後、一ヵ月も経たぬうちに、端無くもまた刑の適用を受けねばならぬことになった。これは普通に秩序罪と言われるもので、最悪の場合でも二年位の懲役ですむから、このたびも逸早く自首して刑の軽減を諮るのが至当であろうも、いまや自由にたいする烈々たる執着があり、一日といえども囹圄の中で消日するに耐えられぬから、思い切って失踪することにした。

いずれ貴様も諒解することと思うが、俺の四十年の人生は、あたかも旧道徳と封建思想の圏囲内を彷徨するイルンショー製「クロノメートル」の指針のごときもので、自己一身のほか、なにものをも愛さず、思料せず、体面を繕うことばかりに汲々たる軽薄浅膚な生活を続けていた。最近、測らざる一婦人の誠実に逢着し、俺の過去はあまりにも虚偽に充ちていたことを覚り、新生面を打開しようと決意したが、俺は薄志弱行の徒で、実社会に身を置くかぎり、因習に心を煩わされて到底自己に真なることができぬと思うから、一切の夤縁を断切ッて無籍準死の人間となり、三界乞食の境涯で、情意のおもむくままに実誼無雑の余生を送る所存なのである。

失踪と言い準死とは言ッても、俺のような身分の者にたいしては、簡単に事を済ましてくれぬ。事後、思わぬ煩いが惹起ッて、貴様に累を及ぼしてはならぬから、適当な時期に死亡の認定が得られるよう、その方の処置もしておいた。俗見の傀儡同様だッた俺の半生を諷刺し、俺を悲運に沈湎させた卑小な気質に報復するのに、これこそは恰好な方法だと思った。のみならず、それによッて貴様は七年の失踪期間を待たずに家督を相続することが出来、俺は速かに社会から忘却せられる便利があるからである。

俺は自筆証書で松尾治通を後見人に指定し、保佐人を従兄振次郎に依嘱して置いた。どちらも廉直親切な人物だから、それらの庇護によって蹉跌なく丁年に達するものと思う。二歳にもならぬ幼少の貴様を捨去るのは情において忍びぬが、これも止むを得ぬ。

俺と情人の新生活内には、何者も介在することをゆるさぬ。但し、捨去るために貴様を生んだのではない。貴様は母の愛とホープによって出生した。それ等の事情はすべてその後に生じたのである。俺は子にたいする父の礼儀として、こうなるまでの事情を仔細に書きつけておく。

俺は慶応二年正月、奥平正高の継嗣として長坂松山城内で生れた。廃藩置県後は東京市ヶ谷の上屋敷に移り、厳格な封建的式礼の中で育った。

貴様の祖父は文久元年の遣欧使節に加わって渡欧したが、在英中、英国の大貴族と交際して習俗に心酔し、この俺を英国流の傲岸不屈な貴族に仕上げようというアンビッションを起したものとみえ、七歳の春からデニソンについて英語と西洋礼式を学ばせた。父自身が勉強の看視人で、毎夜十二時まで俺を書机の前にひき据え、すこしでも懈怠の色が見えると、刀槍をもって威嚇するという具合だッたから、俺の少年時代は困死せんばかりの苦楚辛痛のうちに過ぎた。生れつき克苦奮励するような気質は持合わしておらず、この世に机に噛りつくくらい厭わしいことはなかったが、父の怒を避けるためにに、もっぱら、好学の風を装い、ただもう当座を糊塗していた。なにごとも上ッ面だけを綴くり、いい加減に辻褄を合わしてすまして置くという不誠実な性情は、すでにこの頃に養われたのである。

父は傲慢自大、極端な貴族主義者で、口を開けば新政府と新華族を罵り、旧大名中の剛の者といわれて得々としていた。明治十八年の春、賤民政府という小冊子を旧大名に頒布したため、政府讒謗の廉で鍛冶橋監獄に繋がれたが、出獄後は拘留中に発病した炎症痛風に悩み、癇癖を募らせて野蛮に近いふるまいをするようになり、諫諍するものがあると、はげしく争ってみな出入を禁じてしまった。

その秋、ある日父は俺を寝間へ呼びつけ、いかにも苦々しい口調で、

「貴様はイギリスへ行け。なにを学ぼうと勝手だが、それを役立ててはならん」

といきなりに申し渡した。

「その気があるなら、生涯アチラに居ッても差支えない。俺が死んだからとて、帰国するには及ばん。貴様の行末が気にかかって、眼を瞑れぬなんてエのは、マー俺にはないことだ」

と言うなり、クルリと向うへ向き返ってしまった。

父は貴族政治を夢想し、俺をその方の大立者にするつもりだッたのだが、実現しそう

もないのを覚って、こんな自棄的な処分を思いついたのだろう。俺とても父を愛しておらぬし、窮屈な父の膝下から解放されるのは何にも優してありがたかッたから、早速外遊の仕度にとりかかり、その年の十二月、横浜解纜の英船メレー号に便乗して、匆々に日本を離れた。

翌年一月、英国に到着、最初ウォールミンスターのグランマー・スクールに入り、その後、倫敦のユニヴァーシチー・カレッジの法科へ移った。遊ぶにしても、それくらいなところに籍を置かなくては巾がきかぬと思ッた迄で、勉強する気などは毛頭ない。英国には、うるさい父も親類もおらず、謹直を衒うこともいらないから大きに羽根を伸し、よからぬ貴族の子弟と交わって、放埒至極な生活を送っていた。

いずれ写真ぐらいは見るだろうが、俺は父によく似た狷介な容貌を持っている。房々とした眉毛の下に猜疑心の強い陰気に光る眼があり、鼻は鷲の嘴のように傲慢に折れまがり、薄い唇は酷薄無情に固くひき結ばれている。俺はこの猛々しい面相と陰鬱な態度が相手を忌ませ不快にすることを、子供のときからよく知っていた。事実、父も母も祖母も露骨に俺を忌嫌い、冷淡邪慳に扱った。俺の記憶にあるかぎりでは、ただの一度も愛しらしい言葉を掛けられたこともなかッたから、俺はもう生涯誰からも愛されることはないのだと断じこみ、はかないあきらめを抱いて鬱々としていた。それにしても俺はどんなに人に愛されたいと思ったか知れぬ。もしそのような相手に行逢ったら、その人のためにいつでも命を捨てようと、二六時中、心のうちで誓っていた。十二三歳の頃のことである。

その後、幾度か人を愛したことがあったが、俺の心は自信を失って萎縮しているものだから、他人に愛の証拠を求める前に、まず失望したときのはかなさを考え、殊更に不愛想を装って自分から身をひいてしまうのだ。外国へ行ってからは、いよいよ鬱屈して猜疑心が強くなり、思いきった粗暴な振舞をするものだから、嫌い恐れる人間はあッても俺を愛するものはなく、追従して利益を得ようとする奴はいるが、心をうち明ける真の朋友はない。あり余る財産とオノレーブルを抱きながら死灰のごとき索然たる孤独生活を送っていた。

俺の放蕩も畢竟臆病のせいなので、純潔な恋を求めて失望するのが恐ろしく、金銭で買った娼婦内侍のたぐいなら、はじめッから期待もしないから騙されても腹も立たず、俺にとってはそのほうが安心だッたから、それで満されぬ心を胡魔化していたのにすぎぬ。俺は人一倍求愛の心が強いので放蕩も一倍とはげしく、淫佚振りはわれながら眼を蔽いたいほどだった。期待せぬと言いつつ、娼婦の心の中に真実を追い求めて日夜狂奔していたのに相違ない。

そんな風にして、成すこともなく十四年の年月を暮してしまった。先年、父も死に、英国の生活も鼻についてきたので、その年の冬、巴里に移ってパッシーというところに住んでいたが、間もなくある婦人のことで仏国の陸軍士官と決闘せねばならぬ羽目になった。その席に俺だけしかいなかッたら、陳謝哀訴して勘弁してもらったところだが、折悪しく向いのテーブルに公使館の鈴木という書記生がいたので、持前の虚飾心から、心中、生きた気持もないのに、堂々と承諾してしまった。

決闘は翌日ロンシャンというところで行われた。まず相手方から撃ちだしたが、その際、俺は怯懦な畏怖心に襲われ、思わず頭を右に傾けたので、飛来した弾丸は右の顳顬と耳殻を破壊し、首と肩の間に嵌入した。頭さえ曲げなかったら、横鬢を掠めるくらいのところですんでいたはずで、いわばこれは卑怯のむくいともいうべきものであった。

その場から病院へ担ぎこまれ、時を移さずに止血の手当を加えたので、危く命だけは助かったが、そのために俺は実に異様な面相になッてしまった。テラテラに禿げた赭黒い瘢痕が右の眼尻から顳顬一帯に隆起し、その上に七八本の毛がマバラに生えている。右の眼は裂創の縫合のために恐ろしいまでに吊りあがり、右の耳殻が無くなって、そこに干貝のような恰好をしたものが申訳のように喰ッついている。俺は極端な虚飾家で、おのれの不幸な面相をいくらかでも改正したいと思い、日夜容姿を整えることにばかり腐心していたのだから、この負傷は俺にとって耐えられぬ痛事だッた。半年ほどの間に、一体、幾つ鏡を抛って壊したかも知れぬ。

果せるかな、人々は俺の醜悪な面相を恐れ忌み、様々に嘲笑するのが感じられるものだから、わずかに悲愁を支え、寂寥を慰めていた自己心までも残りなく崩壊しつくし、恋愛はおろか、他人の親和愛眷をまったく期待せぬようになり、顔を見られるのを厭って、毎日、家に閉籠っていた。のみならず、それ以来、妄覚に悩まされ、白昼、幻を見るような不安な容態になったので、本意ではなかったが一旦帰国することにし、十一月の末、馬耳塞から船に乗った。航海中、一時、快方に向いたが、印度洋の暑気にやられて譫妄状態に陥り、横浜入港と同時に、手足を縛って脳病院に送り込むという狂人同様の取扱いを受けた。当初の手当が不完全だったので、早速、再切開することになり、大学病院に移ってそこで手術を受けた。

当時、社会一般の思潮は自由主義の傾向を帯び、その勢い侮るべからざるものがあった。俺はそれに反抗して、貴族の権威のあるところを知らしてくれようと思ッたもンだから、入院加療中、「華族藩屏論草案」という一文を草し、報復的に時事新報に投じたところ、これが予想以上の好評を博し、決闘のことまでが誇大に喧伝され、俺の負傷は日本の名誉のために戦った勇武剛毅の表章だということになった。何んぞ知らん、顔の創痍は他人の女に手を出して失敗った記念で、頸抜の一文はソールズベリー卿の論文をそッくりそのまま借用したものに過ぎぬ。俺は図に乗り、英人の論説を剽窃改刪して次々新聞紙上に発表したが、いずれも非常な反響を呼びおこし、臆病と無識の権化のようなこの俺は、狷介不羈の華族論客として、日に日に名声を高めることになった。

手術後、偏頭痛は大いに軽快したが、毎年晩春初夏の候になるときまって再発するふうなので、三十五年の初夏、脳病にきくということを聞いて、箱根の底倉へ湯治に行った。

あたかも六月の下旬で、窓に倚って眺めると、澗底の樹木は鬱蒼と新緑をたたみ、前面の峭崖から数条の小滝が落ち、その下に湧涌たる水声がある。俺は脳底に爽快をおぼえ、飽かずに眺め入ッていると、崖の狭ばまったところに架けた木橋を一人の少女が渡ってきた。

黄八丈の袷に被布を羽織り、髪に大形の薔薇の花挿頭をさしている。温泉場にはチト固苦しく上品に見えるものだから、気をとられて眺めていると、少女は顔をあげて俺と視線が合うや否や、頬を染めて腰をかがめ、一揖するなりソコソコに宿の中庭へ入って行った。

年の頃は十八九で、顔色はクッキリと白い中に桃の花のような紅味を帯び、眉は少し濃い方で、その間が狭ばまっていていかにも怜悧そうに見える。唇はキッと力みがあり、高い鼻に跨った睫毛の濃い大きな眼は、その中からいまにも黒い瞳が溢れだすかと思われるほどだッた。為永式の痴呆じみた美人相ではなく、都雅艶麗なうちに微妙な威容を含み、教養ある欧州のレヂーに比してすこしも遜色がない。

世にラヴ、オブ、ファースト、サイトということがある。シェークスピーアの戯作「ローミオ、アンド、ジュリエット」の中にも、一目見て恋の成立する場合を証明している。俺がその少女を見たときの感情は、あたかもそれに相当すると思われる。惚れたというだけでは足りない。正直に言えば、その瞬間から憑れたようになってしまッた。

たぐいのない少女の美容にもよるが、それが恐れる色も忌み嫌うようすもなく、親し気に俺に挨拶するのを見て、たとえようのない愉悦の情にうたれ、枯渇絶望した俺の心に微かな希望が萌えだしたものだから、それやこれやで一層忘れ難くなッたのだ。

以来その容姿が眼から離れない。俤は夢寐の間にも忘れられず、もう一度姿を見たいと思う感情をとめることが出来ない。中年の所為としては不面目極まるが、終日、窓に倚って橋のほうばかり眺めていた。

四日ほど過ぎたが、少女は姿を見せない。俺の心は鬱しているものだから、眼を楽しませてくれた底倉の景色もいまは味気なく、眼前に峭立する懸崖も頭を圧するように思われて不快でならない。すこし散策でもしようと、供も連れずに宿を出、小涌谷から六道地獄へ抜け、そこから蘆ノ湖の方へ上って行った。

天気晴朗で雲影なく、紺碧の湖は古鏡のように澄みわたり、そのおもてに箱根三国の翠巒が倒影している。俺は久し振りに運動したので心神の暢達をおぼえ、湖畔の石に腰を掛けて浮ヶ島の方を眺めていると、一艘のボートが湖上を漕弋して来た。白の洋装で髪をお垂下にし、丈の長い淡紅色のリボンを翻めかしながら力漕をつづけているのは、紛うかたなく彼の少女であッた。

俺はおのれの眼で見る実景をおのれで信じかねるような気持で、呆然と注視しているうちに、ボートはだんだんコッちへやって来るようすだから、震えあがッて逃げだそうとしていると、少女は俺のいるのを見て丁寧に会釈し、急に船首を廻して岸にボートを着けた。そうして淀まぬ眼差で俺の顔を瞶め、愛らしく首をかしげながら、

「お乗りになりませんか」

と人懐ッこく誘いかけた。

その挙動がどれほど清楚な情緒に充ち、どれほど優美な感情に溢れていたか、とても描き写すことが出来ぬ。活潑だが、けッして出過ぎたというのでなく、無邪気で人懐っこいので、ただもうおのれの愉快を俺にも分け与えたいという風だッた。

俺は喜悦の情で飛立つような思いをしていたが、本意を見抜かれるのを恥じ、

「サンキュー」

と言ったきり腰もあげなかった。

心中の苦悶は非常なもので、俺の不愛想な仕草が少女を怒らせ、このまま漕去ッてしまったらどうしようと、蹉跎りせんばかりに焦立っていた。

少女は邪気なく眼を瞠り、

「アラ、お厭ですの、お乗り遊ばせよ、実にどうも、大変に愉快ですわ」

と言いながら、笑靨(えくぼ)の入った嫋(しなや)かな手を俺の方へさし伸べた。

俺はいまにも泣きださんばかりだッたが、

「そうか、それほどに言うならば」

と如何にも面倒臭さそうにボートに乗り移った。

少女は身体をよじって向い合う席に俺を掛けさせ、

「もうちッと妾(わたし)が漕ぎますから、疲れたら代って頂戴ナ」

と言いながら鮮やかな手付でオールを操(あやつ)りだした。俺は苦味のある微笑を洩しながら、

「ウム、そうか、俺に漕がせるつもりで、それで乗せたのだな」

と言うと、少女は愛らしく頷(うなず)いて、

「エー左様(そう)、そのつもりでしたのヨ。仏(ほとけ)ヶ崎(さき)の方まで行きたいんですけど、とてもあそこまで漕げませんもの」

と事もなげに言い放つのである。

少女はオールを操りながら、父のこと、母のこと、また女学校のことなどをひッきり

なしに話して聞かせ、この間のテニス大会はどれほど面白い景況だッたかと仔細に物語るうちに、自然にオールを休め、身体をいろいろに動かしてその勝負を見るごとくに演じるのだッた。

活潑なうちにも上品さを失わず、間近にあると、美質はいっそう発揮され、俺の眼にはほとんど照り輝くばかりに見える。俺はさながら夢の中の人のように、恍惚とその顔を眺め、無心にその声に耳を傾けるのみであッた。少女は俺の顔を見て、含み笑いをしていたが、

「貴君は伯爵なんですッてね。長らく外国へ行っていらして、そして大変な学者でいらっしゃるッて」と言った。

俺は低劣臆病の一面、傲慢なところのある男で、顕裔門閥が非常な誇だったから、この質問は至極俺を喜ばしたが、殊更雑駁に、

「ウム左様だ、旧弊な大名の倅ヨ、それを誰から聞いた」

と訊ねると、少女は、

「エー、宿でみなが評判していますもの、嫌でも耳に入りますわ」

と答え、また唐突に口を開いて、

「貴君のお顔の怪我はどうなすッたの」

　と問いかけた。

　俺にとって顔のことを言われるほど不快なことはない。思わず厳しく眉を顰めて、

「何故だ、なぜそんなことをきく」

　と詰るようにきめつけたが、少女は俺の語気に気付かぬ風で、

「宿では、戦争でお受けなさッた負傷だろうと言ッていますわ。華族様が戦争に行って弾丸にあたるというのは、たいしたことだと言っていましてヨ」

　と改めて繁々と俺の顔を眺めた。子供らしい好奇心から、只々、事実のところを聞知りたいというので、俺の顔を見ながら一心に返事を待っている。俺は咄嗟になんと答えようもなく、

「左様サ、威海衛砲台の攻撃で、敵の砲弾にやられたのだ。醜いか、よッぽど怖らしいだろう」

　と冗談にしてハグラかすと、少女は気を入れた真顔で、

「恐ろしいことなどありますものか、凛々しくて、お立派にさえ見えますわ」

　と仔細らしく頷いてみせた。

少女は俺の面相を別になンだとも思ってはおらぬ。俺にとっては実に望外なことで、久しい間、心の中に蟠ッていた鬱懐が一時に晴れあがるような気がした。生涯を通じて、この時ほど天空海濶な思いをしたことがない。率直な男だったら、少女の手をとって押戴いたこッたろうが、なにしろ因果な気性なもンだから、むしろ毒々しい口調で、

「仲々、親切なことを言うな。フン、お前は随分と愛想のいいほうだ」

と捻じくれたことを言った。

どれほど素直に育ったものか、そうまで凝滞する俺を鬱陶しいとも思わず、それからは毎日のように俺の部屋へ遊びにくる。中庭から声をかけて散歩に誘いだす、遊戯をする。おいおいに親昵して、俺の部屋で食事をするようになった。これまでは懶くばかり観じていた世の中が俄かに面白くなり、出逢おうとも思わなかった愉快のために頭まで冴々とし、いっそのこと、この少女を家に入れて妻にしたらと考えるようになった。

少女は横浜の生糸仲買人の二女で陶と言い、当時十八歳で、桜井女学校の四年になっていた。俺の虚飾心は別として、仮にも勲爵を身につけている以上、それに伴う格式というものもあり、気に入ったからといってイキナリなことも出来にくいが、出来合いの新華族の中には、芸者上りに小袿を着せ、大きな顔で北ノ方に据えているものもい

る。それに比べると、よほど筋が通ッている。陶の父は旧弊な商賈根性のもので、俺の前へ出ると容易に顔もあげぬという風だから、権勢の及ぶところを示せば否やはあるまい。その方はいいとして、求婚する前に陶が俺を愛しているという確かな心を知りたく、質問が咽喉元まで出かかるのだが、万一、撥ねられでもしたらそれこそ不面目だから、有無を言わさずに妻にしたほうが無難だと考え、本心をうちあけるようなこともせず、故意に無愛想な面で陶に対していた。

翌三十六年の六月、盛大な結婚式を挙げて陶は妻になった。これが貴様の母である。結婚の記念に、はじめて陶と逢った箱根三ッ石の湖畔に別荘を新築し、これに瀟湘亭と名をつけた。最初は愛々亭とするつもりで篆額まで彫らせたが、他人が笑うだろうと思ってやめにした。

新築匆々、箱根へ出かけ、二ヵ月ほど水入らずに暮していたが、妻になってから陶はいっそう活潑な素振りを見せるようになり、無邪気な遊び事を考えだしては、一日中、子供のように跳ね廻って遊んでいた。俺はただの一度も処女と交わったことがなかった。過去に引ッ張り合ったものはみな娼婦内侍のたぐいばかりだったから、真正の淑女というものは、どれほど真実で、愛情の深いものか、一向に御存知なく、心の深いところなどは、到底、見抜くことが出来なかった。後になって思うと、陶のそうした振舞いは、陰気な俺の気持を、いくらかでも賑わしてやりたいという純真な試みだッたのだが、俺はそれを育ちの悪い下司(げす)な所行(しょぎょう)だと解釈し、同族の誰彼がこんなところを見たら、なんと言うだろうと心配したものだから、厳重に規律して、華族の妻たるに相応(ふさわ)しい女に作りあげようと決心し、市ヶ谷の本邸に帰るなり、式部寮のパーマー嬢に英語と西洋礼式を、ほかにピアノと乗馬を学ばせ、監修には俺自身がみずからこれに当った。

陶は物事を思い詰める一本気なところがあるので上流社会に出ても劣(ひけ)をとらぬ貴婦人になッてくれようと覚悟したものとみえ、定(き)められた時間では満足せず、書机(しょき)に向って夜を徹するのが毎日なので、活々(いきいき)と紅(あか)かった頬の色は次第に蒼ざめ、平素の活潑さが失われて極端な無口になり、時々ションボリと机の前に坐って、溜息を洩しているのを見かけるようになった。言わば御注文通りの女になった訳である。

俺は陶に溺愛し、ほんのちょっとの間も傍から離したくないほどに思っていたが、例の避け難い猜疑心から、畢竟(ひっきょう)、この女も栄爵と権勢に憧憬(あこが)れて嫁入ッたのであろうという疑念を取り去ることが出来ず、それに持前(もちまえ)の卑屈な根性で、自分の愛情を露骨に示すことがなんとなく面映(おもは)ゆく思われるもンだから、権柄(けんぺい)に任せて粗暴放埒な振舞いをし、時には訳もなく手を挙げて打つようなことすらあった。また俺は生れつき色慾の旺盛な方だッたが、陶に軽蔑されたくないというので、務めて寡慾潔癖を衒い、夫婦らしい夜を過すのは月に一度か二度、それも嫌な義務ででもあるように雑駁に済してしまうのが常だッた。

当時、日露の風雲ははなはだ急迫し、九月には露国公使ローゼンと小村全権の会見などあり、日露の開戦は避けられぬところと思ッたから、時流を察してまたもや虚偽の名声を博してくれようと思い河野等の対露同志会に呼応し、華冑界に率先して開戦論をとなえ、心にもなき奔走に寧日なく、家庭に尻を落着ける暇もないほどに走り廻っていた。

その年の十一月、陶が懐妊した。俺は陶の智情の成熟をねがうかたわら、いつまでも若く美しくして置きたい希望があり、子供が生れて陶の愛情がそッちへ移るのを恐れたので、その頃、最新の学説だッたヨハン・メンデルの遺伝法則の理を説き、貴様の教養が出来上らぬうちは絶対に嗣子を生むことはならぬと規定し、哀訴歎願に耳も藉さず、厳重に堕胎することを命じたが、この計画は美ン事失敗し、堕胎させるために施した種々の手段は陶の肉体を弱らせただけで終り、翌年七月、九ヵ月の早生で男子を分娩した。これが貴様である。

陶は健康を損じて悪性の貧血に悩まされ、一日幾度となく眩暈卒倒する風なので、九月末、予後療養のため、看護婦と三四名の下婢を附添わせて箱根の別荘へ送ったが、開戦以来、俺は華族会館に恤兵会の事務所を置き、もっぱらその事務に尽瘁していたので、勢い陶を見舞うこともなく、翌三十八年の六月までの間に、たった二度ほど行ったきりだッた。

六月十日、恤兵会の用件で小田原の知人を訪ねた帰り、急に箱根へ行ってみようと思い立って、三枚橋で腕車を傭った。

途中を急がせ、八時頃、別荘の裏手に到着し、湖畔の柴折戸から飛石伝いに母屋のほうへ行くと、庭に向いた日本座敷に皎々とランプが点されて、大勢の人声がする。

植込を透して眺めると、兼ねて見知越しの日疋という女流文士、弓削という二六新報の探訪、詩人の北村などの大一座が下司張ッた掛声をかけながら花合せをしており、喰い荒した鉢物やら徳利やら、ところも狭に置き散らしたなかに、下賤な面がまえの男女が五人ほどごろごろ寝ッ転がっている。陶はと見ると、やッつけの束髪結びにだらしなく羽織を引ッ掛け、脛を蹴出さんばかりのしどけない立膝で縁の柱に凭れ、月琴を抱えて俗曲かなにかを歌っていた。

あまりにも思いがけない光景なので、我を忘れて見ていると、狐のような面をした書生がむっくりと起きあがった。

「諸君は文芸界に掲載された二葉亭の四人共産団を読んだろうか」

というようなことをいった。傍の一人が手を振りながら、

「評論はよせ、酒が饐えらア」

とキメつけると、件の書生は肩を揺ってせせら笑い、

「早合点すべからず、二葉亭の趣向をモット捩れア、わが箱根共産団の戯作ができるッてことサ。吾輩、寝ッ転がッてつらつら考えるところ、彼の豪胆なるキルジャーカに当るのは、なんといっても日疋女史さね。空手で野郎の総まくりなンてのは天晴れ天晴れ、なかんずく、北村大人などと来ては」

日疋は左手に花札を摑んだままそッちへ振返って、

「アレ、岡焼居士がまた妙なことを言っていますよ、人を馬鹿におしでない」

縁にいる陶の方へ流眄をつかいながら、

「そこにいるどなたかのように、澄ました顔で隠し食いなさるのとは違います。失敬

ナ、妾はこれでも処女ですヨ」

思わせぶりなことを言って、明いたほうの手を北村の腰に廻し、

「北村さん、言わしてばかり置かないで、いッそ本色になって気を揉ませようか」

と、なにか妙な科をしてみせた。

一同はヨウヨウとか、チェストとか盛んに囃したてる。女学生風の海老茶袴は、アア耐らない耐らないと身体を揉んで立ちあがると、

「見せつけられてばかりいて、逆上てしまうワ」

と先刻の狐の傍へ行って、

「すこし散歩しましょう。よウ、ぶらつこうッてばねえ」

と手をとってひきたてた。

狐はされるままに立ちあがって、

「風は金波を揺がして遠く声あり、船頭、何ンぞ耐えん今夜の情か、オイ、戸外へ行くと、怖いことがあるぜえ、承知かア」

と言いながら庭へ下り、手を取合ってこッちへやってくるので、恐入って湖畔までひき退ると、狐の書生は女学生の八ツ口から手を入れて肩を抱き、縺れるように裏の林へ

入って行った。

俺は玉紫陽花（たまあじさい）の咲いている叢（くさむら）にしゃがんで息をころしていた。考えれば考えるほど不埒（ふらち）な所行だから、踏込んで叱りつけてやろうと思ったが、雑輩どもに怒気を見られるのは不見識だから、一同が退散した後のことにしようと考えなおし、それまで時間を浮ヶ島の高木という弁護士の家でつぶすつもりでいくと、高木は賽（さい）ノ河原の知人のところへ碁を打ちに行っているというので、やむをえず湖畔の金波楼という料亭で不味（まず）い酒を飲みながら時を消していた。

十一時近くになったので、下司どもも退散したろうと、庭先からいきなり母屋へ行くと、退散どころか先刻にも増した大活況で、大童（おおわらわ）になって雨の坊主のと騒いでいる。これではいつまで待っていても埒が明かぬと思って、縁から座敷へ上ると、一同の狼狽ぶりは見るもあわれなくらいで、動顛（どうてん）して腰も立たず、雷にでも撃たれたようにその場に慴伏（しょうふく）してしまッた。追々、召使どもも奥から走りだしてきたが、俺が前触れもなく供も連れず突然やって来たのを、自分らの失態の糺明（きゅうめい）に来たのだと思ったらしく、廊下に平伏したまま顔もあげない。

見るところ、座敷には陶もいないようだし、俺にしても、いつまでもそんなところに懐手をして突ッ立っている訳にもいかぬ。襖を開けて陶の居間のあるほうへ行こうとすると、日疋が急に俺の羽織の裾をひき、

「ご前様、どちらへ」

と馬鹿なことを訊ねながら、這うようにして膝行だしてきた。

「夫人は御気色が悪いとおっしゃって、さきほど御寝になりました」

と言うから、ウンと答えてまた行きかけると、日疋は前へ廻って、子供の通せんぼのように両手をひろげて立ちふさがった。

「なんですかソノ、たいへんにお悪いそうで」

言うこともしどろもどろなので、さては奥になにかあるなと、日疋をおしのけて奥へ突進んだ。

後ろで日疋がアレーと悲鳴をあげた。どう間違ったって、こんな輩の前で端ない振舞いをするはずはないのだが、先刻からたまっていた鬱屈と憤懣が、未熟な酒の酔といっしょに一時に発し、どうしても感情を制止することが出来ない。廊下を踏み立て、陶の寝室へ行ってドアの握りに手をかけると、内側から鍵がかかっていてガタガタとう

ろたえ廻るのが手にとるように聞える。そのうちに庭に向いた硝子窓を開ける音がするから、猶予はならぬと、廊下にあった樫材の花台でドアの鏡板を打壊しにかかった。誰か後から抱きついて俺を引離そうとする。花台で頭を叩き割られなンだのがそいつの倖せだッた。

大荒れに荒れてドアを壊して部屋へ入ると、六枚折の屏風をひき廻した内側に明々と台ランプを点し、布団の上に括枕が二つ、枕元には燗徳利や小鉢まで置いてある。相手は窓から逃げたのだとみえて、窓際の畳の上に、白足袋と腰下げの煙草入が落ちている。足をあげて屏風を蹴倒すと、その蔭に、人形のように白くなった陶が諦めきったように坐っている。長襦袢の胸元がはだけて乳の上のあたりまで透け、丸い隆起にランプの光が斜に射しかけて、美事な影をつくっている。

俺の心の中で惹起ッた気持は、劣情と言おうか、嫉妬と言おうか、恍惚と言おうか、その三つが等分に入交ったようなとでも言ッたら、あたるかも知れぬ。しかし、それも一瞬のことで、俺の胸元に野蛮な激情が突っかけて来、束々と陶の傍へ行くなり、力任せに肩を蹴った。陶はアッと叫んであおのけに倒れ、腿脛も露わな前裾をつくろおうともせず、死んだようになって眼を閉じている。

それから後、どんな騒動をやらかしたかなに一つおぼえていない。大勢して俺の腕と肩を支え、むりやり座敷のほうへ引擦(ひきず)って行ったことだけが微かに記憶に残っている。気がついてみると、俺は人気(ひとけ)のない座敷の真ン中に一人で寝かされ、冷汗を流して震えていた。

初更に近い様子で湖水をわたる夜風のほか物音もなく深沈と夜が更けている。陶はどうなったろうと、手を拍(う)ってみたが、誰も出て来ない。召使どものいる下屋(げや)へ行ってみると、看護婦と下婢がひとかたまりになり、生きた空もないようにすくまっていた。夫人(おく)はどうしたと訊ねたが、存じませぬというばかりで埒があかない。

いずれにしても結着をつけぬわけにはいかぬのだから、邸中を探したが、どこにも見あたらない。もしか貴様の傍(そば)にでもいるのかと子供部屋といっている別棟をのぞいたがそこにもいない。やむをえず、座敷へ戻って腕を拱(こまね)いて考えていたが、俺の胸にあったのは、忿怒でもなく、悲哀でもなく、妬忌(とき)の念でもなく、どうして体面を繕おうかというそのことであッた。慮外な仕儀で、前後のさまもとりとめないほどだが、狷介不羈の、剛直のと世間から囃し立てられている俺にとって、この不都合は災厄以上のものであった。一座の中には事あれかしの弓削などもいたことだから、明日の夕刊あたりに毒々しい雑報調で盛んに書きたてることだろうが、俺の名が探訪ずれの筆の先にかかって散々にひきずりまわされ、俺の名聞に容赦なく墨を塗られるかと思うと、考えただけでも腹が立って身の内が震えてくる。

未練の鼻ッ垂しのと、俗嘲卑罵を浴びながら引込んでいるわけにはいかぬから、対抗上、姦通の告訴を提起することになるのだろうが、それもあまり褒めた話でない。衆人環視の公判廷で、「ハイ、この男に家内を寝取られたのに相違ございませぬ」などと陳述したら、それこそ恥の上塗りである。

俺は二進も三進もいかぬところへ落ち込んで藻掻いていたが、こういう不味い始末になったのは、あの時、手ぬるい扱いでやめてしまったからだと気がついた。殺さぬまでも、激情に任せて、斬るなり突くなりしていたら、それで一応の名分が立ち、笑われッぱなしになるようなこともなくてすんでいたろうにと、それが残念でたまらぬ。

やり損ったと思うと、気持が昂ってきて、ただ一つのことの外、なにも考えられなくなった。つまりは今からでも遅くない。思い切ってやってしまえということなのである。お手討も時代めいて些か烏滸だが、そうでもするほか、面目を保つ方法がない。そんなことを考えているうちに、自己的な才覚ばかりが発達して、どうでもやるほかはないという方へ気持が傾いた。

　正直なところを言えば、本当の俺の気持はその時別な方へ働いていた。姦通の現場を見たときは、なるほど激発もしたろうが、陶があんな不埒を働いたについては、そうなるように押しやったこの俺にも、罪の半分はあることを承知している。俺は子供のときから失望することに馴れているし、陶の愛情などは最初から期待していなかったから矢張りそうだッたのかと思うだけで、腹も立たず、況んや、殺したいほどに憎む気にはなれぬ。ああした現況を俺一人だけが見、外に誰も知らぬという絶対の安心があったら、不心得を諭すくらいのところですましていたろう。

　こうしてみると、俺という男は、どれほど卑怯で残酷で、且つ利己的な人間かということがわかる。名聞のため、自己一身の体面を保つために、憎んでもいぬ妻を殺そうという。人間は一銭のためにもよく人を殺す、その所行は残忍であろうも、俺の場合ほど卑劣ではなかろうと思われる。俺の心意は激情から醒め、既に冷理にかえっているのであるから、こういう気持では手にかけにくいが、絶体絶命の羽目だから、思い切ってやるほかはなかろうなどと考えている時、庭先に人がきたような気配がした。

　顔をあげてみると、箱根笹の繁った松の下闇に陶がションボリと立っている。

「おい」

と声をかけると、陶は張り裂けるほど眼を見ひらいて、だまって俺の顔を瞶（みつ）めている。

卒倒する前によくこんな眼つきをする。失神して倒れている奴は殺しにくかろうと思ったので、倒れられぬ用心に、

「陶、コッチへ来い」

と怒鳴ると、陶は蹌踉（よろめ）くように座敷へ上ってきて、畳に両手をついて頭をさげた。

「よく戻ってきた、戻るには戻るだけの覚悟をして来たのだろうナ」

と言うと、陶は貴様の寝て居る子供部屋の方へチラと眼を走らせてから、顔を伏せて微かに頷いた。

浮ヶ島の高木の家に着く頃、白々と夜が明けかけ、露で膝まで濡れあがって、その辺が痺（しび）れるようだッた。玄関の呼鈴を押したが、誰も起きて来ない。庭から縁側へ廻って、下駄で力任せに雨戸を叩くと、

「誰だッ」

と癇癪を起したような声がし、雨戸を開けて高木が顔を出したが、俺の恰好が凄かったのか、アッと言って部屋の中へ駆け込みそうにした。

座敷へ上がって胡坐をかくと、高木は顔を引攣らせて畏まり、しきりに上眼づかいをしている。

俺はいきなりに、

「陶が不埒を働いたから、手討ちにした」

と言った。

高木はエーッと息をひいて、顎のあたりを慄わせていたが、やがて眼を丸くして、

「不埒といって、どのような」

と痴な口をきいた。

「密通の現場を押えたから、殺してやった」

「相手は?」

「そんなことを俺が知るものか。これから東京検事局へ自訴して出るから、俺の弁護をして無罪にしろ」

高木は膝に手を置いて俯向いて考えていたが、しばらくすると如何にも当惑そうな顔

で、

「サー、私には出来そうもありませぬ」

と答えた。

高木は旧藩士の伜で、米国の費府大学で状師の免状をとり、まだ若冠だが出来がよく、訴庭で法官と輪贏を争ってもヒケをとるような男ではないが、因循する性質で、大切な時を尻込して失敗ってばかりいる。かねがね遺憾に思っていたもンだから癪にさわって、

「なにをフーリッシな、貴様に出来ぬことがあるものか」

とキメつけると、高木は両手で頭を抱えこんで、

「いやア、私などには、これはよッぽどの難件です。成算がありませぬ」

「だから、それを相談しようというのだ。それとも、引受けられぬ事情でもあるのか」

高木は顔をあげて、

「ナーニ、そんなことがありますものか」

と腕を組んで思案していたが、

「よろしゅうございます。及ばぬまでも奮発してみましょう。事実とすれば、驚き入っ

たことで、あのような御眷顧（ごけんこ）を受けられた夫人としては、実に忘恩（イングレート）な成され方ですから、その点に力を注いでリターニングすれば」

「左様（そう）さ、陶の方は、どう罵っても差支えない。材料が足りなければ口合（くちあわせ）をして事実を捏造（ねつぞう）しても構わん。しかしそれだけで無罪になりそうか」

「イヤー、それだけでは難かしゅうございます。なにか違法性の阻却された事実でもなくては」

「結構だな、そういう都合にしても貰おうか」

「と、おっしゃられても、そう手軽にはいきません。それはともかく景況を伺って置きましょう、どういう具合にして殺害なさッたのですか」

「首を締めて殺した」

「蘇生なさるようなことはございますまいか。自訴なさッた後で蘇返（よみがえ）ったりしたら、飛んだ物笑いになりますから」

「衿（えり）を摑んで締めあげ締めあげしていくうちに、耳と眼から血が流れてきた。万が一にも蘇返るはずはない」

「何故、刀かピストルを用いられンかッたのですか」

「手許に無かったからだ」

「逆上なすッて、そんなものを持ち出す暇がお有りにならなかったのですネ、それはよろしい」

「オイオイ、俺は逆上などはせぬヨ。至極落着いていた。持出したくとも、別荘には刀もピストルもないのだ」

「どうでもよろしゅうございます。で、死体はどうなすッたので？」

「ボートに乗せて、重石(おもし)をつけて湖へ投げこんでやった」

「どうしてそんなことをなさッたのです。なぜ現場へ放ッて置かれンかッたのですか」

「癪にさわってたまらぬから、湖水へ投込んでくれたのだ」

「場所はどの辺で？」

「仏ヶ崎の沖だ」

「あの辺は蘆ノ湖でも一番深い個所で、盛夏の候でも五十尋(ひろ)からありますが、貴君(あなた)はそれを御承知の上で、そこへ捨てなさッたのですか」

「左様だ。それでは不都合か、具合が悪いか」

「ハー、それでは感動犯としての条件が怪しくなって来ます。承知でそういうことをなさッたというのはいけません。邸に置くのは穢らわしいから、湖畔まで引摺りだして夢中で押し落した、とでもいたしましょうか。そうでもいたしませんと」

　俺は畳の上に足を投げだして、

「ボートで運んで捨てたッて、たいした不都合はなかろう、貴様は責任阻却と言ったが、そんなら俺は無罪ヨ。これでも俺は狂人なンだぜ。外国から帰るとき、印度洋の真ン中で確かに一度は発狂しているンだ。俺は狂人だから、なにをやッたって責任は持たんヨ。一切夢中でやったのだ、辻褄が合わンけれゃ、いっそう結構じゃないか」

　と言うと高木は俯向いて苦笑していた。

　六月十二日華族局へ隠居届を出し、その足で東京検事局へ、自訴した。即日、鍛冶橋監獄の未決監に繋がれることになったが、第一回公判で高木が精神鑑定の請求をした結果、残欠治癒と鑑定され、十月一日、第二回の公判廷で、責任無能者の故をもって無罪放免の宣告を受け、同三日、出獄した。

　出て見ると、果して評判がいい。この事件に対する世間の批判は、久しい以前から妻の不義淫行を知りつつ隠忍していた為、一度治癒した精神病が再発し、衝動的に殺人を行ッたもので、夫をして再度発狂させ殺人罪を犯せしむるにいたったのは、すべて妻の責任だということに一致していた。同族の誰彼はみな俺の同情者で、中には手紙で祝辞を述べて来るものもあるという次第だから、俺としても愉快ならざるを得ない。その月の五日、同族、関係者百五十名を柳橋の大中村に招いて盛大な出獄祝をやったが、これがまた非常に評判になッた。その方は栄福だったが、監獄はやはり監獄だけのことがあるので、獄中で些か健康を損じた。心神が屈託して仕様がない。それでしばらく静養するつもりで箱根の別荘へ行った。

予告しておいたので、前栽の植木なども手入れが届き、床の間に花を飾ったりして気を使っているが、あの日の思い出は払い退けることが出来ない。陶がションボリ立っていた箱根笹の上に霜がおり、風が吹くたびにサヤサヤ鳴る。陶の部屋へ行って見ると、机の上の青磁の花瓶に寒菊が二三本挿してある。日毎に取換えるのだろう。水もまだ新しい。嫌でも思い出させるものがあって、愉快でない。

朝ごとに霜が強くなり、神山の頂きが薄ッすらと白くなったと思うと、満山の楓葉が飛落し、一夜のうちに稜々たる山骨が露呈してしまった。俺は風邪気味で、懐炉を背負って憮然と庭を眺めていると、遠くから大勢の声が近づいて来て、玄関の方でなにか口々に呼び合っている。なにが起ッたのかと思っていると、甚造という下僕が走り込ん

できて、沓脱石に両手を突いた。俺は縁へ出て、

「なにを騒いでいるんだ、静かにしろと言え」

と叱りつけると、甚造は息を切らしながら、

「今朝、梅屋の重吉が深良の川口へ鰻の筌を揚げに行ったれば、蘆の根ッこに、ほとけさまがツラまッておりますゆえ、怖わ怖わ検分いたしましたところ、それが奥方様の御遺骸だッたンで御座いまして、なンともはや、お傷しいお姿で、それでみなでお運び申しあげ、只今、控の間へ」

「誰に断って、死骸なンぞ持ち込む。あまり勝手な真似をするな」

「では、岸へ放り投げて置けとでも仰言せられるのですか」

と、犬が怒ったような眼付で俺を見あげた。

「控えろ。湖水に身投げする奴は、年に一人や二人ではあるまい。もう半年も経っておるのに、どうして奥だと言う判定がつくのだ。彼処へ行って、皆にうろたえるなと言え」

「御言葉を返して、失礼では御座りまするが、誰が見ても、紛れのないことで」

と言って動かぬ。

心中に惹起された感情を、なんと名づけていいかわからぬ。真実のところ、俺は陶を殺してはいない。あの時、俺の決心は少しも鈍っていなかッた。俺は陶の胸上に馬乗りになり、少しずつ力を増しながら首を締めあげて行った。なぜ殺せなかッたと言えば、首を締めたこと、俺の手が陶の肉体に触ったことがいけなかったのだ。拙かった。陶は足の指を蟹のように折曲げ、薄眼の中で眸を寄せ、俺にしっかりと抱きつきながら口を開いてア、アと喘ぎ出した。顔には湯上りのような血の色が差し、髪の生際が艶めかしくシットリと汗ばんでいる。俺は力を入れながら、

「どうだ、苦しいか。ナニ、今すぐだ。我慢しろ」

と言うと、陶は俺の方に顔を差伸べ、首を振ってニッコリした。小さな朱い唇は、俺の接吻を求めているように、震えている。俺は身の内に名状し難い劣情を感じ、あわてて陶の肉体から飛び退いた。

それを敢えてするだけの正直さがあったら、俺の半生はこれほどまでに不幸ではなかッたろう。俺の心は白け生温くなり、人を殺すには最も不適当な状態になってしまッた。俺は懐手をしながら苦い顔をしていたが、

「命だけは助けてやるが、生きていると思ってはならぬ。貴様は今日限り死んだのだ、

三島の蓮月庵へ行って尼になって一生暮らしていろ。名を名乗ることも、そこから出ることもならぬ」

と申渡し、陶をひき立てて庭から湖畔へ出、ボートに乗せて深良川の方へ漕ぎだした。湖尻峠を越えさせ、深良村から三島へ落してやるつもりだッたのである。

磨き出したような十日月が涓々と湖上に照り、風は蘆荻を吹いて長葉を揺らめかす。四辺闃として、聞えるものはオールの音のみ。陶は艇首に坐り、首を垂れて一言も言わぬ。俺も言わぬ。言うことがあり過ぎて、かえってなにも言われぬような心持であった。

四十分ばかり漕ぐと、深良の川口に着いた。俺は手を貸して陶をボートからおろし、財布のまま金を懐へ押し入れてやった。陶はお辞儀をすると、甲斐甲斐しく裾を端折って、笹原の中に細くついている小道へ入って行った。ボートを漕ぎ返しながら振返って見ると、陶は小高いところに立って、コッチを見ていた。

玄関脇の控ノ間へ行ってみると、白布で蔽った骸を戸板に乗せ、その周りに家傭どもと村の者が畏まっていたが、俺の顔を見ると、駐在所の巡査が恭しい手つきで白布を捲りあげた。

死体は鯨の脂肪肉かアルコール漬の胎児の標本かというような白けた冴えぬ色をし、わずか耳の上に残った五六本の髪の毛が眼窩に入りこみ、耳の穴から青々と水藻が萌えだしている。脇腹の肉が無くなって、肋骨の奥に魚の白子のような臓腑が透けて見え、胴中に巻きつけた縄の端が尻尾のように尻の下から喰みだしていた。

誰か知らせてやったのだとみえ、高木が真ッ青な顔をして駆けつけて来たが、一目見るなりウーッと奇妙な声をだし、泣かんばかりのようすで、

「アー、実にどうも、お気の毒なことをした」

と言って合掌した。

馬鹿馬鹿しく、忌々しく手も足も出ないような心持でジリジリしていると、巡査は不愛想な俺の顔を見て、悲歎に暮れているとでも感ちがいしたのか、諄々と弔辞を述べてから、

「なにしろ、水に漬っておりましたことで、大分と御相好が変っておりまするが、然し、なんと申しましても、これは御内室の御遺骸であるべきはずなので御座いまして、間も無く、検視官も来臨いたしますが、その前になにか特徴を御発見下さいまして、閣

下の御認案を頂きたいので」

　すると高木は、叱責するような口調で、

「なにを下らん、認める認めンもないじゃないか。奥様の御遺骸でなくて、一体誰の死体だと言うんだ」

　と蒼くなって捲したてた。

　俺は高木を怒鳴りつけてやろうと思ったが、怒鳴るべき言葉が見当らない。どこの乞食の果てか知れぬ、こんな見苦しい死骸を背負いこむ位いなら、いっそ事実を公表したほうが優しなので、茶番じみた愁傷を尻眼にかけ、

「オイ、俺は陶を殺しはせぬヨ。陶は三島の尼寺にいるンだ」

　と言って退けたら、さぞ清々するだろうと考えていた。

　なるほど、それは痛快であろうも、それを言って退けると、生優しいことではすまなくなる。不実の申述をして裁判を進行結審せしめた廉で、違警罪に問われて監獄に繋がれねばならない。これこそは法に於ける嗤うべき遺漏の一つだが、殺したと虚偽の申述して無罪になった俺が、殺さぬと真実の申述をすれば、かえって有罪になるのだ。

　この罪は秩序罪で、大罪というのではない。二年位いの懲役ですむから、その方は大

して不都合はないとしても、事情を述べる段になると、俺の卑劣臆病な性情、軽薄浅膚(せんぷ)な虚飾心が底の底まで評隲摘抉(ひょうしつてきけつ)され、ありありと白日の下(もと)に曝(さら)されねばならぬ。それぼかりはなんとしても耐えられることでないから、それが厭なら、あくまでも殺人犯人になりすまし、これこそは俺が手にかけた当人の死体だと証言しなければならぬ。水死人の方はずいぶん迷惑だッたろうが、これは俺によって首を締められ、俺によって湖水へ投げ込まれた妻の死体だと、ついつい承認してしまッた。巡査を始め、一同の者は、非常に満足していた。

俺は奥へ戻って膨れッ面(つら)で坐っていたが、フト心中に萌(きざ)した疑念のために、胸を刺貫かれるような思いがした。あの見苦しい肉塊は、真実、陶の死体ではないのか。死体は深良川の傍で上ったということだッたが、俺のボートが見えなくなってから、陶がそこへ身を投げたのではなかろうか、というその疑念である。陶は従順な一面、非常に思い詰める性情だッたから、それ位いのことはやりかねない。俺は陶を殺してはいないのだから、今迄は死骸を見てもなんの感情も惹起(ひきお)きなかったが、陶が投身したかも知れぬということになれば、話はまた別である。

俺は急に立って控へ行き、人目もかまわず白布を捲って見た。死体の肉身はいちじるしく腐爛し、魚族に喰いとられ、岩に擦れ、二た目と見られぬような惨状を呈しているが、元来、貧栄養湖の寒冷な水の中にあッたものだから、ところどころに完全な形が残っている。首から肩へかけたあたりの肉付は、生前華車な美しい身体だったことを示している。胸とてもその通りで、さぞムッチリした、豊かな胸だッたのであろう。その俤も充分に残っている。見れば見るほど陶の身体に似ているようで、そのうちに気もそぞろになッてきた。陶の下顎の門歯と犬歯の間に小さな虫喰孔があッたのを思いだし、恐る恐る顔をさしかけてのぞきこんで見ると、そこに見馴れた孔があった。俺は思わず尻餅を突いた。

これがあれほどまで美しかッた陶の身体なのか。黒曜石のような聡しい眼のあった個所には、眼窩が暗い孔を開け、桜貝のような愛らしい耳が着いていたところから藻草が青い芽をだしている。俺を抱き、俺に枕を貸したあの嫋婉やかな腕は、いまはことごとく肉崩れ落ち、水に晒された一本の白い腕骨にすぎぬ。

この世で出逢おうとも思わなかった無残無情を眼のあたりに見て、俺はさながら胸を引裂かれる思いだッた。自ら手こそ下さなかったが、行末、長く咲くべかりし清純の花を、おのれ一個の体裁をつくろうために、無残にも摘取って地獄の口へ追いやってしまった。自ら手を下した死体の前に坐っていても、これほどの慙愧の念は感じられまい。地獄の口が一旦嚥みこんだものを吐きだし、このようにも悲惨な有様にしてワザワザ俺の前に持ち運んだのは、それによって退ッ引ならぬ証拠を眼前に突きつけ、酷薄卑劣な罪業をいちいち思い当らせようとしているのに違いない。して見れば、この骸の上に残された傷も、汚点も、腐爛も、みな俺の臆病、卑劣、虚飾、自己心によって成された罪の紋章であらねばならぬ。

間もなく検視官と屯所の医師がやってきて、型のような検視を行った。それが終って陶の身体を棺に納めようとするとき、一塊の肉が脛から剝離してポロリと戸板の上に落ちた。俺は袖で顔を蔽って泣いた。

陶が生きていると思っていた間は、さしたる感情もなかったが、もうこの世に居ぬ、この世では逢うことが出来ぬと思うと、後悔とも愛憐とも名状のつかぬ思いが湧涌してとめることが出来ぬ。俺はこの湖畔ではじめて陶に逢い、この湖畔で陶に別れることになッた。最初の日、陶がボートの中で語った話や身振り、結婚してからのさまざまな邪気ない遊戯、忘れていた細かいことが記憶に甦ってきて、事ごとに涙を絞らせる。

棺は広間に安置した。陶がオルガンを奏いて一人で遊んでいたその部屋である。棺の前には陶が好んでいた秋薔薇の花と博多人形を供えた。思えば、愛らしくもまた純真な妻であった。陶がどれほど優しく、真実で、愛情が深かったか、死なれて見るとそれがよくわかり、それだけに諦められぬ。今にして思えば、陶こそは、この世で真実に俺を愛してくれたたった一人の女だった。俺とても、心から陶を愛していたのだが、未熟な性情が迸出を阻んでいたのに過ぎない。今ならばと言ったッて、陶はもう死んでしまった。おのれの馬鹿がわかッた時には、陶はもうこの世におらぬのである。

棺の前に坐って、滅々と棚曳く線香の煙を見ていると、いかにも今生の別れというような気がして悲しくていたたまれぬ。人のいないところへ行って、思うさま泣いてやろうと思い、庭のつづきから裏の林へ入って行った。

小道の両側には、杉、楢、檜などが繁りに繁って、陽の目を蔽い隠すばかり。啄木鳥の声が樹林に木精し、深山にでもいるような気持がする。暮近い、暗い小道の落葉を踏みながら悒々と歩いているうちに、急に涙が胸元に突ッかけてきた。杉の幹に額をあてて泣いていると、その辺で、枝の折れるような音がした。

陶が両袖を胸の上でひきあわせ、顔を白ませて夕闇の中にボーッと立っている。俺は悲しみのために頭が狂い、また妄覚にとッつかれるようになッたのかと思い、影のようなものをぼんやりと眺めていた。陶は濃紫（こむらさき）のお高祖頭巾（こそずきん）をかぶり、同じ色の吾妻コートを着て、やはり俺のほうを瞶めている。しかし生きた人間でない証拠に、顔の輪廓が薄れたり朦朧（もうろう）となったりする。なんであろうと懐しくてたまらぬから、

「陶」

と声をかけると、陶は子供のようにしゃくりあげながら飛込んできて、息のつまるほど俺の首を抱きしめてオイオイ泣いた。

陶が死んだのではなかったと思うなり、陶の生きているところを誰かに見られたら、それこそ事だとうろたえだした。このあたりはまだ林の入口で村童（さとのこ）がよく枯枝を拾いに来る場所だから、俺は陶の背を撫でながら、

「大きな声をだすな、人が来てはならんから」

と言うと、陶は急に泣きやんで、涙に濡れた大きな眼でジッと俺の顔を瞶め、

「貴君（あなた）を殺して妾（わたし）も死ぬつもりで来たンですから、もう名聞なんかどうだっていいんです。ねえ、どうか一緒に死んで頂戴」

と言いつつ、帯の間から鞘（さや）のまま短刀を抜きだして見せた。

世に能弁利口、人に取入ることの巧妙な者があって、それが千万言を費そうとも、陶

の一言ほどには俺の心霊を振蘯させ得なかッたろう。俺は真実陶に愛されていたことを、この時率然とコンプレヘンドした。俺の筆をもってしては、この時の感情は描出すことが出来ぬ。仮りにバイロン、ギョエテの如き名筆を持っておったとしても、同様に不可能だッたろうと思われる。

　俺は嬉しさのあまり泣いていた。陶がハンカチで度々俺の涙を拭ってくれていたようだッた。俺は子供が大切な玩具でも握っているように、無闇に力を入れて陶を抱き締めながら、

「よく戻って来ておくれだッた。俺は貴様に逢いたくて、今もそこで泣いていたンだぞ」

　と埒もなくおなじことを繰返していたそうだ。陶が笑いながら今でもその真似をして見せる。

　二人は縺れ合うようにして林の奥の小屋に行き、そこで交媾した。立木を柱に取って板屋根を差掛けた掘ッ立小屋で、入口が土間になり、四、五畳の古畳を敷いたところに居炉裏が切ってある。山番が雨に逢った時の避難所だッたが、今は立寄るものもない。

　二人は抱合いながら口措かずに喋言り合った。陶はどんなに俺を愛していたか、俺に

嫌われていると思って、どれほど淋しい日を送っていたか、その淋しい日が、どれほど苦しかったか。

「だから、あなたのかわりに、あのひとに来てもらったンです。あの人に言いました。妾(わたし)は奥平(おくだいら)だと思って、あなたとナニするンだから、貴君(あなた)もそのつもりになって、出来るだけ上手に真似をして下さいって。うまく貴方になってくれた時だけ、ナニしたのでした。いけなかッて？　妾はやッぱり操(みさお)を穢(けが)しましたの？」

と邪気(あどけ)なく俺の顔を見あげ、

「妾はそう思いません。なぜって、妾は貴方とばかり、ずウっといっしょにいたンですもの」

「それで、貴様の相手は誰だッたのだ」

陶はフンと鼻を鳴らして、

「これだけは、殺されても言うまいと思ってたンですけど、今なら申します。実は、高木だったンです」

「矢張り左様(そう)だったのか」

「知っていらしたの」

「死骸が湖から上った時、真青(まつさお)になッて飛んで来て、合掌したり念仏を唱えたり、平素にない振舞をするから、ハハアと気がついた。あれ以来、高木は別荘番も女中も追出してしまって、広い別荘にたった一人で蟄居(ちつきよ)しているそうだが、大方、一人でキヤキヤしているのだろう。あいつは気の弱い奴だから、そんなことばかりしていると、いずれ首でも縊(くく)ってしまう。高木は血便が出るほど勉強して、俺を無罪にしたンだから、それ位の罪は、とっくに消滅している。俺はもう何も怒っておらぬヨ。貴様にたいしても、高木に対しても」

俺はありッたけの下着を脱いで陶に着せかけ、大急ぎで別荘に駆戻った。陶の夜着代りにする厚手の外套を二枚と懐炉を抱えて出ようとすると、座敷の隅に、通夜の客に配る折詰弁当が積んであったから、ついでに三つほど盗み出して小屋へ戻った。二度目には、首尾よく座布団と茶の入った土瓶を盗み出したが、途中、ふとところで熱い茶がこぼれ出して火傷をした。

読経のはじまる頃にまた別荘に帰ったが、心が弾ンでいるもンだから、焼香の途中で噴出(ふきだ)しそうになって閉口した。翌日、高木と二人で東京へ行って、無事に埋葬を済ませた。何処の誰とも判らぬ者の葬式に、高木ははじめから終いまで泣き通しだッた。どうしてそんなに泣くのかと訊ねたら、此頃、気鬱病で訳もなく泣きたいのだから、放って置いてくれと言った。

小屋の中に少しずつ品物が増えた。欠茶碗(かけぢゃわん)に沢庵を盛るようなことはあっても、さまで日常に事欠かぬようになった。俺は妻を殺して愛人を獲(え)たとでもいうところだが、ここに至っては二人の間にもうどんな嘘も見栄もない。俺が約束の時間通りに訪ねて行くと、陶は小屋から飛出して来て俺に抱きつきながら、

「よく来て下すったわねエ、嬉しいこと」

と、待ちかねていた愛人に言うような斬新な情意をこめて囁(ささや)く。それが俺には無性に嬉しかった。町で仕入れて来た乏しい食物を埃の立つ古畳の上に並べ、それを二人で喰べると、外套をかぶって一時間ほど眠る。

或日、俺は陶に言った。

「俺はこの生活が楽しくてたまらぬから、死ぬまで続けたいと思うのだが、此処にいて、お前が生きているところを見られると、監獄やなにかと煩わしいことが起るから、いッそ家も財産も抛って日本のどこかの隅ッこで、自由気楽に暮らしたいと思うのだが」

と言うと、陶は掌を拍って、すぐ賛意を表した。俺は陶の手を執って、

「しかし、金など持ち出すと発覚するから、ホンノ着のみ着のままで飛び出すのだヨ、死ぬまでこんな貧乏な暮しをしなければならぬのだ、それで宜いか」

陶は、いいわねエ、そうしましょう、と立上って勇躍抃舞し、すぐにも出て行きたい風だッた。

次の朝、いつもの時間に小屋へ行くと、陶が駆出してきて、昨夕、林の入口で高木に逢いましたと言った。俺は思わず眉を顰めて、

「それは拙いことをした、そして話でもしたのか」

「イイエ、妾を見ると、目玉をコーンなに剝きだして、後退りして、這うようにして逃げて行きました。幽霊だと思ったんでしょうから、大丈夫ヨ。なにしろ、妾が墓の下へ入るところまで見届けた人なンだから」

「イヤ、なんとも言えぬ。然し、高木なら口止めする自信がある。一寸、行って来る」

二時間ほどの後、小屋へ戻って陶に言った。

「オイ、高木が首を吊っていたヨ。天井の梁にぶらさがっていた」

陶はだまって俺の顔を見返した。高木の口をふさぐために、俺が行って締め殺したと

思っているわけでもあるまいが、なにか解せないような顔をしている。しかし別に何も言わなかった。俺は畳の上へあがると、陶の手を弄びながら、

「高木が死んだのを見たら、考えが変った。失踪なぞと生温いことせずに、俺が死んだことにしてしまおうと思うのだ。つまり、高木に失踪して貰って、俺の方は、自殺したことにする、高木の死骸を林の奥へぶらさげて置いて、俺の身代りにするのだ。そうすれば、綺麗サッパリこの世の縁が切れるというものだからナ」

夜の十一時頃、ボートを漕ぎ出して高木の家の裏手に着け、高木の死体を積込んで帰った。陶が岸に待っていて二人で運んだ。陶は足を持ち、俺は頭の方を持って、林の奥の方へ入って行った。死体は腹の立つほど重く、手懸りが悪い。月はあるが、木の葉が厚く繁っているので、下草までは届かぬ。茨や山葡萄の蔓が組合い絡合う暗い林の中で不器用な品物を運ぶのは楽でない。俺が転ぶと、陶も転ぶ。気の毒にも高木はいくつ擦傷をこしらえたか知れない。それでももう少しもう少しと、出来るだけ奥へ行った。そんな風にして一時間以上も歩いた。行手は楢の密生林で、それ以上は先へ進まれぬので、この辺でよかろうと縄で輪差をこしらえて高木の首を嵌込み、その端を持って欅の木へ攀登った。手頃な枝に縄を搦んで引っ張ると、陶は高木の足を持ち、低い声でヨイ

ショ、ヨイショと掛声をしながら押しあげた。

下から見あげると、高木は俄に白髪の増えた顳顬を銀色に光らせ、観念したような、どこか仔細らしい顔をしてぶらさがっている。骨折が劇しかったので、なにか立派な芸術品でも仕上げたような満足を感じ、俺は懐手をしながら、一刻ぼんやりと眺めておッた。

公用方秘録二件

犬（法朗西御使節モーズ侯一件）

一

安政五年八月十二日、フランス使節グロー男爵は条約書取替(とりかわせ)のため、プレジュウ、ラプラーズ、タンクレェドの三艦をひきいて江戸湾へ乗込んできた。一行は随員モーズ侯爵、天主教師通訳メルメ以下、二十五人である。

大老井伊直弼の公用人宇津木景福(うづきかげよし)が筆録した「公用方秘録」によれば、入港から出帆までの経過は次のようである。

八月　三日　上海(シャンハイ)発
同　十二日　品川沖泊(どまり)
同　二十日　法朗西(フランス)使節上陸、愛宕(あたご)下、真福寺(しんぷくじ)御旅館に入(いる)
九月　三日　仮条約書御取替、ミニエケーヘル砲六挺、短銃四挺献上、講武所

にて打方を伝授す

同　五日　午前十字、新銭座より乗艦

同　六日　午後一字、出帆

ところで、この中で最も重要な一項が朱筆でグイと抹殺されている。

八月二十八日　御使節御随行モーズ侯爵殿、西丸第二番隊青沼竜之助と、

於品川御殿山、西洋式決闘を被成

二

まだ朝が早く、見あげると、愛宕山の人丸のあたりはうっすらと靄のなかに沈み、鉾杉の頂だけが亭々とあらわれだしている。社殿の朱も道芝もしっとりと露に濡れ、いかにも清しい朝のひとときである。

西丸二番隊士、青沼竜之助は本地堂わきの屯所を出て役行者の前からぶらぶら女坂

をのぼって行った。

愛宕下の真福寺へフランス使節の一行が宿泊するようになってから、二番小隊の警備の受持は本地堂前から太神坊(たいしんぼう)までということになっているが、今朝の独り歩きは見廻りというようなことではない、胃の腑のための生理的な散歩なのである。

めずらしく酒も煙草ものまず、碁、将棋もあまりやらない。趣味は生物(いきもの)を可愛がることと、あてもなくぶらぶら歩きすることだけである。西丸にいる間は、毎朝、廓内(くるわうち)をひと廻りするのがきまりになっている。

無類の甘党で、麻布の百足屋(むかで)団子、本芝(ほんしば)の粟餅、八丁堀の金鍔焼というように甘いものでさえあればけっして尻込みをしない。したがって、年来、胃弱の気味である。朝のひと廻りをやらないと一日じゅう腹ぐあいが悪い。自然の要求でやむなくやっていることだが、警備隊士という役柄では、それがいかにも職務熱心というふうに見え、上役の間では、青沼はひどく糞真面目な男だという評判をとっている。

生物を可愛がるのは子供のときからのことで、とりたてて何をとかぎったことはない。犬でも猫でも小鳥でも、そういうかよわいものの世話をしてやることが出来ればそれで満足なのである。

三年前の冬大手前（おおてまえ）のお濠端で拾った犬に、三太郎という名をつけて可愛がっている。貧相なようすをしたつまらない駄犬で、なんの芸もないくせに盗み食いだけは名人である。青沼は、この犬のおかげでいままでどれだけ迷惑をこうむったかしれない。毎日のように尻を持込まれては嫌な思いをする。そのたびによく言いきかせるのだが、なんとしてもその癖がやまない。どうしてこうききわけがないかと思うと、腹が立つよりいっそ不憫になる。こんど、真福寺の警衛に出役（しゅつやく）することになって、心ならずも西丸下へ残して来たが、手荒な隊士たちに毎日どんな目にあわされているだろうと、いまも気にかかるのはそのことなのである。

この月の八日に新将軍が御宣下（ごせんげ）になったが、まだ先さま（家定）の大喪中で一般はなんとなく沈みこんでいる。あたかも安政の大獄がはじまりかけ、世上にはけわしい気風がうごき、英露米仏と開港通商の樽俎（そんそ）折衝の間に、このほうからもなにかしら大きな転換が来ようとしている。

御徒士（おかち）といえば将軍の乗物について歩くだけのつまらない役で、さして覚悟も見識も必要としないのだから、時世などに心をつかわなければならぬ義務はない。一昨年（おととし）の春、御講武所（こうぶしょ）といって兵学校のようなものが出来、御徒士を歩兵隊へ組みいれ、にわかに和蘭式の調練をはじめることになったが、組織が変れば人の精神まで変るとは限らない。むかしとはいくぶん身装はちがったが、青沼は依然としてむかしの青沼のままである。

眉も濃く、鼻梁も通り、眼鼻だちはさほど馬鹿げているというのではない。一応、立派な顔貌なのだが、いつも黄水に悩んで噯気ばかりし、どことなく一帯に皮膚がたるんで間の抜けた顔に見える。

それでも、むかしいちど志をたて、福田伊之助について揚心流の柔術を習いはじめたことがあったが福田の道場は稽古がはげしいので有名で、入門初心の一年は、毎日三十本の稽古を受けなければ帰さない掟なので、閉口して間もなくやめてしまった。

三

坂上の靄の中で調子のいい口笛の音が聞える。青沼は誘われるようにそのほうを見あげた。まだ姿は見えないが、寛濶に石段を踏みならしながらだれかこちらへ降りて来る。

「ははあ、モスの守か」

と、青沼は、つぶやいた。

屯所では、使節のグロー男爵をクロの守、随行のモーズ侯爵をモスの守、通訳のメルメ師をメリ僧正と呼んでいる。警備の心得の一端として、御使節の一行は、日本ならば何々の守といわるるご身分の方々であられるから、応待はそのつもりでせよと、歩兵頭並、城織部からねんごろに申渡しがあったからである。

フランス使節の一行はみな一様に朝寝好きで、十字をよほどすぎないと起きだしてこないがモスの守だけは例外で、いつも朝早くから洋犬をつれて山内を散歩するので、毎朝のように青沼と顔が合う。

モスの守は見上げるような大兵で、肩などは巌のように盛りあがり、頸筋はあくまで赤く、まるで蘇芳でも塗ったようである。モジャモジャした毛虫眉の下にいかつい眼があって、眼差はトント睨みつけるようである。身体のこなしはいったいに武張っていて、こちらにたいする構えはひどく居丈高に感じられる。

間もなく、モスの守が地蔵堂のわきから広くもない石段の真中を大きな歩幅でノシノシと降りて来た。いきおい青沼は崖のほうへ出来るだけ身体を寄せ、念の入った愛想笑いをしながら慇懃に挨拶をした。

モスの守はゆっくりと顔を廻し、葡萄色の横柄な眼玉をうごかして見下げるように見据えると、肩を聳(そび)やかしたまま悠々と降りて行ってしまった。

こういう超然ぶりは毎朝のことだから青沼はもう馴れっこになってかくべつ気にもかからない。こちらもそのまま行き過ぎて、石段をものの五段ばかり上ったとき、不意にうしろで、

「竜(りゅう)、竜……」

という声がした。

屯所の仲間は、青沼を竜之助とも青沼とも呼ばない。てんで馬鹿にしきって、走り使いの小者でも呼ぶように、竜、竜、と呼びつけにする。青沼は、てっきりじぶんが呼ばれたのだと思ってて、

「おう」

と、そのほうへ振返ると、ほかに人影はなく、モスの守が一人、坂の途中に立ちどまってこちらを見ている。

モスの守がじぶんの名など知っているはずはないのだから、青沼は、ひととき、ぼんやり突っ立ったままでいると、モスの守は、青沼の顔をまともに瞶めたまま、妙な節づけをしたよく響く声で、

「竜、竜……」

と、呼んだ。

青沼は、

「はッ」と、こたえて小腰をかがめた。

この時、坂の上のほうからなにか白い小さなものが筋斗をするような勢いで駆けおりてくると、ヒョイと青沼の股の間をくぐりぬけてモスの守のほうへ転がって行った。

縮れ毛の、白い小さなむく犬で、モスの守が朝の散歩にいつも連れて歩く洋犬である。

むく犬はモスの守の足元にじゃれつくと、元気のいい声で、一と声、ワンと吠えた。

モスの守は飛びつきそうにするむく犬を、

「竜、竜」

と低い声で叱りつけると、青沼のほうへは眼もくれずにゆっくりと役行者のほうへ降りて行った。

モスの守は青沼を呼んだのではない。リュリュというじぶんの犬を呼んだのだった。リュリュというのはフランスでは極くありふれた犬の名である。この間違いは青沼にもすぐわかった。モスの守のほうに悪気があったわけではない。一にも二にもこちらの早合点だったのだが、西丸の歩兵隊士ともあろうものが、いままでむく犬の代りに慇懃に返事をしていたと思うと、いささかおさまらない気持がする。

坂の中段のところに突っ立ったまま、なんとも気まずい思いでモスの守の行ったほうを見送っていると、いま降りて行ったむく犬が雀を追いながらまた駆けあがってきた。なぞえの藪へ雀を追い込むと満足したように石段の上へ戻ってきて、ごろごろ身体を転がしたり自分の尻っぽにじゃれついてぐるぐる廻ったりしている。それがすむと、こんどは崖のそばの水溜りへ走って行って、顔を突っこんでおかまいなしに汚い水をチョビチョビと飲んでいる。

いくら西洋の犬でもこのへんのところはうちの三太郎とあまり変りはないな、などと、青沼はそんなことを考えながら、モスの守の口真似をして、低い声で、

「竜、竜」

と呼んでみた。

リュリュは水溜りから顔をあげると、急にこちらへ振返って、大きな、緑色の、無邪気な眼でジッと青沼の顔を見てから、ちぎれるように尻尾を振りながら走ってきて泥だらけの足でいきなり胸へ飛びついた。

おかげで、黒木綿のダンブクロと白い羽織の紐へべっとりと泥をなすられてしまった。青沼は、これはひどいと思ったがさほど腹もたたない。

「こら、こら」

と、やさしく叱りながら、羽織の袖口を引出して泥をふいた。

リュリュは新しい知己が出来たのがうれしくてたまらないというふうに、背のびをして赤い舌で青沼の手を舐めると、石段の上に腹這いになって眼を輝かせながら青沼の顔を見上げている。いかにも遊んでもらいたそうなようすである。

白い毛がチリチリと見事な渦になって、背筋をうねらせるたびに毛並が絖(ぬめ)のように光る。爪などは磨きあげたようにつやつやしている。全身が白いのに、鼻の先だけが黒い斑(ぶち)になっていて、いかにもとぼけた、愛嬌のある顔である。生物にたいする青沼の愛情は、かならずしも美醜に左右されるわけではないが、青沼の眼にも美しいものはやはり美しく映る。

青沼はゾクッとして、我ともなくそちらへ寄って行ってそっとリュリュの頭へ触ってみた。するとリュリュはいよいよ上機嫌で、お礼のつもりか、はげしく尻尾を振りながらデレリと青沼の頰を舐めあげた。

青沼は、

「うふ、ふ」

と、眼を細くして笑うと、さきほどのいやな思いも忘れ、そこへしゃがみこんでそろそろとリュリュの耳のうしろを掻きはじめた。

四

青沼の背中に朝日が陽だまりをつくり、そのへんをジリジリと焙(あぶ)りつけるが、青沼はそんなことを気がつかずに我をわすれてリュリュと遊んでいた。

ふと、身近に人のけはいがするので、掻く手をやすめて振返ってみると、同じ石段のすぐ横手にモスの守が立っていかめしい顔で青沼を見おろしていた。

このひとの眼は瞬きをしないのか、大きく見ひらいた海のように青い瞳がチラとも動かずに青沼の手先のあたりにとまっている。

青沼はかくべつ悪いことをしたとも思わないが、いくらか気がとがめ、モスの守の顔をふりあおぐようにしながら、

「これはどうも、お見事なお犬でございますな」

と、お愛想をいった。

モスの守は、頬のあたりをキクと痙攣らせ、重い押しだすような声で、

「猿！」

と、ひと声、叫ぶと、中腰になっている青沼の胸のあたりを八ツ手の葉のような大きな手でドンと突いた。

青沼は遺憾なく石段のうえへ尻餅をつき、おどろいて眼を瞠っているうちに、モスの守は手巾をだして青沼の手が触ったリュリュの耳のあたりをいくども丁寧に拭き、手巾を叢へ投げ捨てるとリュリュを抱きあげて冷然と歩み去った。

重ねがさねの不首尾で、さすがの青沼もすっかり気を腐らせてしまった。腰を撫でながら起きあがったが、ひどくみじめな気持になってもう散歩をつづける気にもなれな

い。

「畜生、猿たァひでえことをいやがる」

とつぶやきながら屯所のほうへ戻りかけると、下から田村宗三(そうぞう)が上って来た。真福寺へ詰めている仏語の通辞で、うらなりの冬瓜(とうがん)のようなしなびた顔の男である。

「おい、貴公か。いま、ここでモーズに逢ったのは」

「うむ」

「モーズがえらく腹をたてていた……貴公、なにかやらかしたのか」

「いや」

「そんなはずはない。おれの朝の散歩の間は警衛の隊士を山内へ入れないようにしてくれといっていた……どうした、隠さずにいってみろ、悪いようにはしないから」

「べつに隠しているわけじゃない……おれがモスの守の犬の頭を撫でていたら、いきなり突き倒しておれを猿といやがった。文句があるのはこっちだ」

田村は、ひえ、と顎をひいて、

「そんなことをいやがったのか。相変らず無礼なやつだな……それで、貴公、どうした」

「どうもしない……が、いくらかおれもおさまらん。あんなやつらに猿などといわれるいんねんはないのだからな」

田村は眼を宙吊りにして、猿、猿、と口の中で呟いていたが、急に顔を小皺だらけにしてニヤリと笑うと、

「それァ、猿じゃない、サールといったんだ……サールというのは、仏語で、汚いとか穢わしいとかいう意味だ……貴公がモーズの犬に触ったのが、モーズの癪気にふれたのだな。それでよくわかった」

青沼は、釣込まれたようにニヤリと笑った。

「そうか、おれの手が触ったので穢わしいといったのか……それで、おれもよくわかった」

いつ来たのか、リュリュが二人の足許に坐ってクルクル頭を廻しながら面白そうに蝶の行方を見送っている。青沼は妙に勘どころをはずした眼付でぼんやりリュリュを眺めていたがいきなり手をのばしてヒョイとリュリュを抱きあげると、そのまま脇道から警衛隊の屯所のある本地堂のほうへ降りて行った。

「おい、その犬をどうする」

田村が驚いて石段の上でわめいた。

「おい、竜……竜ッたら……」

五

「そろそろ帰って来そうなものだな」

岩崎正蔵が組んでいた腕をといて大戸口へつづく中の廊下のほうへ振返った。岩崎正蔵は西丸歩兵第二番隊の隊長である。

「うむ、もう間もなく帰って来るだろう」

小頭の柴田郁之助が強い声で受けた。

代表として芝の真福寺へ出かけて行った真木と小野の二人を除いて、坊主畳を敷いた西丸営舎の大部屋に二十三人の二番隊士が全部集っていた。

西丸下の営舎は、ちょうどいま楠公の銅像のあるあたりにあった。松平因幡の屋敷あとで、ここに奥詰銃隊の一部と、一番から四番までの四小隊が屯営している。濠の土堤に沿って奥詰銃隊の営舎があり、それから南へ三番、四番、空地をへだててその向いが一番隊と二番隊の長屋になっている。

大部屋の窓は西南（にしみなみ）にあいているので、四字ごろの強い西陽（にしび）が真っ向から差しこんでくるが、たれ一人肌を脱ごうとするものもない。二ヶ所に切られた大囲炉裏（いろり）のそばで足を投出しているものもある。白磨きの板壁に凭（もた）れて胡座（あぐら）をかいているものもある。それぞれいくぶん余裕を見せているが、顔はどの顔もみな癇走（かんばし）っていた。

女坂での青沼とモスの守の一件が真福寺の二番隊の屯所につたわると、隊長岩崎正蔵は、その日の正午（ひる）、全隊をまとめて届なしにさっさと西丸下の屯営へ引揚げてしまった。趣意はきわめて明白で、われわれ一同は犬以下のものであるから、大切な外国使節警衛の重任は相勤（あいつと）まらんというのである。

女坂の一件は青沼の口から伝わったのではなかった。青沼はなにもいわなかった。見馴れない犬を抱いて入って来たので、下役並（したやくなみ）の真木藤助（とうすけ）が、それは、だれの犬だとたずねると、青沼はこれはモスの犬だとこたえただけだった。間もなく、通辞の田村宗三が、モスの守の命令で屯所へ犬を取戻しに来て、田村の口から一切のいきさつが知れたのである。

田村宗三は、本気で犬を取戻しに来たのではない。田村の本意は、むしろ事件のいきさつを隊長の岩崎に報告することにあったようである。岩崎は列座の中へ青沼を呼びだして改めて念をおすと、青沼は一々あっさりと頷き、リュリュを繋いである樗の樹の下へ戻って行ってまた犬の頭を撫ではじめた。

もう、一青沼などはどうでもよく、この事件は青沼から離れて隊全体の問題になった。柴田郁之助は、この際、青沼の個人的な意見などはかえって邪魔になるから、青沼を除外して全隊の討議によって態度を決しようという動議をだした。一同これに賛成して、青沼を除いた三十四人で評議をすすめることになった。ほかの細かいいきさつはともかくとして、一同の憤激はモスの守が手巾で犬の耳を拭ったという一点にかかっていた。日本人にたいするこれ以上の侮辱の表現はなく、そのやりかたはなんとしてもゆるし難いものである。

青沼の重い口からこの間のいきさつをきくと、浅井金八郎、高木徳平の二人は剣をおっとって屯所から走り出そうとした。いつも冷理を忘れないのを江戸前と誇る御徒士隊では、これはかつて一度も見られなかった光景であった。

もっとも、この二人だけではない。青沼を除いて全隊総立ちになった瞬間があった。

わずかにそれを制し得たのは、江戸人としての長い間の洗練と、親衛隊士であるという自重心によることだった。

討議はすぐまとまった。

一、随員の不始末につき、フランス使節をして正式に遺憾の意を表せしむること。

一、青沼の要求する方法によって徹底的にモスの守に謝罪せしむること。

一、公私を問わず、今後、歩兵隊士にたいして侮辱的な言辞を弄せざることを誓わせること。

一、この三ヶ条の要求がいれられるまでは、いかなる事態が惹起しても使節の警衛を拒絶すること。

一、開国の新方針により、あるいは不当の譴責、謹慎、懲戒、その他さまざまな方法で圧迫されるかも知れぬ。そういう場合には隊士全隊の犠牲に於て対処すること。

討議がまとまると、すぐさま屯所の引払いにかかり、塵ひとつ残らないように掃除をすませ出役の横目付には交代と届出し、一同、隊伍を組んで愛宕神社の境内をひきあげた。

夕方近くになって、歩兵頭並城織部と横田五郎三郎が慌ててやって来た。隊長以下一同が出て二人に応接した。

城の態度は最初から威圧的で、青沼に犬を返させ、モスの守へ謝罪させると申渡した。

岩崎は最初から沈黙を守り、小頭の柴田郁之助が二番隊を代表して、強いて青沼に謝罪させようとするなら、われわれ一同、真福寺の庭先で腹を切る覚悟だと言い切った。

城も横田も、御徒隊士の日頃の気風を知りぬいているので、はじめのうちは笑って相手にもしなかったが、追々、一同の決意と結束が意外に固いことを知ると、老練な横田はすぐ主旨を変え、軍監府の許可もなく濫りに持場を離れ、無届で屯営に引揚げて来たことは軍律違反だと難詰しはじめた。

そこで、岩崎がはじめて口をひらいた。

「横田さん、これは意外なことをうけたまわるものだ。手前としては、あの際、最も適当な処置をとったと信じている……なにしろ、一同はみな非常に激昂しているので、このまま真福寺の地内へおくと以外な不祥事件をひき起さぬとも測られぬと思い、とるものもとりあえず屯所を引揚げさせてここへ移したのです。手前はご賞美にあずかるものとばかし思っていたが、お叱りとは驚きいりましたな」

詭弁であることは横田にもわかったが、そういう事態が決して起らなかったとは言いきれぬのでそのまま口を噤むほかはなかった。城にしろ横田にしろ、モスの守の非礼は充分に認めているので、隊士たちに機先を制しられると、それ以上、二人の一了見では処置をつけにくくなり、謹慎してこの上ともお沙汰を待つようにと言い渡して愴惶と引取って行った。

六

二番隊のほうでは、軍監府や外国奉行の意嚮に頓着なく、翌二十六日の朝、クロの守とモスの守の謝罪を要求するために真木藤助と小野勇之進を真福寺へさしむけてやった。

二十四日の討議で、今後の隊の行動方針ははっきりときまっていた。相手があくまでも謝罪しないときは、一同、歩兵隊を脱退して相手が屈服するまで執拗に争いぬく申合せで、事件は青沼を置去りにして意外な方向へ発展することになった。

四字半ごろになって、ようやく真木と小野が帰ってきた。大戸口の式台をあがるかあがらぬうちに、真木が奥の大部屋のほうへ大きな声で怒鳴りたてた。

「いかん、いかん、談判不調だ」

気早な浅井金八郎と高木徳平が中の廊下へ飛びだして二人を迎えた。

「駄目か」

「どうしても謝らんのか」

「待て待て、いまくわしく報告する」

真木と小野は、岩崎の前へ行ってどっかりと胡座をかいた。

「やはり駄目だったか」

小野は大きな眼玉をギョロつかせながら、

「駄目も駄目でねえも、てんで相手にならん。話があるなら犬を返してから聞こうという口上だ。メリ僧正の口吻だと、われわれ二人を犬の人質にでも取りかねぬような権幕だから、そんな目に逢っては馬鹿馬鹿しいと思って逃げだして来た……あまりいい首尾ではなかったが、詰問状は置いて来たから、われわれ一同の趣意だけは通じたはずです」

「今日のところは、われわれの意志だけ向うへ通じればそれでいい。喧嘩はこれからだ」

柴田郁之助がそういうと、真木は乗出すようにして、

「その喧嘩のことだ……おれたちは、なんだあんな犬と思っているが、今日のようすから推すと、モスの守のほうじゃ、あのむく犬は命から二番目という代物らしいから、あいつを握っているかぎりこっちの歩がいいわけだ。あれを枷にして否応なしに謝らせる手もありそうだ」

「なるほど、そういう手もあるな。叩っ殺して喰ってやろうかとも思ったが、そうせずにおいてよかった」

中の廊下を駆けてくる足音がし、銃人調理方の山口左近が飛び込んできた。

「新情報が入った。おれたちは永田ノ馬場の松平備後の屋敷へお預けになることにきまったらしい。間もなく横目付がこっちへやってくるそうだ」

津田栄吉が膝を立てた。

「どこで聞いてきた」

「銃隊の飯田さんがそっと耳打ちしてくれた」

一同の顔をグルリと見廻して、

「ところで、だいぶ話が面白くなってきた。一番隊、三番隊、四番隊……西丸の三小隊がわれわれに同情して真福寺の警衛を拒絶したそうだ……銃隊の飯田さんはみなで尻押しするから、どんなことがあっても青沼に謝まらせてはならんといっていられる。ひょっとすると、一番隊と四番隊はわれわれと同じ行動をとってくれることになるかも知れない」

柴田郁之助は胸を張って、

「それはいい。では、ひとつ協同してもらってやれるだけやって見ようじゃないか、どうだ、諸君」

一同が手を拍って気勢をあげかけると、岩崎は制して、

「ちょっと待て。この際、同情を受けるのは有難いが、おれとしては、後援、協同ということは謝絶したほうがいいと思う」

小野勇之進が開きなおった。

「それはなぜですか……今日の始末でもわかるように、第二番隊だけでは力が弱い。わ

れわれの趣意を貫徹するために各隊の後援こそ願ってもないことだと思うが」

「いや、それはちがう。人数こそ少いが、西丸の歩兵隊の一部が我意を張ってこういう騒ぎを起している。幕府にとってはこれだけでも相当大きな問題だ。これに一番隊、四番隊が加担して騒ぎを大きくすると、お上は黙っていない……われわれだけでやるなら、一応、趣意も通り一分の同情を贏る余地が残っているが、そういう騒ぎにすると反感をかってかならず叩き潰されてしまうにきまっている。各隊の同情はまことに有難いが、このところ、ちょっと贔屓のひき倒しというところだな。われわれはお国民の面目を立て貫こうためにやっているので、争いを望んでいるわけではない……おれの意見はまあこうだが、諸君に意見があるなら聞かせてもらいたい」

柴田郁之助が、ちょっと頭をさげた。

「いや、浅慮でした。たしかにそれにちがいない。各位も御同感のことと思うが、では、これからどうします。松平備後のところへ預けられると、われわれは行動の自由を失うことになるが」

「昨日の討議では、場合によっては歩兵隊を脱退して、と意見をまとめたが、しかし、それは上乗の策ではない。預けるというなら預けられて、目的の貫徹のために、一応、恭順の意を表しておくのもいいではないか。恭順といっても自から限度があって、われわれの意志を枉げてまで維従うという意味ではない」

その日の夕刻、隊長、岩崎正蔵以下三十五名の第二番隊士は、迎えの駕籠に乗せられ、横目付戸田寛十郎、下横目付内蔵祐之丞付添で永田ノ馬場の松平備後守の上屋敷へ送られた。

屋敷へ着くとすぐ風呂へ入れられ、着換の単衣が出、夕食には焼物と酒がつくという丁重な扱いぶりだった。

夕食後、広間で雑談していると、一同、奥書院へ罷り出るようにと迎えが来た。隊士達は、このぶんでは、相当、懐柔されるぞなどと囁きあいながら廊下を歩いて行った。

襖際に五列になって控えていると、松平備後が出てきた。大きな漆紋のついた黄帷子の着流しでいかにもくだけたようすである。

「こんど、そちたちを預かることになった。もてなしも出来ぬが、心置きなくいてくれるように」

肉置きのいい膝にゆったりと手を置いて、

「そう固くならんでもよろしい。ひとつ寛いでいろいろ面白い話をきかせてもらいたい

……岩崎、お前、もうすこし縁のほうへ出なさい、そう詰めてはうしろのほうが暑い
……ときに、今度の一件だが、外国にたいする朝台の盲屈媚従には、わしもかねが
苦々しく思っている。たとえ相手が先進文明国の使節であろうとも、いわれなき侮辱に
耐え忍んでいなければならぬということはない。正しきを正しきとし、非を非とするに
はばかることはいらぬ。そういう意味において、このたびそちたちの仕方はまことに溜
飲三斗の思いがした。よくやってくれた……しかし、これは内実、わしの胸の奥にだけ
あることだ」
　太った喉を見せて寛濶に笑いながら、
「つい本音をはいてしまったが、それはそれとして、岩崎……」
松平備後の説諭の要旨は、幕府はいま開国の新方針をたて、いろいろな矛盾に悩みな
がら国運の新開に苦心経営している際だから、些末な意地は捨て、大きく国策に従う
志で青沼を謝罪させにやってはくれまいかというのだった。
　岩崎は、振り仰ぐように顔をもたげると、
「いろいろとご理解、恐れ入りました。では、お言葉に従いまして青沼を謝罪に差遣わ
しますが、青沼は、しょせん犬以下のものでありますので、人間がましい謝罪の仕方は

出来かねると存じますから、予め、そのへんのところを御諒承ねがっておきます」

「なんというか」

「先日、西丸二番隊士青沼竜之助は、モスの守殿に、犬よりも穢わしいものという非常なるお取扱いを受けました。われわれは、これは独り青沼のことではなく、西丸歩兵全体……お国民一般に加えられた侮辱であると理解いたし、その恥辱の一端を雪ぎたく、斯様、憚りなく結束いたしておりますが、それをご承知のうえ、強いて青沼を差遣わされるというのは、われわれ一統をも犬以下のものとお認めになってのことと存じます」

「これ、岩崎……」

「第二番隊に於きまして、青沼は歩兵並、最も下級の兵卒ではありますが、同じ隊に連なる以上、いわば同死の党中。青沼だけを差遣わすことは義において忍びませんから、一同挙って真福寺へ推参いたし、ともどもに謝罪いたそうと存じます。先程も申しあげましたように、われわれはとうてい人間のようにはいたしかねますゆえ、犬の仕方で謝罪いたします。幕府の親衛、西丸二番小隊三十五名、御旅館の庭先へ這いつくばりましてワンワンと吠えるつもりでございます。このだん、お許しねがわれましょうか」

松平備後は一同の気鋭を察したものか、俄かに、は、は、は、と笑いほぐして、

「……西丸の歩兵隊が真福寺の広前でワンワンと吠えるとか。これは近頃痛快な話を聞くものだ。いや、そちたちの大気には、備後、真実に敬服した。幕府の親衛、万々歳……よかろう、謝罪のほうはそちたちの心にまかせるが、せめて犬だけは返してやってくれまいか。筋違いだが、わしからも頼む」

岩崎が、失敗(しまつ)たッ、と膝を打った。

「あれは、もう食してしまいました」

「なに、あの犬を、食したと」

「お国の赤犬はこれまでにだいぶ手がけたが、西洋のむく犬はどのような味がするものかといいだし、ちょうどこの機(おり)にと、昨日、長屋で試食いたしました」

七

永(なが)のお預けと覚悟をしていたのに、どうしたわけか、たったひと夜を泊っただけで、翌二十六日の朝、匇々(そうそう)、屯営へ追い戻され、長屋で謹慎を命じられた。松平備後は、相当、日数をかけて気長に懐柔するつもりだったが、一同の気鋭におそれをなし一日で匙を投げたのだと見える。

一同が西丸の屯営へ帰ると、追いかけるようにしてモスの守から一通の封書が届いた。文意は、喰べてしまったというなら止むを得ないが、長らく愛護した犬なのでせめて葬いをしてやりたいと思うから、骨だけは返してもらいたいというのである。

真木は手紙を柴田へ返しながら、

「柴田さん、モスの守は、どうでも屈せぬところをわれわれに見せつけようというのですな。笑止千万だよ、かまうことはない、ほんとうにあの犬を喰って骨にして叩き返してやろうじゃないか」

岩崎も顔へ怒気をあげて、

「向うがこういう出方をするなら、こっちにも考えようがある……よし、誰か行ってあの犬を引擦(ひきず)って来い」

「よし、おれが行く」

銃兵並の井上又介がそういって飛出して行ったが、間もなくぼんやり帰って来た。

「煙硝倉まで探してみましたが、どこにも居りません」

「そんなはずはない。青沼はどこへ行った。青沼を探して聞いてみろ、あいつが知っている」

そういっているところへ、青沼がブラリと帰って来た。いつものように冴えない顔つきで、手に野菊の花を持っている。

浅井金八郎が、おう、とそっちへ顔をむけて、

「先生、ご散歩でしたか……誠に申しかねるが、ちょっと行って、あのお犬さまをここまでお連れねがえませんか」

青沼は、ねむそうな眼で高木の顔を見て、

「あれをどうすんです」

浅井が、モスの守の手紙の入訳（いりわけ）を話すと、青沼はゆっくりした声で、

「じゃ、ほんとうに喰ってしまうんですか」

「そうだ」

「それはいけません、犬には罪はない」

小野が立上って来た。

「なんだと。てめえのために、みながこんな大騒ぎしているのがわからねえのか」

「わかってます」

「わかっているなら、渡せ」

「いやだ」

「そうか、出したくなかったら出すな。探し出してどうでも喰ってやるから……てめえ、目障りだ、あっちへ行ってろ」

青沼はのっそりと出て行ったが、正午(ひる)の拆(ひょうしぎ)が鳴るとまたぶらりと帰って来た。

一同、部屋の真中へ七輪を持ちだし、大鍋でなにか獣肉のようなものをグズグズ煮込みながらさかんに昼食をしている。

 青沼が入ってきたのを見ると、津田が顔をあげて、

「おい、竜、うまく隠しやがったな、お前には負けたよ。これァ、むく犬の肉じゃねえから安心して喰いねえ」

「これァ、なんです」

「なんでもいいじゃねえか、まあ、喰え」

青沼は鍋の肉を、一片(ひときれ)、口へ入れて、

「これは美味い」

「うめえだろう、美味かったらもっと喰え」

「頂きます。だが、これはなんの肉でしょう」

小頭の柴田が、おっかぶせるようにいった。

「これは、お前の三太郎の肉だ」

「えッ」

「なまじっか、むく犬をかばいたてしたりするからだ。俺達はどうでも犬の骨が要る……悪く思うなよ」

青沼は茶碗を置くと、俯向いてポロリと大きな涙をこぼした。

柴田は、居直って、

「おい、竜、口惜(くや)しいか」

「はッ」

「口惜しかったら、そこにある三太郎の骨をモスの守へ叩きつけてこい。おれたちはほんの浅黄幕(あさぎまく)よ、これからは大名題(おおなだい)の働きどころだ。お前も日本男子だろう、自分で行って幕を開けてこい」

青沼は空(から)囲炉裏のほうへ膝行(いざ)って行き、そこに置いてあった竹皮包(たけのかわづつみ)を取上げてジッと眺めてから懐中に入れ、例の冴えない顔でのっそりと立上った。

八

真福寺の裏藪に蚊柱が立ち、その唸り声が風のさやぎのようにこの書院まで聞えてくる。

檐が深いので日射は差しこまないが、庭からくる照りかえしでむせるように暑い。卓の上の皿へ輪切りにして盛った鳳梨に真黒に蠅がとまっている。

「ひどい蠅だ」

メルメが僧服の袖で蠅を追った。

「ベルクールさん、この辺じゃ昼間から蚊帳を吊ります、緑色のやつを……あなたのいられるほうはどうですか」

丸窓のそばの長椅子で煙草を喫っていた公使のベルクールが卓のほうへ立ってきた。

「蚊はいませんが神奈川街道に近いので蠅がたいへんんだ。とてもこんなもんじゃありません」

書院の隅で短銃(ピストル)の手入れをしているモーズ侯爵のほうへ振返って、

「モーズさん、この蚊と蠅で日本にたいする美的印象をだいぶ破壊されたことでしょうな」

モーズは短銃の薬室を覗いたまま返事もしなかった。

グロー男爵は丸い赤い頬へとりなすような微笑をあげて、

「モーズ君が印象を悪くしたのは、蚊でなくて人間さ……だが、ここでは、有名な『決闘用の短銃』だけは使ってもらいたくないもんだ」

メルメは意味あり気な眼付でチラとベルクールの顔を見て、

「それにたいしては、わたしもグロー男爵と意見を同じくする光栄をもっています。フランスでは決闘は一つの儀式だが、それをそのまま未開国に適用させることは出来ない。短銃(ピストル)の持ち方も知らない人間に決闘を強いるのは態(てい)のいい虐殺ですからな。耶蘇(やそ)会員の一人としてではなく、人類の一人として、わたしはそういうやりかたには……」

ベルクールが恍(とぼ)けてたずねた。

「犬の事件は聞きましたが、つまり、それで……」

グローがピクンと肩を聳やかした。

「ここを警衛していた兵隊が、モーズ君の犬を喰っちまったんだ……まあひどいにはひどい」

モーズが手巾で手を拭きながら三人のいるほうへやってきた。

「やあ、どうも失敬……それでね、ベルクール君、君を決闘の介添人に撰んでいるんだが、お願いできるかしら」

ベルクールは困惑した顔で、

「わたくしはともかくとして、グロー男爵はそういうことをあまり好んでいられないようですが」

「グロー君の意見なんかどうでもいい。僕は君の返事を聞いているんだ」

「わたしはここでフランス公使という役をしていますが、そういう地位にあるものが、果して決闘の介添人になる資格があるかどうか、ひとつ研究してみる必要がありますな」

「いやならよろしい。無理にとはお願いしないが、僕の決闘についてなにか誤解している点があるようだから釈明して置こう……グロー君、君はこんどの日仏条約で使節という役を買って出てひどく外交官ぶっているが、君が今しているることは商人のする仕事にすぎん……ベルクール君、君もそうだ。役柄は公使でもやはり仲買人の仕事の域を出ていない。それから、メルメ君、君は耶蘇会の僧服を着ているが、しょせん、一介の通弁にすぎない」

グローは手巾を出して大袈裟に額の汗を拭きながら、

「汗が出たよ」

「いくぶん礼儀を欠くが、これは嘘じゃない。そういうわけで、ここには本当の意味の外交官というのは一人もいない。それで、僕がそのほうを引受けようというんだ。これが僕に決闘を決意させた重大な動機の一つだ」

メルメが禿げあがった額を撫でた。

「外交的決闘……なるほど。だが、もうすこしくわしく話していただかないと……」

「メルメ君、僕に釈義をせようと思うなら、もうすこし、真面目な態度をとらなくてはいかんね」

モーズ侯爵は、螺鈿の置戸棚へ肱をかけると、例のきびしい眼付でメルメの顔を瞶めながら、

「われわれは、まず、日本でどういう取扱いをうけたか思い出してみる必要がある……その素因はもちろんフランスの対外政策の欠陥の中にあるのだが、とにかく、えらい恥の掻かされかただ……まったくひどい慌てかただったね。遅ればせながらフランスもこんどの開港条約に加わることになったが、さて、使節の乗る軍艦というのが一艘もない。躍起になってようやく船の形をしたものを掻き集め、辛うじて威容だけは整えたが、われわれが軍艦と見せかけているもののうちの二艘は上海で借り入れたボロ汽船だ……プレジュウ号を通報艦などと僭称(せんしょう)しているがもとを洗えば捕鯨船だ……僕がいわなくても、この辺のところは諸君がよくご存じだ」

「その軍艦を周旋したのは君だった」

「その通りだよ、グロー君……それは、使節たる君を戎克(ジャンク)で日本へ乗込ませるに忍びなかったからだ……英国と米国が堂々たる艦隊を見せびらかして引揚げて行ったすぐあとへ、われわれはそういうみじめなていたらくで乗込んできた……伊豆の下田へ入港した朝は霧がおりていて船の檣(ほばしら)だけしか見えなかった。下田の役人が来て丁重にわれわれを歓待した。ところが、そのうちに霧が霽(は)れて艦隊の正体が暴露すると、急に掌(てのひら)をかえすような冷淡なようすになって、大君(タイクン)の喪中だとか、コレラが流行っているとかといってわれわれの上陸を拒もうとした。僕はフランス国民の一人として、あの時くらいみじめな思いをしたことがない……この宿舎ではどうだ。われわれは乾酪（フロマージュ）と乾麺麭（ビスコット）で辛（から）くも命をつないでいる。これは露営だ。なんとしても使節にたいする待遇だとは思われない。われわれが毎日ここでやっていることをフランスの主婦たちに聞かせたら、恐怖のあまり卒倒するだろう……この部屋の家具を見給え、これは露国使節が置いて行ったものだ。われわれはそれを借用して寝起きに事を欠かぬ程度にやらせてもらっている……これについて諸君にはなにも感想はないか。ところで、僕には大いにある。フランスの体面のために、こういう扱いに甘んじてばかりいられないということだ……反省してみると、われわれがこんなに軽（かろ）しめられるようになったのは、最初からこちらの威容に欠けるものがあったからだ。この際、国民の義務としても、なにかの方法でフランスの威信を回復して確実に日本人に記憶させる必要がある。諸君は駆引だけを外交と心得ていられるようだが、僕は、外交とは国と国との精神の戦いだと信じているからだ……メルメ君はこの決闘を虐殺だといったが、果してそうかしら……なるほど僕は短銃（ピストル）の名人だ。自分の名誉を保持出来るようにいつでも決闘用の短銃を持って歩いている。しかし、日本人が短銃を手にしたことがないときめてかかるのは偏見だ。日本人は武器を扱うことに天稟の才能をもっているそうだからひょっとすると案外僕のほうが殺られてしまうかもしれない。それから、もうひとつ……日本は勇武の国だという。しかし、フランス人である僕も勇気において欠けるところがあるとは思わない。日本の勇武とはいったいどんなものか、この機会にキッパリと見届けてやりたいと思うのだ。あの日本人が、もしも卑怯な態度を示したら、勇気に関するかぎり、今後、日本人に絶対に大きな口をきかせない。同時に、僕のほうがあの名もない一介の兵隊にやっつけられたら、僕は天国か地獄で、日本人の勇気のために喇叭を吹き鳴らしてやる」

庭先へ、田村宗三が顔をだした。

「ムッシュウ・モーズ……兵隊が、リュリュの骨をお届けに来たといって居ります」

モーズは、ちょっと顔をひき緊めて、

「どうか、ここへ」

庭の枝折戸から肌の艶の悪い貧相な兵隊が入って来た。あの朝の男だった。縁先まで進んで来て、大きな葉のようなものに包んだ包みをその端に置くと、命令を待つように居すくまったままなにか低い声でボソリと呟いた。

モーズが田村にたずねた。

「この男はなにをいっているのかね」

「御用はこれだけかとたずねています」

「犬の骨のお礼に、明日、決闘状がそちらへ届くからと、よくわかるようにいってやってくれたまえ……本来なら、鞭でぶちのめして、犬のように吠えさせてやるところだが、君を紳士に扱ってやるのは、僕の最上の憐憫だと……」

九

海の上がほの白くなった。

払暁のあのひと時を吹く海風が、御殿山の葉桜の枝をしずかにゆすっている。

岡のうえにはまだ人影がなく、遠い茶店の葦簀の廻りをリュリュがひとりで面白そうに飛んで歩いている。

鋳鐘の松の下に三十人ばかりの一団が、真中へ一人の男を押包むようにして円座をつくっている。円座の真中に膝を折って坐っているのが青沼で、それを取包いているのは西丸二番隊、岩崎正蔵以下三十四人である。

岩崎が激したようなようすで口を切った。

「昨夜(ゆうべ)から同じことを繰返しているのだが、どうだ、竜、おれたちのいうことをきいて断ることにしないか……短筒(たんづつ)なんかごめんだ、刀でならやるといや、けっして恥にはならん」

青沼は叱られている子供のように膝に手を置いて頭を振った。

「いやです」

柴田が宥(なだ)めるようにいった。

「だが、どうしたって、お前を殺すわけにゃいかん……実際、われわれもやりすぎた。骨まで送りつけるこたぁなかったのだ。まさか決闘などといいだそうとは思わなかったよ……だから青沼……」

「いやです」

津田栄吉が青沼の肩に手を掛けて、迫ったような声でいった。

「竜、それじゃ、お前、どうでもやる気か」

「わたしが死んだら、モスの守にリューを返してやってください」

「そうか、しょうがねえな……ねえ、岩崎さん」

岩崎がうなづいた。

「じゃ、もうとめまい……実際、馬鹿なことをしたよ」

青沼がペコンと頭をさげた。

「すみません」

「馬鹿、お前が謝ることたぁない……じゃ、竜、しっかりやるんだぞ」

「はッ」

真木が青沼の手を握った。

「一心こめて狙えよ、きっとあたる」

「はッ」

小野が、いった。

「勝つ、勝つ……かならず勝つと思えよ」

「はッ」

……八間ばかり間隔をおいて、モスの守と青沼が向き合って立っている。どちらの手もドッシリと重そうな短銃(ピストル)を握って、それを垂直に地面に垂している。

フロックを着たモスの守と黒木綿のダンブクロをはいた青沼との対照はまことに妙で、決闘の場などという厳粛な感じを起させない。いまにも両方から歩み寄ってのどかに挨拶でも交しそうなようすである。

二人から少し離れた桜木立の下に、岩崎とクロの守と田村宗三の三人が集って相談をしている。ときどき岩崎が合点をする。決闘の段取の打合せをしているのである。

間もなく、岩崎が青沼の傍へ戻ってきてなにか囁く。青沼が丁寧にうなづいている。

ベルクールが手巾を手に持って進み出てきて、ゆっくりとそれを振った。

モスの守が短銃をあげて青沼の胸のあたりを狙った。銃声。白い煙。

青沼は、依然としてぼんやり立ったままでいる。

ベルクールがまた手巾を振った。こんどは、青沼が短銃をあげてゆく。肩の高さまであげ切ったとき、なにを思ったのか無雑作に短銃を地面へ投げだした。

「お前のような犬っころを殺してみたって始まらない、ゆるしてやる」

モスの守は、瞬間、青沼の顔を瞶め、それから、いま青沼がいったことを通訳しろというふうに田村のほうへ振返った。田村がモスの守のほうへ走って行ってなにか囁いた。

見る見るモスの守の顔に怒気が溢れ、いきなり短銃を投げ捨てると猛烈と青沼のほうへ走り寄って掴み潰すような勢いで青沼の肩先を掴んだ。

ちょっとの間、二人の身体は窪みになった芝草の上で揉み合っていたが、間もなく体積のあるモスの守の大きな身体が鮮かな半円を描いて地面の上へ叩きつけられた。

「おお！」

「おお！」

ベルクールとクロの守がほとんど同時に叫んだ。次の瞬間、青沼がモスの守の胸の上に馬乗りになって悠々と喉輪を攻めていたからである。

茶店のうしろから二番隊士が走り出してきてその廻りを取巻いた。クロの守も走ってきた。田村宗三も走ってきた。

青沼は田村宗三の顔をふり仰いでたずねた。

「田村、ごめん、というなぁ、仏語でどういうんだ」

「パ、ル、ド、ンというんだ」

「重ね重ねだ、もうゆるさない。おい、モスの守、パルドンといえ」

モスの守が首を振った。

青沼はニヤリと笑うと、グイと手先に力を入れた。いつも血の気の多いモスの守の顔は葵の花のように赤紫になり、顳顬（こめかみ）の血管が膨れあがって見るもすさまじい形相になった。

「おい、パルドンといえ」

モスの守がまたかすかに頭を振った。

青沼は拳（こぶし）の羽交いを力任せにモスの守の喉へ喰い込ませながらゆっくりと呟いた。

「そうか……じゃ、まぁ死ね」

この時、隊士の股の間をすりぬけてリュリュが走り込んできた。久し振りで見る主人にすっかり夢中になって、やたら身体を振りながらどこ嫌いなくモスの守の顔を舐めあげた。モスの守はチラとリュリュを見、ギクと顎を震わせ、垂れるように瞼（まぶた）を閉じるとガックリと草の上へ頭を落してしまった。

九月三日、仮条約書の取替（とりかわせ）がすんだあと、モスの守は短銃（ピストル）四挺を幕府に献上し、講武所で短銃射撃の秘伝を伝授した。伝授をうけたのは青沼竜之助である。

ジャン・フランソア・ド・モーズの「日本回想録（ル・メモリアル・ドユ・ジャポン）」に次のような一節がある。

「……その最下級の兵卒は、まだ短銃を手にしたことがなかった。

私を射撃する番になり、その瞬間、彼はこうかんがえた。日本人がまだ短銃を扱った経験がないことを外国人に知らせるのは不得策であると。そして、万一、未熟な射ち方でもしたら日本人全体の恥辱になる、と……彼は勇気とともに良識においても欠けるところがなかったのである。

もとより、私は最初からこの下級の一兵卒を殺傷する意志はもっていなかった。しかし、私の放った弾丸は、正確に彼の右耳の一糎（センチ）上を掠め去ったはずである。彼はビクともせず、むしろ私を軽蔑するような眼付をした。これは驚くべきことであった。なぜなら、私の狙いの中に、私に彼を殺す意志を欠いていることをはっきりとその兵卒は見抜いていたからである」

鷲（唐太モイガ御番屋一件）

一

トド松と蝦夷松の原始林をひかえた沼の岸に、小さな丸太小屋が見える。小屋の西は茫漠たる苔原帯（ツンドラ）でホロナイ川の岸まで一望無限にひろがっている。

沼には、夏は白鳥が、冬はしのり鴨がやってくる。しかし、まだ六月なのでそういう鳥どもの訪れもなく、晴れているくせになんとなく冴えきらぬ浅黄色の空を映して太古のままにしずまりかえっていた。

小屋の前に二人の日本人がいた。どちらも白樺（しらかば）の小さな弓を持っている。

一人が蕗（ふき）の葉の間から首をもたげると、低い声でささやいた。

「来たようだな、多仲（たちゅう）さん」

もう一人のほうが頷いた。

「俊作さん、来ました」

ここは北蝦夷（樺太）の奥地、ホロナイ川の岸からほど遠い、北緯五十度、東径百四十三度、つまり日本の領土の最北端の一地点である。

この頃、北蝦夷といえば間宮林蔵の「北蝦夷図説」などでわずかに山川のようすを察するだけで、全島のくわしいことは全然知られていなかった。夏場だけの漁場はあるが、四十度のクシュンナイあたりまでがせいぜいで、いくらか地理に通じているものがあってもほんの海岸近くだけに限られていた。

人跡未踏の北蝦夷の奥地に日本人がいるさえ不思議なのに、この二人はたしかに武士らしかった。それというのは、どちらも腰に両刀をたばさみ、破れほつれて見るかげもなくなっているもののキチンと誇らしいものをつけ、士としての体面に欠けるところがないからである。

道を知らずに迷いこんできて仕様ことなしの仮泊でない証拠に、小屋のうしろに魚乾場のようなものをこしらえ、うしろの林をすこし切開いて野菜などもつくり、相当、根強い定住の意志を示している。

いくらか砂金のとれる川もあるが、それは露領北のほうだし、このあたりはホロナイ川の河口からずっと上で鮭鱒（さけます）が溯（のぼ）ってくるのでもない。原始林と苔原（ツンドラ）があるだけの荒涼たる原野で、普通の人間ならば、このあたりのなんともいえぬ弱寞（じゃくまく）の気に圧倒され、おそらく一と月とはとどまっていることが出来ないであろう。

ここは絶海の孤島というのではないから立去ることは容易（たやす）い。足まめに南へ八十里ほど歩けば、日本人の漁場のあるクシュンナイに行きつくことができる。なにを好んでこんなところに定住しているのかまったく合点のいかないことであった。

アイヌ人は樺太をサハリン・モジリと呼んでいる。「低い山が波のように起伏する島」という意味である。

日本が北蝦夷に手を染めたのは、文禄二年に豊臣秀吉が松前慶広（よしひろ）にこの地の支配をゆるしたのが最初で、寛文二年、松前氏は大泊（おおどまり）、白主（しらぬし）、クシュンナイに勤番所を設けたが国防や領土保有の意志はなく、漁場を取締るだけの目的で、それも秋口になると匆々（そうそう）に松前へ引揚げてしまう有様だった。

日本のほうがこんな手ぬるいことをしているうちに、西比利亜（シベリア）の露人どもはわずか幅十粁の韃靼（だったん）海峡をボートで乗り渡ってだんだん南へ下って来、安永のはじめ頃、唐太（からふと）の南端、アニワ湾のハカマドリ村に堅固な兵営をこしらえてしまった。

嘉永六年になって、露国公使プチャーチンが長崎へやって来て突然に唐太における日露領界の決定を申入れた。日本では唐太全島が日本の領土だと主張する覚悟だったが、実状かくのごとくで強弁のよしなく、幕府は措辞に苦しんだすえ、無益の紛紜をひき起すよりいっそ唐太は露国へ譲り、日露の領界を北海道の北端宗谷海峡とすべしなどという軟弱な意見も出てきた。

ところが、どういう偶然か、和蘭版(オランダ)の地球図が唐太島を北緯五十度のところで二色に染めわけ、ここを日露の境界としているのを発見し、御覧の通り、唐太五十度以内は日本の所属で、すでに世界万国の公認するところであると弁疏(べんそ)大いにつとめたので、唐太島ハ、日本国ト魯西亜(ロシア)国トノ間ニ於テ界ヲ分(ワカ)タズ、是迄仕来(しきたり)ノ通(とおり)タルベシ、という要領を得ない結着でこの談判はうやむやになってしまった。

しかし、露国の東方侵出の意志はすこぶる強固だったので、こんな生ぬるいことですませるはずがなく、安政六年の七月、西比利亜総督ムラヴィエフ伯爵が七隻の軍艦をひきいて品川へ入り、このたび露国は新たに清(しん)国と条約を結び、黒竜江(こくりゅうこう)一帯の割譲をうけたが、元来、唐太は黒竜江に附帯するものだから、当然露国の所有になったわけであると頭ごなしに威迫した。

幕府は今更のように色を失い、またもや五十度染分け説を持ちだしてさまざまに折衝したがムラヴィエフは、唐太における日本人居住の実状を指摘し、どこに北緯五十度近くに日本人が居住している事実があるかといって、てんで歯牙にもかけぬのだった。

二

林俊作と山口多仲は、どちらも蝦夷松前藩の藩士で、代々、松前福山に住み、回漕御舟手付という、足軽よりはいくらかましな御目見得以下の軽輩の倅だったが、安政元年の春、江戸へ送られて下谷新寺町のお長屋を貰い、五十嵐篤好について測量学を学ばされた。

この二人が抜擢されたのはどういう理由によることだったのかそのへんのことははっきりしないが、軽士を簡抜してはるばる江戸へ修学に出すなどは、因循な松前藩としては極めて異例なので、純真な若い二人はすっかり感激し、測量学のほかに洋算の勉強に精をだして遊尺と測微尺の原理を極め、和蘭の測量器を手本にして手造りでほぼ完全な量地儀をこしらえあげてしまった。二人が測量の勉強をはじめてからわずか二年目のことだった。二人の精励ぶりは以って知るべしである。

安政六年、七月二十日の午後六時頃のことであった。

二人は日射しを惜しんで暑い縁先へ机を持出し、濡手拭を頭へのせて暑気をふせぎながらせっせと対数表を写しているところへ、だしぬけに御取次役瀬尾荘三のところから至急出頭するようにと迎えがきた。

多仲は濡手拭をはずすと、落着かない中腰になって、

「俊作さん、なんでしょう」

と、普段でも大きな眼を剝きだすようにして俊作の平べったい顔をみた。

「さあ、なんだろう」

と、これも急に心配そうな顔つきになった。

御取次といえばもっぱら君側の用向きだけをつとめる役で、長屋詰の軽輩にとっては、全然、別世界の人だった。学問向きのことなら御文書方のほうから達示があるべきで、御側役から呼ばれる用向きなどはどう頭をひねっても思いあたらなかった。

「なにか縮尻りましたかな」

年下の多仲はもう蒼くなっていた。抜擢が異例だっただけに、なにか変ったことがあると、この殊遇を失うかとすぐそれが心配になるのである。俊作は二十歳、多仲はまだ十八歳だった。俊作は黙って立ちあがると、釘に引っ掛けてあった古袴をはずしはじめた。

「多仲さん、あまりお待たせしては悪い。ともかく行ってみよう」

多仲が勢いよく立ちあがった。

「行きましょう。もし帰国のお沙汰だったら、充分に申しあげてもう一年だけご猶予を願ってみるつもりです」

恐る恐る溜りまで出掛けて行くと、瀬尾がすぐ二人を控えに通した。お上がお逢いになるから、これから一緒にお目通りへ出るようにという意外な沙汰であった。

崇広の居間へ近づくにつれて二人の身体が震えて来、いま二人がお上のお目通りへ出るのだという感激でほかのことはなにひとつ考えることができなかった。

二人のすぐ前を瀬尾荘三が足音も立てずに歩いて行く。間もなく廊下が尽きて襖へ行きあたった。瀬尾はそこへ膝を突くと、

「林俊作、山口多仲、罷り出ましてございます」

と、襖へ声をかけた。

「お進みください」

と、部屋の中からこたえがあった。

二人は瀬尾の後から膝で襖の内へ入ってそこで平伏した。向うにまた襖があった。二人の小姓が静かにそれを左右に引きあけた。

「用向きがある……近こう」

遙か遠いところから来る声であった。それが崇広の声だとわかると、二人の胸は一層波立ってきた。自分らのような軽輩に用向きといわれるのはいったいどのようなことだろう、この思いがいそがしく二人の頭の中を駆けめぐった。

「急ぐ……もそっと近こう」

「お進みなさい」

瀬尾が二人の耳のそばでささやいた。二人は平伏しながら五尺ばかり膝で進んでそこでまた頭をさげた。

「これなるが、林俊作……こちらが、山口多仲にございます」

「見知りおく……そこの襖を閉めい」

二人の後で襖が閉まった。二人の眼の隅にチラと崇広の褥の端が映った。どうしても顔をあげることが出来なかった。

「俊作、というか」

「ははッ」

「そちらが、多仲……いずれも出精の趣、かねてから聞き及んでいる」

二人の胸が震えた。有難うござりますると精一杯の声で叫びたかった。しかし、二人は、一層低く頭をさげただけだった。

「聞くところ、そちたち両人の手で量地儀というものをつくりあげたそうな……お国のため、また松前のため、礼をいう」

「ははッ」

「それについて、その量地儀とか申すものがいよいよ役にたつ時がきた……そちたちも聞き及んでいようが、唐太島の日露境界のこと……ムラヴィエフは唐太全島を露国の所領と強硬に言い張っている。幕閣では北緯五十度以内を持し、どうでもこれでたてきるご意嚮だが、遺憾ながら実証がない……北緯五十度の近くに日本人が居住んでいることを事実をもって示すのでなければ、いかにしてもムラヴィエフの強弁を遮ることが出来ぬ……こういう苦渋の折、時も時昨日、神奈川で露国水兵の殺傷事件が起き……」

二人にも朧げながら用向きが察しられてきた。北蝦夷は二百六十年も以前から松前に支配をまかされていた土地で、このたびのムラヴィエフの横車は日本の問題であると同時に、直接、松前藩の問題でもあった。

「なにを申せ辺陲遙遠の地、藩もいたって微力で備防駐警も心に任せなかった……知っての通り、松前の地は一時幕府の直配になり、その間、われわれは他国へ転封されていたから責任がないといえばそれまでだが、わしはそうは思わぬ。このたびのことは、一小松前のことではない。日本の国領にかかわる一大事。みな力を合せてこの難局を打開せねばならぬ場合……そちたちに測量術を学ばせたのはこういう日もあろうかと期していたからである」

「はッ」

「姑息退嬰の時代とはちがい、世界万邦を相手にして新たに国運をうちひらかねばならぬ際、北蝦夷の半ばを有すると失うとは御国の将来の発展にもさしひびき、地領のことばかりでなくこの一事は、ひとえに国威にも及ぶことで、まことに軽からぬ問題である」

軽い咳の音がきこえた。しばらく声が絶え、それからまたつづいた。

「わしは、日本のため、唐太の五十度以南を松前の手で持ちこたえたいと思う……これは意地ではないぞ。松前が今日まで国領防備をゆるがせにし、事態をここにたち到らせたゆるすべからざる怠慢のお詫びである。万一、日本がムラヴィエフに敗れて唐太を失うようなことになったら、わしは御国民の一人として慚愧この上もない……そちたちにわしの心がわかるか」

多仲は胸元へ込みあげてくるものをおさえようとしてつよく息をつめた。その耳に、クッ、という俊作の嗚咽の声が聞えた。

「そちたちへ頼みというのはほかでもない。これから唐太へ赴いて北緯五十度を測り、その地点に居住してもらいたいと思うのだ」

「はッ」

「いや、住むだけではない。二人だけでそこを護り通してもらいたい……二人だけ、という意味がわかるか……兵をやり備を固くして領界を守ることはたやすい。しかし、それでは争いになる。今の場合、日本はなんとしても争いを避けなければならぬ……だからこそ、たった二人で……どうだ、やってくれるか」

「お答え申せ」

瀬尾がささやいた。

俊作がすこし顔をあげた。崇広の膝のあたりが見えた。

「及ばずながら、命にかけまして」

「多仲、そちはどうだ」

「命にかけて仕ります」

「命にかけて……そうか。しかし、俊作」

「はッ」

「多仲」

「はッ」

「死ぬことはたやすいぞ。死ぬことなら誰でもする。そちたちは死んではならぬ。飽くまでも生き、生きぬいて境界を護り通さねばならぬ。生きながら国土の標石になる心、その覚悟が要る」

崇広の前にいることも忘れ、俊作は精一杯の声で叫んだ。

「仕りまするッ」

すぐ多仲もつづいた。

「かならず死にはいたしませぬッ」

「その覚悟!」

深くうなづいたようすが眼に見えるようだった。

「さきほども申したが、昨日の殺傷事件……ムラヴィエフはそれを口実にいよいよ強硬に出てくることは必定、事は急を要する。今すぐここから彼の地へ急行してもらいたい。船は……品川沖で出帆の準備をととのえているはず。品川まで早駕籠で送らせる……すぐ次へ下って仕度をいたせ」

衣ずれの音がし、崇広が褥の上へ立上ったようだった。

「日本のため……小は、松前のため、切に働いてもらいたい。唐太領の安危はそちたち二人の肩にかかっているぞ」

瀬尾が膝をずらした。

「こちらへ」

丁寧に一礼して次の間へ引きさがると、そこに二人の旅支度が揃い出してあった。

二人は脚絆をつけながら、日本の危機を感じ、自分らの責任の重さを感じ、紐を結ぶ手に思わず力が入りすぎ、手をやすめては肩息をついた。

三

空に秋風が吹き渡るようなゾヨゾヨという音が聞えていた。

頭をあげてみると、ひときわ高いトド松の遙か上で大きな鷲がゆっくりと輪を描いている。

二人が隠れている山蕗の葉群から五間ほど先の杭の根元に赤狐の子が一匹結びつけられ、せわしく身体を揉んで藻掻いている。空の鷲はそれを狙っておいおいに輪をちじめかけていた。

「俊作さん、あの羽音ではだいぶ大きいようです」

「それは願ってもないことだが、手にあまるのでは困る……お互いに一本ずつ、これが最後の矢なのだからね……うまくゆけばいいが」

土人と交易しようとすると、鷲の尾一個は小俵の米二俵にあたり、これを江戸へ持ってゆくと一両以上に売れるが、二人にとっては、それは一両や二両のだんではない、生きて行くために何物にも換え難い必需品だった。北蝦夷への米塩の運送は箱館の大澗町の松川弁之助というのが一手で請負い、年に一度必要な物資を滞りなく送り届けてくれたが、松川はこの請負のために家産を破り、文久二年を最後として直捌御免を願ったので、それ以来、日々の衣食はなにもかも二人の手で生み出さなければならなくなった。

文久二年の夏、箱館から送られて来た貨物の中に火薬と鉛が百匁ずつあった。十匁の鉛から約五十発の弾がつくられる。これがあるうちはまだよかったが、それも一年たらずで残らず使いはたし、それから四年の間、弓矢だけでその日の糧を得てきた。雷鳥も、狐も、しのり鴨も、川を溯って来る鮭も鱒も、なにもかもみな弓で射った。鷲の尾は、強い正確な矢をつくるために是非ともなくてはならぬものだった。

二人がここへ定住したのは安政六年の九月で、それから今日まで九年の間にいいようのない艱難をなめ、そして、さまざまなことを覚えた。殊に食料の補給が途絶えてからは、生きるためにいろいろなことを発明した。沼の落ち口を堰きとめて鮭や鱒を養殖すること。冬の間の主な食料になる鮭の切身を薄い秋口の天日で乾かすには切れ目を入れておくと乾きが早いこと。狐を罠で獲るには一度毎に場所を変えなくてはならぬこと……そういう万般（ばんぱん）のことを辛い経験の中で体得した。

最後まで悩んだのは灯油の欠乏だった。北蝦夷の長い長い冬の夜、二人は焚火のあかりだけで用をたしていたが、このほうも間もなく解決した。しのり鴨の厚い膏肉（あぶらみ）を刻んで腸管へ詰め、これを鴨の腹の中へ預けておくと一と晩で透明な油になる。この方法はこの辺の土人も知らなかった。

自在に附近の山川を歩き廻ることが出来たら、二人の生活はもうすこし楽だったかも知れないが、どんなことがあっても半日以上小屋から離れるわけにはゆかない事情があった。原始林の向うはすぐ露領で、クロデコーウォという村の番所には西比利亜の流刑徒上りの放縦無頼な露兵が屯（たむろ）していて、隙を見てはこの小屋を焼きにくるからである。

万延元年から慶応二年までの間、二人は十六回小屋を焼かれた。

番所には露兵が二十人も居り、たった二人で抵抗しても無益なばかりでなく、二人は最初からそういう意志はすこしも持っていなかった。

二人がここに居住しているのは、争うためでなく、この地点を護るためだということを忘れなかった。露兵が原始林の間の道をこちらへやってくると、燧道具と斧と弓矢だけを持ってなんの未練もなくスタコラと小屋を逃げ出してトド松の林の奥へ走りこむ。露兵がさんざんに小屋を壊し火をつけて引揚げて行ってしまうと、二人は林の奥から出て来てまだ灰の熱いうちにすぐ小屋を建てはじめる。襲撃してくるとき、露兵たちは愚直にもかならず喊声をあげるか、歌をうたうかしながらやってくるので逃げ出す暇は充分にあった。またそうでなくとも、完全に無抵抗なこの二人にたいしては、放縦乱暴の露兵たちもどうするわけにもゆきかねるふうであった。

松川の船が一年に一度物資を運んでくる間はまだよかった。食器にしろ炊事の道具にしろ、焼かれてもその都度補給がついたが、それが途絶えてからはなにからなにまで斧と魚剖刀でつくり出さなくてはならない。春や夏はいいが、零下四十度という二月の真中などにやられると凍死せんばかりのひどい破目になることもあった。

二人がこんな苦労をかさねている間に、日本の本土ではいろいろなことが起っていた。

文久三年には大和の変、元治元年には蛤御門の変、同八月、長州征伐、四国連合艦隊の下関砲撃というふうに、尊王攘夷の嵐が日本全土に荒れ狂って徳川二百五十年の基礎は崩壊しつくそうとし、たれもかれも国内刻下の大変に狂奔して遠い唐太のことなど思い見るいとまもなかった。

文久二年末頃までは俊作と多仲がここにいることをいくらかの人が覚えていた。少くとも崇広ぐらいはなにかの拍子に、あれらはどうしたろうと思いだすこともあったかも知れないが、慶応二年に崇広が死んで甥の徳広があとを嗣いでからは、この二人は日本のあらゆる人間から完全に忘れられてしまった。二人の名は誰の脳裡にも浮ばず、ここに生きていることとさえ知るものがなかった。

俊作と多仲のほうは、日本がそんなひどい変りかたをしているということを夢にも知らなかった。松川の船が来ていた間は、たまさか故国の便りを聞くことも出来たが、愚昧な船頭たちの狭い箱館の噂話に限られ、時世の大変などは知るよしもなかったのである。

二人は夏のはじめになると、毎年船を待った。しかしそれも、物の不足を喞つとか故国に憧れるとかいうのではなく、来るはずのものを待つというほどの気持であった。

「とうとう今年も来なかったね」

それですんでしまった。なるほど足りないものはいろいろあるが、それははじめから期していたことでもとより不服などあろうはずがない。崇広から毎年とどこおりなく物資を送られたのを、これでは冥利につきるとさえ思っていた二人だった。御舟手付で生涯を終るべきはずの自分たちがこのように重用され、何千人の中から選ばれて日本の国土の北端の守備を委(まか)されているという感激で、日々の艱難や物資の不足などはなんの煩いにもならなかった。江戸を発つ日のあの夜の感動はいかなる不幸もそれをうち消すことが出来なかったのである。

四

「しっかり」

「大丈夫だ」

点のように見えていた空の鷲はだんだん低く下(くだ)って来、トド松の梢をかすめながら泳ぐように二三度羽搏(はばた)きすると、えらい羽音をたてて一気に舞いおりてきた。大きな渋(しぶ)団扇(うちわ)でも叩くようなバサバサいう音が二人の頭のすぐ上に迫り、地面が急に薄暗くなった。

　俊作は蕗の葉の間へ伏したまま弓をひきしぼり、眼を伏せて羽音の頃合をはかってい
たが、ジリジリと膝をおしたてると、

「やッ」

　と、掛声もろとも切って離そうとした。多仲がなにを思ったのか慌ててその肱をとめ
た。

「俊作さん、射たないで。長十郎です」

「おッ、そうか」

　鷲は熊手のような大きな鈎爪でヒョイと子狐を摑みとると、一とあおり羽根を煽って
斜に空へ舞いあがり、トド松の頂でいちど大きく輪を描き白い尾羽を陽の光りに輝か
せながらゆっくりとヨロ岳のほうへ飛んで行った。

「危かった。あなたがとめてくれなかったら、たしかにやっていた」

「わたしも、ツイそこへ下りてくるまで気がつかなかったのです」

「ほんとうによかった。もうすこしで寝覚めの悪い思いをするところだった」

　二人は蕗の葉の間に立って、空の中へ消えて行く鷲の姿をホッとしたような顔で見

送った。

「長十郎が喜んで帰って行きます」

「あの子狐が一匹あれば、きょうはもうオコック海まで稼ぎに行かなくともすむからね」

それは翼を伸ばすと一間半もあろうと思われる大きな尾白鷲（おじろわし）だった。頭と頸は黄灰色（おうかいしょく）で、身体は黒に赤斑（あかまだら）があり、尾羽は雪のように真っ白だった。この辺に鷲の種類は多いがこんな見事な鷲はめずらしかった。原始林の向うのヨロ岳の頂に巣があって、いつもそこから飛んで来てはそこへ帰って行った。

その鷲は喰気（くいけ）盛りの子鷲を養っていると見え、毎日見る眼にも忙しそうだった。朝早くから韃靼海峡かオコック海のほうへ飛んで行き、昼すぎになると鮭か鱒を摑んで疲れたようすをして戻ってくる。そしてそれを巣へおくと間をおかずに今度は真南のアニワ湾のほうへ飛んで行く。はげしい時は日に五遍も往復した。そういう時は一気に巣まで戻ることが出来ず、二人がいつも隠れ場所にしている林の奥の岩の上で長い間羽根を休めてから帰って行った。

獲物のある時は、高い空を渡って行く鷲の鈎爪の間にキラキラ光るものが見える。二人はそれを見るとこういう。

「今朝は獲物があったようだね。まず、よかった」

だが、時にはなにも掴まないで帰って行くこともあった。その時の鷲のようすは見るもあわれだった。

「多仲さん、きょうは不漁（しけ）だったらしいな」

冬になって海が荒れ、獣物（けもの）たちもみな穴の中へ冬籠りして雪の上へ足跡をつけないようになると、鷲は物悲しそうに幾日も空しく雪野原の上を飛びまわった。

俊作と多仲は気の毒に思って、自分達の乏しい食物の中から乾魚（ひうお）やしのり鴨を岩の上に置いて来てやった。鷲はそれを掴むと裾から火がついたように大急ぎで巣へ帰って行った。俊作と多仲は、自分たちの空腹も忘れて満足そうにそれを見送った。

鷲はときどき甲高い声で鳴く。それが二人の耳にチョージローと聞える。それでその鷲を「長十郎」と呼ぶことにした。

朔北（さくほく）の、原始林と沼と苔原（ツンドラ）しかないこういう荒くれた風土の中にいる二人にとって、長十郎の日々の営みを見ることはなんともいえぬ慰めだった。年を重ねるにつれ、長十郎は怖れずに二人の近くへ来るようになり、獲物のないときは岩の上へなにか置いてくれるのを待つようになった。

五

二人のうしろで、

「よう、今日は(ズドラー・ストブイチエ)」

という声がした。

驚いて振返って見ると、いつの間に来たのか、八人の露兵が林の中へ立ち並んで、陰気な眼付で二人のほうを眺めていた。

二人に声をかけたのは、肩章のついた軍服を着た、士官とも思われる若い露西亜人だった。猟虎(らっこ)の帽子をかぶって長い剣を吊り、顎を綺麗に剃っていた。風態の悪い髭むじゃらの露西亜人ばかり見つけた眼には、スベスベした顎とよく揃った白い歯が妙に酷薄な感じをあたえた。服も帽子も真新しいので、最近、サガレンのほうから転任して来たものだということがわかった。

俊作と多仲は、黙って士官の顔を見ていた。士官は美しい口髭をひねりながらいった。

「なるほど！　これはたいした落着き方だな。だが、俺が来た以上、もう二度と手数をかけさせないぞ」

俊作も多仲も片言しか露西亜語がわからなかったが、言葉の端々からおすと大体そんなことをいってるらしかった。

「お前らをタンギーの鉱山へ送って、二度とここへ帰れぬようにしてやる」

そういって、後の兵隊たちになにか手真似で合図をした。

弓を射ようにも近すぎて駄目なので、俊作は弓を捨てて刀へ手をかけたが、いきなり後へ引き倒され、悪臭い匂いのする露西亜人が背中へ馬乗りになって後手に縛りあげてしまった。

多仲は、例のでんで、矢庭に林のほうへ逃げ出そうとしたが、俊作が縛られたのを見ると、駆け戻って来てその傍へ並んで坐った。

露兵たちは銃床で二人の頭をさんざんに撲りつけた。二人は眼がくらんで前へ倒れた。露兵たちは二人の刀を取り上げて沼の中へ投げ込み、それからいつものように小屋と魚乾場をさんざんに壊して火をつけた。

小屋が焼け落ちると、後手に縛った二人の首を縄でつなぎ、鉄砲の先で背中を突きたてながら林の中の暗い道を歩かせはじめた。

二人は先を行く露西亜人の臭い背中に顔を突きあてたりよろけたりしながら歩いて行った。頭の傷から血が流れ出して眼へ入るが、後手に縛られているので拭くことも出来なかった。

間もなく林を出ると、川を渡って石原のような高低(たかひく)のあるところをしばらく行った。

二人はせめて道筋だけでも見ておきたいと思ったが、両方の瞼が血糊で膠(は)りついてすこしもようすがわからなかった。

半刻(はんとき)ほどの後、番所へ着いた。

それは納屋のような大きな建物で、屋根の上に煙突が突きだし、そこから煙が出ていた。

士官は二人の縄を解くと番所から二十間ほど離れた低い土堤の前の穴へ二人を突き落した。

「いずれタンギーの鉱山へ行くと、こんな穴へ入らなければならない。今からすこし馴れておくほうがいいだろう」

　そういって、行ってしまった。

　それは深さ十五尺ほどの深い大きい穴で、以前、銅でも掘りかけたあとらしかった。底には水が溜まり坐ることさえ出来なかった。上を仰ぐと空が見えるだけがせめてもの慰めだった。

　次の朝、焼かない生の麵麭(パン)が投げ込まれたが生臭くてどうしても食べる気になれなかった。水の中に不自由な恰好をして立っていたので、一と晩のうちに二人の脚がひどく腫れあがってしまった。

　多仲がいった。

「俊作さん、わたしの脚はこんなになってしまいました」

「わたしもそうだ。この水の中には鉱気(かなけ)があるらしいな。こんなところに長くいると、逃げる機会が来ても動けないようになってしまう。なんとかして今日明日のうちにここを逃げ出そう」

「逃げましょう」

　穴の側面に足掛りを刻みさえすればどうにかここを抜け出せる自信はあったが、まるっきりの素手ではどうしようもなかった。思い立って爪で土を掻いてみたが、どうにもならないのでやめてしまった。

それから三日たった。

二人の脚はいよいよ膨れて毬のようになった。さすがに、どういう希望も二人の心に感じられなくなってしまった。

次の朝の八時頃のことだった。

空の高みで聞き馴れた鳥の羽搏きの音がした。ふり仰いで見ると、ちょうど穴の真上の空を長十郎が悠々と西のほうへ飛んで行くところだった。二人は思わず一緒に叫んだ。

「ああ、長十郎だ」

「あすこを、長十郎が行く」

二人はいいようのないなつかしい思いでその後を眼で追ったが、穴から見られる空はごく狭いので、名残り惜しくもすぐ見えなくなってしまった。

正午(ひる)をすこしすぎたころだった。穴の壁に凭(もた)れて立っている多仲の頬をかすめて、おそろしく冷たい大きなものがサッと穴の中へ落ちこんできた。

「おッ」

浅い水の底でなにか細長いものがギラリと光った。手を入れて取り上げて見ると、それは二尺五寸はたっぷりある美事な鮭だった。

二人は呆気にとられて顔を見合せた。

「こんなものを投げ込んでよこした。こんなものを喰えというのでしょうか」

俊作は多仲が持っている魚を眺めていたが、だしぬけに、ああ、と声をあげた。

「これを見なさい、長十郎の仕業だ」

なるほど、鮭の胴には大きな鈎爪の痕が前後に八ツ、はっきりとついていた。俊作は、は、は、は、と笑った。

「長十郎が、われわれの苦境を見かねて落してくれたのだね。しかし、こんなものを食べたって、われわれの状態がこれよりよくなるものではない」

多仲は魚を手に持ったままぼんやり考えていたが、急につんぬけるような声で叫んだ。

「助かった、助かった」

その声の中に気が狂いかけた人のうわずった調子があった。俊作は思わず多仲の肩へ手をかけた。

「多仲さん、しっかりしてくれ」

多仲は大きな声で笑いだした。

「助かった、助かった……ほら、魚の骨！」

「魚の骨？」

俊作はしばらく考えていたが、

「あッ、そうか」

といって腿を打った。

それから間もなく、夕闇が静かにおりかけると、二人は星の光をたよりに硬い鮭の骨で竪穴の側壁にせっせと足掛りを刻みはじめた。

明治三十九年の六月、日露戦争の勝利で、日本は露国から樺太の北緯五十度以南を受領することになって国境確定委員がやってきた。

測量師がモイガ川の合流点で、測量をはじめようとすると、沼の岸の丸太小屋から二人の七十近い老人が出てきて、あなたがたはなにをしているのかとたずねた。測量師がそのわけを話すと、老人達は、北緯五十度ならあの小屋のあるところがそうだといってゆっくりとそのほうを指した。

丸太小屋のあったところに菊の御紋章の入った御影石の立派な標石が置かれた。

二人は北海道渡島国(おしまのくに)福山町へ帰り、俊作は七十五で、多仲は七十二でそこで死んだ。

弘化花暦

一　不知森の呼声

仙台石巻の銛打師、幸坂の甚之助が下総の成田山で三七日のお籠りをし、始めて江戸へ上ろうとするその途中。十月始めのことで、短い秋の日がもう暮れかかる。

船橋街道の八幡の不知森のそばを足早に通りぬけようとすると、薄暗い森の中から、

「待て待て、盗人……」

大して深い森ではないが、昔からこの中へ入ると祟りがあると言い伝えて、村人はもちろん、旅の者も避けるようにして通る。

絶えて人が踏み込まぬのだから、森の中には落葉がうず高く積み、杉の幹には紅葉した蔦桂が赤い襷のように十重廿重に纏いあがっている。

いささか感ずるところがあって日本一大賊の発願をし、その祈願をこめて来たばかりのところだが、廿二歳の今日まで荒波と鯨ばかりを相手に暮らしていた。塵ッぱひとつ

他人のものを盗んだことはないのだから盗人と呼ばれる覚えはない。そのままスタスタと行きかかると、

「そこへ行く盗人。待てと言ったら待たぬか」

すぐ、かッとする血の気の多い性だから、畜生ッ、ふざけやがって、とツカツカと戻って森の木立の間をのぞき込んで見ると、八幡の座といわれている苔の蒸した石の祠のそばに、払子のような白い顎髭を生やした、もう七十に手が届こうという枯木のように痩せた雲水の僧が落葉の上で半眼を閉じながら寂然と座禅を組んでいる。

「おい、坊さん、いま、わしを盗人と、呼んだのはあんたかね」

「いかにもそうだ」

「じょうだん言っちゃいかねえ。わしは、まっとうな人間だ。盗人なんぞと呼ばれる覚えはねえ。馬鹿にするな」

「隠しても駄目じゃ、ちゃんとわかっている。……話があるから、まあ坐れ」

静かな声だが、こちらの五体を圧えつけてしまうような妙な力がある。そうしようとも思わないうちに自然に落葉へ膝をついて、

「話はなんだ。日が暮れるから早くしてくれ」

旅の老僧はクワッと眼を見ひらくと眼じろぎもせずに甚之助はハッと首を竦めた。これぁ、ただの坊主じゃねえ。

その眼差の鋭いこと、慈眼とでもいうような穏かな眼なのだが、瞳の中からはげしい光が流れ出してきてこちらの眼玉をさしつらぬく。眩しくてとてもまともに見返していられない。

「……睡鳳にして眼底に白光あるは、遇変不眊といってなかなか油断のならない眼相だ。善に貫けば救国の宰相、悪に走れば災殃の大賊。……見受けるところ天庭に清色なく、地府に敦厚の喜促がないからとうてい賢達の相貌ではない。たしかにお前は賊。尤も盗人のほうはこれから皮切というところ。……どうじゃ、それにちがいあるまい」

こうスッパリと見抜かれたら手も足も出ない。甚之助はヘッと頭をさげて、

「恐れ入りました。……ちょっと仔細がありまして、なんとかして日本一の大賊になりたいと思い、成田山へその祈願をこめて来たばかりのところなんで……」

「それはまた変った心願じゃ。大賊になってどうする」

「あまり弱い者虐めの世の中ですから、わしの力でちょっとばかり手直しをしてやりたいと思いますんで。大したことも出来ますまいがね。……じつは、わたしは幸坂甚内の

裔でして、慶長の昔先祖の甚内が仕残したことをわたしの手でやり遂げたいというのが心願……」

「幸坂甚内というと、飛脚を殺して金子を奪り、それを宮本武蔵に覚られて舟遊びにことよせて大川へ連れだされ、すんでのことに腹を切らされにかかった兇賊の甚内のことか」

「さようでごぜえます」

「なるほど、血筋は争われないものだ。……それでお前の名は何という……」

「……甚之助。又の名をならい風ノ助と申します。もっとも後のほうは今日つけたばかりなんで……」

「……うむ、風ノ助というか。……それでな、風ノ助、お前を見込んでひとつ頼みがあるのだが、なんと聴いてはくれまいか」

「わしを見込んでと申しますと……」

「少々難儀な仕事じゃから盗人でもしようという機才のある人間でなければやり終おせぬからじゃ。……じつはな、甚之助、わしは前の月の十七日からここで断食しながらそういう人間の通るのを待っていた。わしがここへ坐り込んでからちょうど廿一日目の満願の日にお前が通りかかった。これも仏縁。軽いことではない」

「廿一日も飲まず食わずでわしを待っていたとおっしゃるんで？」

「そうじゃ。……この難儀な仕事をやり終おせば国の乱れを未前に救うことになる。義賊の発願をしたというのであれば、手始めの仕事としてはまず打ってつけ。……どうじゃ、引受けてはくれぬか」

「へい、ありがとうござります」

「ふ、ふ、礼を言うとは変った男じゃ。では、引受けてくれるか」

「いま伺っていますと、どうやらわしのような駆出しには分に過ぎた大仕事。それでお礼を申しやした。廿一日もこんなところでわしの来るのを待っていてくだすったというそのお志にたいしても、何で否が言えますものか。引受けるも引受けぬもございません。骨が舎利になってもかならず仕遂げてごらんにいれます」

「忝けない。これでわしも安心して眼をつぶることが出来る。では、さっそく話すことにしよう。これは由々しい国の秘事だでな、人に聴かれてはならぬ。近くに人がいないか、ちょっと見てくれ」

二　双生児の世子

　風ノ助は森を出て街道をずっと見渡したが、薄い夕靄がおりているばかり、上にも下にも人の影はない。念のために森の中も充分透かして見てから戻ってきて、

「誰も居りません」

「では、もうすこしそばへ寄れ。この世で四人しか知らぬ至極の秘事をこれから解き明かす。そのつもりで聴いておれ」

「へえ」

「……いまの公方、十二代将軍家慶公の御世子、幼名政之助さま、……つまり、いまの右大将家定公は本寿院さまのお腹で、文政七年四月十四日に江戸城本丸にお生れになったのだが、それから四半刻ばかりおいて、また一人生れた。……つまり双生児」

「えッ」

「驚くのも無理はない。いまの公方に双生児の兄弟があることを知っているのは、本寿院さまと家慶公と取上げ婆のお沢、それにこのわしの四人しか知らぬ。尤も、産室には三人の召使いが居ったが、この秘事を伏せるため気の毒ながら毒を盛られて病死の体に

なってしまった」

「それで、あとのほうの公方さまはどうなりましたので……」

「話はこれから。……国の世子に双生児は乱の基。なぜと言って、いずれを兄にし、いずれを弟にとも定めにくいのだから、生長した暁、一人を世子と定めれば、他のほうはかならず不平不満を抱く。自分こそ嫡男であると言いたて、追々に味方をつくり大藩に倚って謀反でも企てるようなことになれば、それこそ国の大事、乱の基。前例のないことではないのだから、根を絶つならば今のうち。家慶公はひと思いに斬ってしまおうとなさったが、本寿院さまの愁訴にさえぎられ、殺すことだけは思いとどまられ、十歳になったら僧にして草深い山里の破寺で何も知らさずに朽ちさせてしまうという突破策で、その子をお沢に賜わった。お沢は篤実な女だからこの役には打ってつけ」

「へい、へい」

「そこでお子をじぶんの懐に押隠し、吹上の庭伝いにそっと坂下御門から出て神田紺屋町のじぶんの家へ帰り、捨蔵と名をつけて丹精して育て、八歳の春、遠縁にあたる草津小野村の万年寺という禅寺の祐堂という和尚に実を明かして捨蔵を托した。……その祐堂がわしじゃ」

「へへえ、なるほど」

「やがて十歳になったので剃髪させようとすると、僧になるのを嫌って寺から出奔してしまった。……それからちょうど十四年。わしは雲水になって津々浦々、草の根を分けて捜し廻ったが、どうしても捜し出すことが出来ん。この春一度寺を見るつもりで草津へ帰ると、お沢の家主の久五郎というひとから赤紙つきの手紙が届いておった。……手紙の趣は、五月の二日の夕方、お沢の家から唸り声がきこえるから入って見ると、お沢が斬られて倒れている。あわてて介抱にかかると、あたしのことはどうでもいいからこの封紙の中に二字の漢字が書いてあるが、これへ赤紙をつけてこの名宛のところへ送ってくれと言って息が絶えてしまった。そこで家主が状屋へ行こうとその封紙を手に持って露路を出かかると、いきなり右左から同時に二人の曲者が飛びだして封紙に手をかけるから、何をするといって振払うはずみに封紙は三つに千切れ、二つは曲者に奪われ、ようやくこれだけじぶんの手に残った。せっかく臨終の頼みもこんな始末になってなんとも面目ないが暗闇の出逢で曲者どもの顔もよく見えず取返すあてもないのだから、せめて何かの足しに自分の手に残ったぶんだけを送るという文意。……開いて見ると、短冊形の紙の後が千切れ、『五』という一字だけが残っている。お沢がわしに書き越すからは、言うまでもなく捨蔵さまのいられる所の名を知らせてよこしたのにちがいない。漢字で三字ということだから、滋賀の五箇庄は言う迄もなく五峰山から五郎潟、武蔵の五日市といたるところを訪ねて廻ったすえ、この下総の真間の奥に五十槻という小さな村があるということを聞いたので先の月の十五日にそこへ出かけて行って見たがやはりそこに居られない。わしの寿命はこの十月の戌の日の戌の刻につきることがわかっておるのじゃから、わしの力としては、もはや如何とも成し難い。幸いわしの命はまだ廿一日だけ残っているから、街道のほとりに坐って通りがかりの旅人の相貌を眺め、これと思う人間に後事を托そうと、それでここで断食をしていたというわけじゃ。……それにしてもそのような曲者がお沢を襲うようでは何者かがこの双生児の秘事を洩れ知り捨蔵さまを訊ね出してこれによって何事か企てようとしているのにちがいない。……わけても訝しいのは前の大老水野越前。あれほどの失政をして御役御免になったにかかわらず、十ケ月と経たぬそのうちに将軍家直々のお声がかりでまたその職に復したという事実。……その理由は家慶さまのほか誰一人知らぬ。まことに以て訝しい次第。……その見当は当らぬかも知れぬが、ひょっとすると、あの佞奸の水野が最近に至って双生児の秘事を聞き知り、それを種に上様に復職を強請したというようなことだったのではあるまいか。果してわしがかんがえるようなことであって、捨蔵さまを水野に捜し出され、その腕の中に抱えこまれるようなことになったら、水野はどのような思い切ったことをやり出そうも測られぬ。頼みとはここのことだが、どうか水野より先に捨蔵さまの居所を捜し出してこの書状をお渡ししてくれ。……この書状には、身にそなわらぬ大望にこころを焦すはしょせん身の仇。浮雲の塵慾に惑わされず、一日も早く仏門に入って悠々と天寿を完うなされと書いてある。……ここに捨蔵さまの絵姿もあるから、どうかよろしくたのむ」

「へい、よくわかりました。つまり、捨蔵さまの居所を捜しだしてこの手紙を渡し、早く坊主になれと言やいいんですね。たしかに承知しました。……あなたのお手紙と絵姿はこの通り胴巻へしっかりと納めましたからご安心なすってください。……それであなたはこれからどうなさいます」

「わしは間もなくここで死ぬ。わしのことはかまわんでよい」

「そうですか。せめて眼をおつぶりになるまでここにいて念仏のひとつも唱えてあげたいというところでしょうが、お覚悟のあるあなたのような方に向ってそんなことを言うのさえ余計。……では、和尚さん、どうぞ大往生なすってください」

「縁があったら、またあの世で逢おう」

「冗談おっしゃっちゃいけません。あなたは否でも応でも極楽へ行く方。わしはどのみち地獄へ逆落し。あの世もこの世もこれがギリギリのお別れ。……では、さようなら」

ピョコリとひとつ頭をさげると、露除けの引廻しの裾をヒラヒラさせながら街道の夕靄の中へ紛れこんでしまった。

三　鐘ケ淵の宙吊女

今夜のうちに千住までのす気で、暗い夜道を国府台へかかる。

右は総寧寺の境内で、左は名代の国府台の断崖。崖の下には利根川の水が渦を巻いて流れている。

鐘ケ淵の近くまでスタスタやってくると、一町ほど向うで、五人ばかりの人間が崖から淵へ身を乗り出すようにして、忍び声で代るがわる崖の下へ何か言いかけている。すると崖の下からおうむがえしによく透る落着いた女の声がきこえてくる。

何をしていやるのだろうと思って、断崖の端へ手をついて女の声のする方を斜に見下した途端、風ノ助は思わず、あッと息を嚥んだ。
秋霧がたてこめて月影は薄いが、ちょうど月の出で蒼白い月光が断崖の面へ斜にさしかけているのでそこだけがはっきりと見える。蓑虫のようにグルグル巻きにされた一人の女が、一本の綱で六十尺ばかりも切立った断崖へ吊りさげられてブラブラと揺れている。

さっきから落着いた声でものを言っているのは、一本の綱で宙ぶらりんになっているその女なのだった。こんなことを言っている。

「殺すというならお殺しなさい。……わけはないでしょう、この綱をスッパリと切りさえすればいいんですからね。どうせ、あたしはこんなふうにがんじがらめになっているんですし、こんなはげしい流れなんだから、あたしは溺れて死ぬほかはない。……何ですって? 白状するなら助けてやるって?……冗談ばっかし、このあたしが、そんな甘口に乗ると思って?……ねえ、村垣さん、御庭番といえば将軍さま御直配の隠密。……吹上御殿の御籠台の椽先につくばって、えへん、とひとつ咳払いをすると将軍さまがひとりで縁先まで出ていらして人払いの上で密々に話をお聴きになる。目安箱の密訴状の実否やら遠国の外様大名の政治の模様。そうかと思うとお家騒動の報告もあります。天下の動静は御庭番の働きひとつでどんな細かいことでも手にとるようにわかるというわけ。……ねえ、そうでしょう？　ちょっと土佐を調べてこいと言われると家へも寄らずにその場からすぐ土佐へ乗込んで行く。……あなたの父上の村垣淡路守が薩摩を調べにいらしたときは、御庭先から出かけて行って廿五年目にやっと帰って来た。御用のため、秘密を守るためなら親兄弟、じぶんの子供でも殺す。都合によってはじぶんの片手片脚を斬り捨て、てんぼうに化けたりいざりに化けたりするようなことさえするんです。そういう怖ない人が、そうやって崖の上に六人も腕組みをして突っ立っている。……たとえあたしがほんとうのことを言ったって、これほどの大事を知っているこのあたしを生かしておこう道理はない。……ねえ村垣さん、そう言ったようなもんでしょう？　言っても殺される、言わなくても殺されるなら、あたしは言わない。この秘密はこのままわたしの胸に抱いて死んでゆきます。……どのみち、殺すつもりなのなら早く綱をお切りなさいな。こんなところで宙ぶらりんになっているのはかったるくてしようがないから。ねえ、村垣さんてば……」

言葉尻が、あッという呼声に変ったと思うと、女の身体が長い綱の尾を曳きながら石のように落ちて行く。

「あッ、切りやがった。畜生、ひでえことをしやがる」

女の身体は水際で一度筋斗(もんどり)を打ち、ひどい水飛沫(しぶき)をあげて川の中に落ちこむと、湯玉がわくような激しい渦巻の中へググーッと引き込まれてしまった。

「見ねえなら知らず、見た以上はこのままには放っておけない。そんなことをしたら、ならい風ノ助の首途(かどで)のけがれになる。……どうせ川は下へ流れるもの、川下で待っていれゃなんとか助けることが出来るだろう。鯨の背中で波乗(なみのり)した脚だ。流れより遅いということはあるまい。よしッ、崖に沿って突っ走れ」

言い終るより早く、闇雲に川下のほうへ走りだした。

四　お八重の頼み

このへんは足利時代の太田の城のあったあとで、そのころの殿守台(でんしゅだい)や古墳がところどころに残っている。古い城址(しろあと)の間を走りぬけて行くと、断崖に岩をそのまま刻んだ百五十段の石段が水際までつづいていて、その下に羅漢の井戸という古井戸がある。

甚之助は、飛ぶように急な石段を駈けおり、井戸のそばの岩のうえに踞(かが)んで薄月(うすづき)の光をたよりに川上の水面を睨んでいると、先程の女がはげしい川波に揉まれながら浮きつ沈みつ流れてくる。

「おッ、流れてくる流れてくる。……どんぶりこっこどんぶりこ。あんな恰好をしていると女も態はねえ。まるで沖流の鰮鯨のようだ。鯨ならここから銛を打ってわけなく引き寄せるんだが、相手が人間の牝じゃ、そんな無法なことも出来ない。といって、大切な手紙を持っているんだから身体を濡らすわけにもいかねえ。お、ここに手ごろな丸木があるから筏乗とやっつけるか」

　水際に倒れていたひと抱えほどある欅の朽木を流れの中へ押し落すと、身軽にヒョイとその上に飛び乗り、足でクルクルと丸木を廻しながらすこしずつ中流へ押しだして行く。

　流れに押流されながらも、荒海で鯨の背乗をした手練でジリジリと女のほうへ近寄って行って、腰につけていた縄銛をといてひと振りすると、女の胴にからみつかせ、縄銛の端を手に持ったまままた足で丸木を廻して岸のほうへ戻り始めた。

　およそ二十町ばかりも流されてからようやく丸木を岸に寄せ、ヒョイと磧に飛びあがり、波除けの杭に女の身体を結びつけておき、石子詰めの蛇籠に腰をかけて腰から煙草

入れを抜きとってゆっくりと一服やりながら、
「これで一段落。あとは水を吐かせるだけ。ひどく骨を折らせやがった」
と、呑気なことを言いながら、薄月に顔むけて、眼を閉じていた女の顔をつくづくと眺めた。

廿歳ぐらいといっても、まだ廿一にはならない。目鼻立ちのきっぱりした瓜実顔。縮緬の着物に紫繻子の帯を立矢の字に締め、島田に白い丈長をつけ、裾をきりりと短く端折って白の脚絆に草鞋を穿いている。

「これはどうも大した代物だ。仙台の石巻ではこんな鼻筋の通った女はまだ見たことがなかった。齢のころもまだ廿歳になったぐらいのところだが、崖に吊りさげられながらあんな悪態をつくなんていうのは、ちょっとこの齢の小娘には出来ない芸当だ。波切り観音さまのようなこんなおっとりした顔をしているくせに、よくまああんな憎まれ口が利けたものだ。これだから女は怖かねえ。……しかし、いつまでもこうしておくわけにはゆくめえ。どれ、水を吐かせてやるか」

吸殻を叩いて煙草入れを腰に差すと、やっこらさと起ちあがり、まるでごんどう鯨でも扱うように襟髪を摑んでズルズルと磧へ引きあげ、衿をおし開けて胸のほうへ手を差

し入れ、

「おう、まだ温みがある。このぶんなら大丈夫、落ちる途中で気を失ったとみえて、いいあんばいにあまり水も飲んでいない」

がんじがらめになっている縄を手早く解いて俯向けにして水を吐かせ、磧の枯枝や葭を集めて焚火を焚いて女の身体を温め、いろいろやっているうちにどうやら気がついたらしく微かに手足を動かし始めた。

「へえ、お生き返りあそばしたか。そんならおれはもう用はない。何しろ大事な用を控えているんだからあんまり道草を喰ってもいられねえ」

女の肩に手をかけて手荒く揺すぶりながら、

「姐さん姐さん、気がつきなすったか。もうすこしそばにいてあげたいがわしは先を急ぐからもう行きますぜ、焚火で着物を乾かしてから近所の百姓屋にでも泊めて貰いない。いいね、わしは行きますぜ」

女は、長い溜息をひとつ吐くと、ぼんやりと眼を開いて怪訝そうな顔であたりを見廻し、

「いま、なにか仰有ったのはあなたでしたか。あたしはいったい、どうしたのでしょ

う」

「どうしたもこうしたもありゃしない。お前さんが鐘ケ淵へ落し込まれて土左衛門になりかかっているのをわしがやっとの思いで助けてあげたんです」

女は、あら、と眼を見張って、

「あなたが、あたしをお助けくださいましたの」

「どうも話がくどくていけねえ。わしが助けたからこそ、こうしているんじゃねえか。さもなければ、今ごろは行徳の沖あたりまでつん流れて行って鰯にお尻を突つかれているところだ」

「まあ、面白い方。普通なら、ひとを助けておいてなかなかそんな冗談はいえないものですわ。そんなところに突っ立っていないで、まあ焚火にでもおあたりなさいませ」

甚之助は、毒気をぬかれて、われともなく焚火のそばへ踞み込むと、女は、裾を直してから艶めかしく横坐りをして焚火に手を翳しながら、

「ほんとうのことを言いましょうか。じつはね、あたしもうすこし先から気がついていたんですけど、あなたがどんなことをするのかと思ってようすを窺っていましたの」

「馬鹿にしていやがら。じゃ、あんたは、わしが手であんたの足や胸を温めてやったの

を知っていたんですか」

「ええ、知っていましたわ。どうもご親切さま」

「こいつは驚いた。江戸の人はひとが悪いというが、ほんとうだね」

「でも、こんな磧に男一人女一人、何をされるかわからないとしたら、やはり怖いでしょう」

「ぷッ、冗談いっちゃいけねえ。五十尺もある崖に宙吊りになってあんな後生楽を並べていたお前さんでも怖いものがありますのか」

「まあ、いやだ。あなたはあれを聴いていたの。そんなら今更、猫をかぶっても手後れね」

「いい加減にからかっておきなさい。わしは先を急ぐからあんたにかまっちゃいられない。これで、お別れしますよ」

起きかかるのを、女は手で引きとめ、

「あたしをこんなところへ一人で置いて行って狼にでも喰われたらどうします。それこそ仏をつくって魂を入れずというもんだわ。それに折入ってお願いもありますの」

甚之助は、頭を掻いて、

「やあ、どうもこいつは弱った。お願いというのはいったいどんなことです。気が急くからね、手ッ取り早くやってください」

「どうやらあんたは宮城訛り。あちらのほうからいらした方なの」

「わしゃ仙台石巻の銛打師でね、江戸へ出るのはこんどが始めてなんで」

「なるほどね、江戸にも鯨が沢山います。長須鯨や抹香鯨。それに鯱もいれば、人喰鮫もいる。あなた、ひとつ腕を揮ってみる気はなくて」

「からかっちゃいけねえ。なんで江戸に鯨なんかいるもんか。田舎者だと思って馬鹿にしていやがる」

「怒っちゃいやよ。これは譬えばなしなの。……鯨は、悪大名、鯱は隠密。人喰鮫は悪奉行。そんなものが江戸にウヨウヨしているという意味なの。あたしを崖から鐘ケ淵へ落し込んだのも鯱の大将とその家来よ。みなで六疋いたわ。……ねえ、銛打さん、あたしは本性院様というお局の側仕えで八重というものですが、あたしがさるお大老の悪事を知っているばかりに、鯱だの人喰鮫だのが寄ってたかって何とかしてあたしを殺してしまおうとしますの。あなたは見たから知っているでしょう。こんな脆弱い女一人を、大勢の男であんなひどい目に逢わせるんです。ねえ、あなた、あたしを気の毒だとは思わない」

「それは、まあ、気の毒だと思う」

「あたしに力を借して、助けてくれる気はなくって」

「今日はよくものを頼まれる日だな。事柄によっちゃ力を貸してもいいが、それは、いったいどんなことです」

お八重は、甚之助の膝に手をかけて、

「ほんのちょっとしたことなの。江戸の龍口(たつのくち)の評定所(ひょうじょうしょ)の腰掛場に目安箱という箱がさがっていますからそれを持って来ていただきたいの」

「ああ、それを持って来れぁいいんだね。そんなことならわけはなさそうだ。よっぽど重いかね」

「まあ、いやだ。箱なんかどうだっていいのよ。箱の中にある手紙だけがほしいの」

「よし、わかった。……それでその手紙をどこへ持って行くかね」

「あさっての六ツに湯島の天神様の鐘撞堂(かねつきどう)の下まで持って来てください」

「よし、わかった」

「ほんとうにご親切ね」

五　評定所の賊

目安箱というのは、歴代の将軍が民情を知る具にした訴状箱で、老中の褒貶、町奉行、目付、遠国の奉行の非義失政などの忌憚のない密告書が出てくる。これを本丸へ差しだすときは老中の用部屋まで六人の目付が附添い、老中から用部屋坊主、時計の間坊主、側用取次というふうに順々に手渡しされ、将軍は人払いの上、首に掛けている守袋から目安箱の鍵を取りだして手ずから箱を開く、という厳重なもの。濫にこの箱を開けたりすると、その罪、死にあたる。

甚之助は石巻の銛打師だからそんなことは知らない。天下の目安箱をところもあろうに龍口評定所の腰掛場から持って来てやると引受けてしまった。

和田倉門を入ると突当りが町奉行御役宅。その右が評定所。老中と三奉行が天下の大事を評定する重い役所で公事裁判もする。

岩槻染女衒立縞の木綿の着物に茶無地の木綿羽織。剝げっちょろの革の煙草入れを腰にさげているところなどはどう見ても田舎の公事師。

引受けて、さて黒門町の宿に着いてから宿の主人に目安箱というのはどんなものかと訊ねてみて、さすがに胆ッ玉の太い甚之助もあッと仰天した。が、なにしろ一旦引受けたことだから今更後には退けない。そんなことをしたら、ならい風ノ助の大事な首途に疵がつく。

なにしろそれだけのものを抱えて逃げ出すというのだから、盗むには盗むだけの法がなくてはならない。馬喰町の公事宿へ飛んで行ってそこにゴロッチャラしている公事師を一人摑まえて腰掛場のようすや挨拶を教えてもらい、岩槻から公事に来ていた百姓の着物をそっくり譲ってもらった。

寄合場大玄関の左の潜門のそばに門番が三人立っている。ジロリと甚之助の服装を見て、

「遠国公事か」

「へえ、さようでございます」

「公事書はあがっているか」

「へえさようでございます」

「寄合公事か金公事か」

「寄合公事でございます」

「そんならば西の腰掛へ行け」

「ありがとうございます」

玉砂利を敷いた道をしばらく行くと、腰掛場があって木の床几（しょうぎ）に大勢の公事師が呼出を待っている。突当りが公事場へ行く入口になっていて、その式台の隅のほうに、壁に寄せて目安箱が置いてある。

黒鉄（くろご）の金物（かなもの）を打ちあけた檜の頑丈な箱で、ちょうど五重（いつかさね）の重箱ほどの大きさがある。

甚之助は、床几にいる人たちに丁寧に挨拶しながら式台のほうへ歩いて行き、式台へ継ぎはぎだらけの木綿の風呂敷を敷いて悠々と目安箱を包みはじめた。

まさか天下の目安箱を持ってゆく馬鹿もない。四五人の公事師が何をするのだろうと怪訝な顔でぼんやり眺めているうちに甚之助は目安箱を包むとそれを右手にさげて、はい、ごめんくらっせえ、と丁寧に挨拶しながら腰掛場を出てゆく。

よっぽど行ってからようやく気がついて、二三人、床几から飛びあがって、

「やッ、泥棒！」

「飛んでもねえことをしやがる。やい、待てッ……」

砂利を蹴って後先になってバラバラと追いかけて来る。

「糞でも喰え、だれが待つか」

じぶんも大きな声で、泥棒、泥棒と叫びながら潜門のほうへ駆けだし、

「お門番、お門番、いまそこへ盗人が走って行きます」

詰所で将棋を差していた門番が驚いて駒を握ったまま飛びだして来る。

「やいやい、何を騒いでいやがるんだ」

甚之助は、息せき切って、

「ど、泥棒……。いま、ぬすっとが逃げて行きました」

「馬鹿をいえ。そんなはずはない」

「はずにもなにも……。あれあれ、あそこへ……」

待て待て、そのぬすっと待て、と叫びながら潜門を飛びだす。和田倉門のほうへ行かずに町奉行の役宅の塀についてトットと坂下門のほうへ駆けながらうしろを振返って見ると、番衆や同心に公事師もまじって一団になってワアワアいいながら追いかけて来る。どっちへ逃げてもお濠のうち。

紅葉山の下を半蔵門のほうへ走りだして見たが、このぶんでは半蔵門で捕まるにき

まっている。

「ままよ、どうなるものか。西丸の中へ逃げ込んでしまえ」

幸いあたりに人がない。躑躅を植えた紅葉山の土手に取ついて盲滅法に掻きあがる。

六　将軍と御庭番

飛込んだところが、ちょうど廟所のあるところ。築山をへだてて向うにお文庫の建物が見える。

甚之助は楓の古木の根元へドッカリと胡坐をかき、

「ここまで来れぁ大丈夫。いま西の丸へ怪しきやつが入り込みましたが、何卒ご支配までお通じください。……支配から添奉行、添奉行から吹上奉行と手続きを踏んでいるうちにとっぷりと日が暮れる。こういうこともあろうかと思って用意してきた息筒を使って濠の水底を歩いてうまく外濠へ出てしまう……。まあ、そう言ったようなわけだ。……では、ひとつ箱を壊しにかかるか」

と、言いながら、懐中から五寸ばかりの細目鋸を取りだして状入口からゴシゴシと挽き切りはじめた。

刳開けた穴から手を入れて見ると五通の訴状が入っている。甚之助は、どんなことが書いてあるのかと独言をいいながら丁寧に封じ目を解いてひとつずつ読んでいったが、五通目の最後の訴状に眼を走らせると、

「おッ、これは！」

と、頓狂な叫声をあげた。

甚之助が驚いたも道理。それは次のような文面のものだった。


女々しいことですが、わたくしは前の本性院様の側仕えの八重と申す女に捨てられた男でございます。その怨みを忘れることが出来ませんので、意趣を晴らすため、八重の一派が企てておる謀反の事実をここに密訴いたします。一味と申しますのは大老水野越前守、町奉行、勘定奉行鳥居甲斐守、松平美作守支配、天文方見習御書物奉行兼帯渋川六蔵、甲斐守家来本庄茂平次、金座お金改役後藤三右衛門、並に中山法華経事件にて病死の体でお暇を賜わった本性院伊佐野局、御側役八重、それらの者で、家定公御双生の御兄君捨蔵様の御居所を知っている如くに見

せかけ、それを以って水野は上様を圧しつけて復職を強請したわけですが、実のところそのようなことはなく、昨年九月、八重が神田紺屋町なるお沢と申す者を襲って奪った捨蔵様の御居所を示す「大」という一字を認めたものが手にあるだけでございます。現にお八重は昨日国府台のあたりへ所在を探索に行っているほどで、これを以っても彼等の一味はまだ捨蔵様の御居所を知っていないという証拠になるのでございます。鳥居甲斐守は組下の目明、下ッ引を追い廻して昨年暮から密かに大探索を続けておりますが、まだ確かな手掛りはない様子でございます。実情はこの通りでございますが、猶、洩れ聞くところでは水野の一派は捨蔵様の御居所を捜しだし、これを擁立して御分家を強請し、己等一味の勢力を扶殖し、同時に阿部伊勢守を打倒するための具に使おうとする意志のよしでございます。以上。

甚之助は、読み終ると、

「畜生ッ」

と、言ってその手紙を草へ叩きつけ、

「ひとを田舎者だと思いやがって、よくもうまうま嵌めやがった。涙っぽく持ちかけてこのおれにこんなことをさせるなんて飛んでもねえ太い女だ。引受けるほうもあまり悧巧じゃねいが、それにしても忌々しい。おれが読み書きが出来るからいいようなものの、無筆だったらとんだ痴にされるところだった。……しかし悧巧なようでもやっぱり女。銛打師なんかどうせ無筆だろうとてんから嘗めてかかったのが向うのぬかり。ざまあ見やがれ、女狐め。薄情なことをして袖にした情夫がいずれそれくらいなことはするだろうと見込んで、女には寄りつけない評定所のことだから風来坊のおれにこんな仕事をやらせたのだろうが、おれのほうとすれば、思いもかけないいい仕合せ。祐堂和尚が二年もかかって行きつけないことを『五』でこのおれがどうあたりをつけようかと途方に暮れていたわけだったが、これで思いがけなくもう一字のほうがわかった。明日湯島天神の境内であの女狐に逢ったらこの意趣返しに恍けた顔でさんざん嬲ったすえ、天神様の社殿の檐へ逆吊しにしてやるからそう思っていやがれ。江戸には沢山鯨がいるとぬかしたが、差しずめあいつは海蛇ぐらいのところ。……それはそうと、坊さんも祐堂和尚ほどになれば大したもんだ。いながらにしてちゃんと水野のことを見抜いていた。今頃はもう不知森で大往生なすったことだろうが、何だかもう一度逢いたくて堪らねえ。……これでおれの手に『五』と『大』の二字が手に入ったから、残るところは僅か一字。いったいどんなやつの手にあるのかしらん。……まあ、しかし、あせってもしようがねえ、そのうちにかならずあたりをつけて見せる。……こうやって下人が足を踏み込んだことがない吹上御殿へ飛込んだのだから、どんなふうになっているものか、ついでのことに見物して行ってやろう」

ブツブツ独言をいいながら五つの訴状を胴巻の中に入れ、楓の木の間づたいにブラブラと築山のほうへ歩きだした。

築山の裾の林をぬけると、広々とした芝生になり、その向うが水田で、田の北と南に小さな小山が向き合っている。

「なるほど、あれが音に聞く木賊山と地主山か。このようすを見ると、まるで山村。とてもお廓うちにこんなところがあるとは思われない、いや、大したもんだ」

広芝の縁を廻って木賊山の裾のほうへ入って行くと、そこには見上げるような奇巌怪壁が聳えたち、二丈余りの滝が岩にかかり、流れがうねりうねって林の間や竹藪の間をゆるゆると流れ末は広々とした沼に注ぎ込んでいる。沼を囲む丘の斜面のところどころに四阿や茶室が樹々の間に見え隠れし、沼の西側は広々としたお花畑で色とりどりの花が目もあやに咲き乱れている。

甚之助は、呆気に取られて眺めていると、花畑と反対の並木路のほうに人の跫音がするのでびっくりして飛びあがり、

「おッ、こいつぁいけねえ。こんなところでふん捕まったら首がいくつあったって足れはしない。どこか身を隠すところがないかしらん」

と、キョロキョロ見廻していたが、どこもここも見透しで、これぞといって身を隠す場所がない。そのうちに、すぐそばの数寄屋の庭先に二抱えほどもある大きな古松が聳えているのに眼をつけ、

「こうなれぁ、どうもしようがない。あの松の枝の間にでも隠れるほかはねえ」

走り寄って幹に手をかけるとスルスルと駆上り、中段ほどの葉茂みの中に身を隠してホッと息を吐いていると、茶室の枝折戸をあけて静かに入って来た卅五六の精悍な眼つきをした一人の男。松坂木綿の着物を着流しにして茶無地木綿の羽織を着ている。身体つきは侍だが服装は下町の小商人。妙なやつが出てきたと思って眺めていると、その男は数寄屋の濡椽に近い庭先へ三つ指をつき、右手を口にあてて、えへん、えへんと二度ばかり軽く咳払いをした。

しばらくすると、数寄屋の障子がサラリと明いて、縁先へ出てきたのは五十一二の寛

闊なようすをしたひと。これも着流しで縁先まで出てくると、懐手をしたまま、

「おお、村垣か。あれはその後どうなっておる。まだ所在がわからぬか」

　村垣と呼ばれた男は、ハッとうやうやしく頭をさげ、

「今しばらく御容赦を願います。……じつは、いつぞやお話し申しあげました伊左野局の召使、八重と申す者を国府台で追い詰め、及ぶかぎり糺明いたしましたが、何としても白状いたしませんので、後々のためを思いまして鐘ケ淵へ沈めてしまいました」

「それでは、手蔓がなくなる」

「ご心配には及びません。八重は間もなく田舎者体の者に救いあげられ恙なく江戸へ帰っております」

「ほう」

「八重のほうでは、われわれが八重がもう死んだと思っているとかんがえ、今迄より自由に働くことでございましょうから、八重をさえ見張っておりますればかならず御在所がわかることと存じます。われわれの見込みでは、八重が国府台あたりを徘徊いたすによっても御在所はまずあのへんの見込み。北は川口、東は市川、南は千住、この三角の以内と察しております」

「その中に『鹿』という字のついた地名があるか」

「残念ながらございません。手前のかんがえでは、これは鹿ではなく、平仮名の『か』あるいは『しし』と読ませるつもりなのと心得ます。『か』は申すまでもなく鹿(か)の子の『か』。『しし』は鹿谷(ししがたに)の『しし』。まず、かようなわけと愚考いたします」

「いかさまな。何はともあれ、一日も早く居所を捜しだし、不愍(ふびん)だが手筈の通りいたせ。そうなくては佞奸(ねいかん)の水野を圧(おさ)えることが出来ん。水野の復職の理由が不明だによって閣内はいうまでもない、市中でもさまざま取沙汰するそうな。わしとしては、この上一日も水野の圧迫を忍びたくない、不快じゃ」

「おこころは充分お察し申しあげております。……かならず……かならず……」

寛闊なひとはそれで数寄屋の中へはいってしまった。村垣は庭土に三つ指をついて首を垂れたまま、いつまでもじっとしている。

甚之助は、松の上で小さな声で呟いた。

「ちぇッ、野郎、泣いていやがる。……早く行きやがれ、降りられぁしねえや。泣くならどこかへ行って泣け」

ジリジリしていると、村垣はようやく膝の土を払って立ちあがり、顔を俯向けるようにして以前来た並木路のほうへ行ってしまった。

甚之助は、そろそろと松の木からおりて沼のそばを廻り、竹藪の中へ逃げこむと、またしても大胡坐をかき、

「……あなたまかせの春の風。……もうひとつの漢字がわかって、その上読み方さえ教われぁ世話はない。……すると、お沢婆さんの書いた三字の漢字というのは『五』と『大』と『鹿』だということがわかった。……鹿は鹿の子の『か』と読ませるつもりだそうだから、すると『五』は五月の『さ』。これぁわけはない。……すると『大』はこの筆法で、大臣の『お』かな、それとも大人の『う』かな。……『さおか』ではなしにならないから、するとやはり大人のほうで『さうか』かな。……さうか……、さうか……、草加*！………〆めたッ」

飛びあがって、太い竹の幹に取りついて嬉しまぎれにヨイショヨイショと竹を揺すぶり始めた。

＊旧仮名遣いで「さうか」。本作品は旧仮名遣いで発表されましたが、新仮名遣いに編集して収録しました。（編集部）

七　三挺の早駕籠

深川の古梅庵という料亭の奥座敷。

柱掛(はしらかけ)に紅葉(こうよう)が一と枝挿(い)けてあって、その下で甚之助が口から涎(よだれ)を垂してぼんやりと眼を見開いている。

これと向きあって紫檀の食卓に腰をかけてニヤニヤ笑っているのは、鐘ケ淵のれいのお八重だ。

高く組んだ膝の上へ肱をついて掌で顎を支え、ひどくひとを馬鹿にした顔つきで、

「ほほほ、ちょいと甚之助さん、……甚助さん。……甚助と言や江戸では嫉妬屋(やきもちやき)のことだけど、仙台の石巻では馬鹿野郎ということなんじゃないかしら。何もかも承知のくせにすッ恍(とぼ)けてあたしを嬲(なぶ)ろうとしたって、そううまくはゆきませんのさ。お前さんが、風呂へ行っている隙(すき)に祐堂和尚の手紙を読んで、あんたが知っている字も、和尚のおせっかいも、何もかもみんなわかってしまったの。『五』という字がわかればもうこっちのもの。捨蔵様の居所はこれでちゃんとわかりましたから、あたしはひと足先にまいりますよ。始めて江戸へ出て来たひとをこんな目に逢わせてお気の毒さまみたいなもん

だけど、これに懲りでもう柄にないことはおよしなさい、わかりましたか。ご縁があったら、またいずれ。……あとで手足の痺れが直ったら、ちゃんと涎を拭いておきなさい。……くどいようだが、あたしはこれから行きますよ、よござんすね。……では、さようなら」

言いたいだけのことを言って赤い舌を出すと、お八重はツイと小座敷から出て行ってしまった。

痺薬のせいで手足は利かないが、頭は働く。口惜しくて腹の中が煮えくり返りそうだが、顎の筋まで痺れたとみえて歯軋りすることも出来やしない。

それからひと刻ばかりたってから、ようやく手足がすこしずつ動くようになった。半分這うようにして帳場まで行き、曳綱後押付の三枚肩を雇ってもらい、その中へ転がり込むと、レロレロの舌を縺らせながら、

「そ、う、か。そうか」

「草加までいらっしゃるんですか」

「そ、そうだ。命がけでぶッ飛ばしてくれ。金は、……いくらでも、やる」

「おう、相棒、酒手はたんまりくださるとよ。早乗りだ」

「おう、合ッ点だ」

一人が綱を曳き、三人の肩代り。後棒へまた二人取りついて、

「アリャアリャ」

一団の黒雲のようになって飛ばして行く。

北千住から新井とひき継ぎひき継ぎ駈けて行くうちに後棒につかまっているのが頓狂な声で、

「ねえ旦那、妙なことがありますぜ。あっしらのあとへさっきから早駕籠がくっついて来るんです。あれもやっぱりお仲間ですかい」

甚之助は、えッと驚いて、

「そ、そんなことはない。いったいその早駕籠はどのへんからついて来た」

「古梅庵の角でこっちの駕籠があがると、それからずっとくっついて来ているんです」

「その駕籠に乗ったやつの顔は見えなかったか」

「ええ、見ましたとも。高島田に立矢の字のてえした別嬪ですぜ」

「畜生ッ、お八重のやつだ。……かんがえてみると、村垣が持っている一字をお八重が知っているわけあない。おれに痺薬を嚥ませて、その間に早駕籠の用意し、痺れがとれ

たらおれが闇雲に飛び出すのを見越して古梅庵の角で待っていやがったんだ。こうまで馬鹿にされりゃ世話はねえ」

「……ねえ旦那、もうひとつ妙なことがあるんです。……女の早駕籠のあとをもうひとつ早駕籠が来るんで」

「えッ、その駕籠はどこからついて来た」

「それもやっぱり古梅庵の角からなんで」

「どんなやつが乗っていた」

「頰のこけた、侍のような、手代のような……」

「ちえッ、村垣の野郎だ。……すると、おれは草加までお八重をひっ張ってゆき、お八重は草加まで村垣を案内するというわけか。してみると、一番馬鹿はこのおれか。畜生ッ、いくら田舎者だってそうまで馬鹿にされねえぞ。よしッ、そんならおれにもかんがえがある」

　と、言って、駕籠舁どもに向い、

「少々わけがあって、おれは向うの土手のあたりで駕籠から転げ出すから、お前たちはここから脇道へ入って、上総のほうまで出まかせに飛ばしてくれ。駕籠代と祝儀合せて廿両、この座蒲団の上へおくからな」
「よござんす、合ッ点だ」
西新井の土手へ差しかかると、甚之助は、はずみをつけて駕籠から飛びだし、土手の斜面(なぞえ)を田圃(たんぼ)のほうへゴロゴロと転がり落ちて行った。

捨蔵さまは草加の村外れで寺小屋を開いていた。万年寺を逃げ出したのには深いわけがあったのではない。話にきく江戸の繁昌を見たかっただけのことだった。廿歳(はたち)のとき、お君という呉服屋の娘と想い合い、この草加へ駈落ちして来て貧しいながら平和な暮しをつづけていた。

捨蔵さまは、なかなか剃髪する決心がつかなかったが、それから二月(ふたつき)ののち上野の輪王寺へはいった。そのお伴をして行ったのは甚之助だった。それから間もなく水野が失脚し、再び立つことが出来なくなった。

本作品中に差別的ともとられかねない表現が見られますが、著者がすでに故人であることと作品の文学性・芸術性に鑑み、原文のままとしました。

（春陽堂書店編集部）

『うすゆき抄』覚え書き

日下三蔵

春陽文庫の時代小説シリーズで、手に入りにくい直木賞の受賞作、候補作を出して欲しい、というリクエストが読者からあった。これに応えたのが、既刊の海音寺潮五郎の作品集『天正女合戦』であり、その第二弾が、この《久生十蘭時代小説傑作選》（全二巻）なのである。

久生十蘭は一九五一（昭和二十六）年の短篇「鈴木主水」で、同年下期の第二十六回直木賞を受賞している。それ以前、直木賞候補に三回、予選候補に二回上っているが、そのうち、時代小説ではない「葡萄蔓の束」（一九四〇年上期の第十一回候補）と谷川早名義のシリーズ連作『平賀源内捕物帳』を除いた三篇は、すべて今回の二冊に収めた。

受賞作「鈴木主水」と一九四三年上期の第十七回候補作「真福寺事件」（「犬」と改題）は本書『うすゆき抄』、一九四二年上期の第十五回予選候補作「三笠の月」と一九四二年下期の第十六回候補作「遣米日記」は第二巻『無惨やな』に収録。

本書収録作品の初出は、以下の通り。

無月物語　「オール讀物」（文藝春秋新社）昭和25年10月号
うすゆき抄　「オール讀物」昭和27年1～3月号
鈴木主水　「オール讀物」昭和26年11月号
玉取物語　「別冊文藝春秋」（文藝春秋新社）昭和26年10月号
重吉漂流紀聞　「小説公園」（六興出版社）昭和27年1月号　※「重吉漂流記」改題
新西遊記　「別冊文藝春秋」昭和25年12月号
湖畔　「オール讀物」昭和27年4月号
公用方秘録二件
第一話　犬　「新青年」（博文館）昭和18年3月号　※「真福寺事件」改題
第二話　鷲　「満洲良男」（満洲雑誌社）昭和18年3月号
弘化花暦　「奇譚」（奇譚社）昭和15年8月号　※谷川早名義

「無月物語」から「湖畔」までの七篇は、文藝春秋新社から一九五二（昭和二十七）

年九月に刊行された短篇集『うすゆき抄』を、そのままの配列で収録した。

「うすゆき抄」は初出では三回分載で、それぞれ「うすゆき抄」「つきかげ抄」「このはな抄」のタイトルだったが、単行本化の際に「うすゆき抄」としてまとめられた。

「湖畔」は光文社文庫《探偵くらぶ》で私が編んだ『黒い手帳』（2022年2月）にも入っているが、光文社文庫がミステリ短篇集、春陽文庫が時代小説集というコンセプトのため、どちらにも該当する「湖畔」が重複してしまった。これはご容赦いただきたい。


この作品は、河出書房の「文藝」一九三七（昭和十二）年五月号に発表され、戦後に大幅に改稿された。光文社文庫『黒い手帳』には、戦前版と戦後版の両方を収めてある。


「公用方秘録二件」は大道書房から一九四三（昭和十八）年六月に刊行された短篇集『紀ノ上一族』に収録された際、二篇をまとめて新たに総タイトルが付された。

「弘化花暦」は連作時代ミステリ《顎十郎捕物帳》の「捨公方」の初稿版。春陽堂から谷川早名義で一九四一（昭和十六）年八月に刊行された『顎十郎評判捕物帳　二巻』に収録された際、主人公を顎十郎に変更した「捨公方」に改稿された。そのため初稿版は単行本化されず、国書刊行会の『定本久生十蘭全集　別巻』（２０１３年２月）に初めて収録された。今回、国書刊行会編集部の許諾を得て、特に収録させていただいた。

なお、「捨公方」を含む《顎十郎捕物帳》全二十四篇は、創元推理文庫《日本探偵小説全集》の第八巻『久生十蘭集』（１９８６年10月）に収録されて、現在も入手可能なので、お読みでない方がいれば、ぜひ読み比べていただきたい。

本稿の執筆に当たっては、沢田安史氏に貴重な情報をご提供いただきました。記して感謝いたします。